MW00721183

DINOSAURIOS

DINOSAURIOS

ARTHUR C. CLARKE
y otros.

DINOSAURIOS

Traducción de Carme Camps

LA PUERTA DE PLATA

grijalbo

Título original
DINOSAURS!
Traducido de la edición
de Ace Books, Nueva York, 1990
Cubierta: SDD, Serveis de Disseny, S.A.
Ilustración serie: Eduardo Manso
© 1990, JACK DANN y GARDNER DOZOIS
© 1992, EDICIONES GRIJALBO, S.A.
            Aragó, 385, Barcelona
Primera edición
Reservados todos los derechos
ISBN: 84-253-2370-3
Depósito legal: B. 9.911-1992
Impreso en Indugraf, S.C.C.L., Badajoz, 147, Barcelona

Índice

Prólogo

Jack Dann y Gardner Dozois

Durante ciento cuarenta millones de años, el mundo estuvo gobernado por monstruos.

Monstruos con cuernos, con púas, con crestas y una armadura impenetrable, monstruos veloces con grandes mandíbulas y dentaduras mortales como las de los tiburones, monstruos que se encumbraban y surcaban los cielos prehistóricos como grandes dragones multicolores y nadaban como serpientes de mar en las frías profundidades de los océanos.

Monstruos que todavía habitan en nuestras pesadillas. (Y quizás aún comparten el mundo con nosotros.)

Monstruos que nos fascinan.

Los dinosaurios.

Si creció usted en los años cincuenta o sesenta, probablemente le enseñaron a pensar que los dinosaurios eran bestias inmensas, torpes, estúpidas y de sangre fría, que se pasaban el día sumergidos hasta el cuello en el agua (para poder así soportar su gran peso) o quizá revolcándose pesadamente en algún pantano del trópico. Había cierto aire pretencioso y de autogratificación en esta visión; los dinosaurios se habían extinguido

9

porque eran demasiado estúpidos e inflexibles, incapaces de adaptarse a las condiciones cambiantes, a diferencia de nosotros, los inteligentes primates. El término «dinosaurio» a veces aún se utiliza en nuestros días de esta manera, aplicado a instituciones pasadas de moda y obsoletas o a personas incapaces de seguir los cambios que se producen en su profesión, mientras persiste la idea de la superioridad de los mamíferos. Como si nosotros sobreviviéramos —o al menos nuestros distantes antepasados lo hubieran hecho— gracias al cerebro, la habilidad y el valor, en tanto que los lerdos titanes con cerebro pequeño no pudieron hacerlo; como si hubiéramos vencido a los dinosaurios, como si les hubiéramos expulsado de la Tierra.

Nada podría estar más lejos de la verdad. Como Adrian J. Desmond ha afirmado: «Los mamíferos ya existían a finales del triásico, hace ciento noventa millones de años, aunque durante los primeros ciento veinte millones de años de su existencia, desde el final del triásico hasta finales del cretáceo, fueron una raza inferior, incapaz, durante todo ese período de tiempo, de producir ningún carnívoro más grande que un gato o un herbívoro más grande que una rata... Los dinosaurios eran los dueños de ese mundo, criaturas tan eficientes en fisiología y locomoción que arrebataron el mundo a los mamíferos y lo monopolizaron durante ciento veinte millones de años».

Es cierto que muchos dinosaurios eran inmensos; el *Ultrasauro*, por ejemplo, que se cree pesaba alrededor de setenta toneladas, y medía quince metros de altura, puede haber sido el animal terrestre más grande que jamás haya existido. Y es cierto que muchos dinosaurios eran relativamente estúpidos; el gran brontosauro (ahora conocido como *Apatasauro* por los modernos paleontólogos), por ejemplo, tenía un cerebro que sólo pesaba 1/100.000 de su peso corporal. Pero éstos no eran más que unos dinosaurios. Con pasmosa diversidad, los dinosaurios se adaptaron con éxito y llenaron casi cada hueco ecológico, excepto el de los ultrapequeños, del tamaño de un ratón, que fue el refugio al que se retiraron los mamíferos durante aquellos ciento veinte millones de años. Según Desmond: «Durante su dominio sobre la Tierra, los dinosaurios produjeron una cantidad de formas para llenar los huecos ocupados ahora por los mamíferos y aves, tan diferentes como los elefantes, tigres y avestruces». Había algunos dinosaurios, como los *Echinodon* y *Compsognathus Iongipes*, que tenían el tamaño de una gallina. Había algunos ágiles y veloces. Y mientras unos dinosaurios eran bastante torpes, algunos dromesáuridos de finales del cretáceo, como el *Deinonychus* y *Saurornithoides*, eran relativamente inteligentes, con cerebros grandes, visión binocular y dedos prensiles con un pulgar oponible; dinosaurios que, en palabras de Desmond: «Se diferenciaban de los otros de la misma especie por un abismo, comparable al que separa a los hombres de las vacas».

La polémica de si los dinosaurios tenían o no sangre caliente (planteada por primera vez por Robert T. Bakker y otros, a principios de los años setenta) sigue enardeciendo, y probablemente será objeto de controversia en los círculos científicos durante décadas. Aun así, cualquiera que sea la postura que adoptemos, a favor o en contra, nuestra visión de la vida de los dino saurios ha cambiado considerablemente de la que prevalecía en los años cincuenta. Como Silva J. Czerkas y Everett C. Olson han afirmado: «Kilo a kilo, la mayoría de dinosaurios gigantescos eran más fuertes, más rápidos y más ágiles que los rinocerontes y los elefantes que ahora conocemos». En la actualidad se acepta que algunos dinosaurios se trasladaban en manada, con una organización social similar a la de los animales que van en manada de hoy en día, e incluso se considera, con frecuencia, que los mayores comedores de plantas son habitantes del bosque que llenaban un hueco como el que hoy ocupan los elefantes o las jirafas más que como retozadores en los pantanos. Se sabe que algunos dinosaurios, entre otros ciertas variedades de hadrosaurios, anidaron en grandes colonias o «criaderos» como hacen algunas aves marinas en la actualidad, y se cree que en realidad cuidaban de sus crías en lugar de dejar que los huevos corrieran su propia suerte, como hace la mayoría de tortugas marinas. Incluso se ha sugerido que las aves modernas son descendientes directas de los dinosaurios, de manera que, en cierto sentido, los dinosaurios no se extinguieron del todo, ya que todavía podemos ver ejemplares vivos cada vez que vamos al parque zoológico. Quizás incluso les hayamos echado migas de pan.

Sin embargo, si esto es cierto —y aún es objeto de gran controversia—, las aves son los únicos descendientes que quedan de los dinosaurios. Porque, hace sesenta y cinco millones de años, todos los demás dinosaurios, de manera súbita y misteriosa, desaparecieron de la tierra, el mar y el cielo. Muertos. Todos ellos, muertos en un período de tiempo que se ha calculado en un millón de años, unos miles de años o incluso unos cuantos días. Se extinguieron.

¿Qué fue lo que mató a los dinosaurios?

Éste ha sido uno de los mayores misterios de la ciencia durante décadas, y existen casi tantas teorías como teóricos. Durante años, se mantuvo la más importante, según la cual una supernova cercana había afectado a la Tierra con una explosión mortal de fuerte radiación. Otras teorías, que tuvieron gran aceptación, fueron la de la sequía que afectó a todo el globo (¿recuerdan los dinosaurios de *Fantasía**, tambaleándose en el desierto muriendo de sed?), o la de un importante cambio climático que provocó que murieran de frío (aunque se sabe, por ciertos datos, que algunos de ellos ya vivían en áreas con un clima lo bastante frío como para permitir la formación de hielo y congelar lagos). Se ha hablado de períodos de intensa actividad volcánica en todo el mundo, que provocaron la lluvia ácida. Una teoría sugería que unos pequeños mamíferos se habían deslizado furtivamente por el sotobosque y comido los huevos de los dinosaurios. Otra atribuye el fallecimiento de los dinosaurios a un cambio de dieta causado por la difusión de las plantas con flor; también se dice que los dinosaurios se extinguieron por culpa de un veneno alcaloide al ingerir plantas con flores; según otra, murieron de fiebre del heno causada por la difusión de las plantas con flor, e incluso existe la teoría de

* Una película de Walt Disney en la que los dibujos animados sirvieron para recrear ocho piezas de música clásica interpretadas por la Orquesta Sinfónica de Filadelfia. Para *La consagración de la primavera* (Igor Stravinsky) se escogió el tema del origen de la Tierra y el ocaso de los dinosaurios. *(N. de la T.)*

que murieron de estreñimiento cuando cierta planta con flores que poseía propiedades laxantes se extinguió.

La última de las favoritas, sugerida por primera vez en 1979 por el doctor Luis de Alverez, es que un enorme asteroide chocó contra la superficie de la Tierra, provocando grandiosos terremotos, inmensos maremotos, incendios por todo el globo, y, mucho peor, sofocantes nubes de polvo de roca, humo, suciedad y agua vaporizada que llegaron hasta la estratosfera, ocultando el sol y provocando un efecto similar al de un «invierno nuclear»: sin luz solar, un catastrófico descenso global de la temperatura y la muerte de la mayor parte de la vida vegetal, incluido el importantísimo plancton del océano, base de la cadena alimenticia.

Esta teoría fue aceptada ampliamente durante los años ochenta. Pero han empezado a salir detractores, y vuelve a ser objeto de controversia. La verdad es que ninguna de las teorías parece explicar de forma convincente todos los intrincados detalles de la gran extinción del cretáceo.

También se podría sugerir, como hizo en una ocasión Clifford D. Simak, que alienígenas hambrientos se comieron a los dinosaurios, o, como hizo Isaac Asimov, que esos inteligentes y rapaces pequeños dinosaurios que hemos mencionado, los *Sauronithoides* y otros, desarrollaron un arma para dar caza a sus parientes más grandes y torpes hasta su extinción antes de inventar la guerra y volverse los unos contra los otros.

Es interesante especular acerca de cómo sería el mundo hoy si los dinosaurios no se hubieran extinguido. El profesor Carl Sagan, de la Cornell University, ha escrito: «De no haber sido por la extinción de los dinosaurios, ¿la forma de la vida dominante en la Tierra hoy en día serían los descendientes de los *Sauronithoides*, que escribirían y leerían libros, especulando sobre qué habría ocurrido si hubieran prevalecido los mamíferos?».

¿Y el título de este libro habría sido... *Mamíferos*?

Pero las cosas son como son.

Un arma para un dinosaurio

L. Sprague de Camp

L. Sprague de Camp es una figura destacada de la literatura fantástica y de ciencia ficción, de las que ha tratado en sus trabajos casi todos los aspectos. A finales de los años treinta, ayudó a crear, para la revista Unknown, *un nuevo estilo moderno de literatura fantástica —divertida, caprichosa e irreverente— del que todavía es el representante más destacado. Entre sus obras más famosas cabe citar:* Lest Darkness Fall, The Incomplete Enchanter *(con Fletcher Pratt) y* Rogue Queen. *Su libro más reciente es* Bones of Zora, *una novela escrita en colaboración con su esposa, Catherine Crook de Camp.*

En la historia que sigue, uno de los relatos de dinosaurios más convincentes y brillantes jamás escritos, nos demuestra que ni siquiera el profesional consumado puede estar preparado para todas las eventualidades...

No, lo siento, señor Seligman, pero no puedo llevarle a cazar un dinosaurio de finales del mesozoico.

Sí, sé lo que dice el anuncio.

¿Por qué no? ¿Cuánto pesa usted? ¿Ciento treinta? A ver, eso está por debajo de mi límite inferior.

Podría llevarle a otros períodos. Le llevaré a cualquier período del cenozoico. Podrá cazar un *entelodonte* o un *uintatero*. Tienen una bonita cabeza.

Le llevaré al triásico, donde puede cazar alguno de los dinosaurios ancestrales más pequeños. Pero no le llevaré al jurásico o al cretáceo. Es usted demasiado pequeño.

¿Que qué tiene que ver su tamaño? Bueno, amigo, ¿con qué cree que va a dispararle a su dinosaurio?

Ah, no lo había pensado, ¿eh?

En fin, espere un momento... Ya está, mi propia arma para ese trabajo, una Continental 600. Parece una escopeta, ¿no? Pero está estriada, como puede ver si mira por los cañones. Dispara dos cartuchos Nitro Express de 600 del tamaño de un plátano; pesa seis kilos y medio y posee una energía de boca de más de siete mil *foot-pounds**. Cuesta mil cuatrocientos cincuenta dólares. Mucho dinero para un arma, ¿no?

Tengo algunas disponibles que alquilo a los *sahibs*. Están diseñadas para abatir elefantes. No sólo para herirlos, sino para derribarlos. Por eso no hacen armas así en América, aunque supongo que lo harán si los grupos de caza siguen regresando a tiempo.

Llevo veinte años guiando a grupos de caza. Los guié en África hasta que las especies se extinguieron excepto en las reservas. Y en todo ese tiempo no he conocido a ningún hombre de su tamaño que pudiera ma-

---

* Unidad de trabajo o energía; el trabajo realizado por una fuerza de una libra cuyo punto de aplicación se mueve a lo largo de una distancia de un pie en la dirección de la fuerza. *(N. de la T.)*

nejar las seis cero cero. Les tira al suelo y aunque se mantengan en pie, se asustan tanto del cañón ensangrentado, después de unos cuantos disparos, que retroceden. Y les cuesta mucho arrastrar esa arma tan pesada por el accidentado paisaje mesozoico. Les agota.

Es cierto que muchísima gente ha matado elefantes con armas más ligeras, por ejemplo las 500, 475 y 465 dobles, o incluso las magnum 375 de repetición. La diferencia es que con una de calibre 375 hay que disparar a un órgano vital, preferiblemente al corazón, y no se puede depender del simple poder del choque.

Un elefante pesa... a ver... de cuatro a seis toneladas. Usted propone disparar a reptiles que pesan dos o tres veces más que un elefante y con una tenacidad de vida mucho mayor. Por eso el sindicato decidió no aceptar a más gente para ir a cazar dinosaurios a no ser que puedan manejar la 600. Lo aprendimos a las duras, como se dice. Se produjeron algunos accidentes lamentables...

Hagamos una cosa, señor Seligman. Son más de las cinco, hora de cerrar la oficina. ¿Por qué no pasamos por el bar mientras le cuento la historia?

... Se trataba del Rajá, y era mi quinto safari en el tiempo. ¿El Rajá? Ah, es la mitad Aiyar de Rivers y Aiyar. Yo le llamo el Rajá porque es el heredero del monarca de Janpur. Actualmente no significa nada, por supuesto. Le conocí en la India y me tropecé con él en Nueva York dirigiendo la agencia de turismo india. Es el tipo moreno de la fotografía que cuelga en la pared de mi despacho, el que tiene el pie sobre el *sabertooth*.

Bueno, el Rajá estaba harto de repartir folletos del

Taj Mahal y quería volver a cazar un poco. Yo no tenía nada que hacer cuando me enteré de la existencia de la máquina del tiempo del profesor Prochaska, en la universidad de Washington.

¿Dónde está ahora el Rajá? De safari en el oligoceno temprano, tras el *tinatotero*, mientras yo me ocupo de la oficina. Hacemos turnos, pero las primeras veces fuimos juntos.

Bueno, la cuestión es que tomamos el primer avión para St. Louis. Para nuestro pesar, descubrimos que no éramos los primeros. ¡Señor, no! Había otros guías de caza y un sinfín de científicos, cada uno con su propia idea de cómo utilizar de forma correcta la máquina.

Eliminamos a los historiadores y arqueólogos desde el principio. Al parecer, la condenada máquina no funciona en el caso de períodos más recientes a cien mil años atrás. Funciona a partir de ahí hasta mil millones de años.

¿Por qué? Oh, no soy un pensador cuatridimensional, pero, según lo entiendo, si la gente pudiera viajar a un período de tiempo más reciente, sus actos afectarían a nuestra propia historia, lo cual sería paradójico o contradictorio con los hechos. No se puede hacer eso en un Universo bien dirigido, ¿sabe?

Pero antes de los cien mil años a. de C., más o menos, las acciones de las expediciones se pierden en la corriente del tiempo, antes de que la historia humana comience. Cuando se ha utilizado un período de tiempo pasado, digamos que el mes de enero, un millón de años a. de C., no se puede volver a utilizar ese período enviando a otro grupo. Otra vez las paradojas.

Pero el profesor no estaba preocupado. Con mil millones de años por explotar, tardaría en quedarse sin eras.

Otra limitación de la máquina era la cuestión del tamaño. Por razones técnicas, Prochaska tuvo que construir la cámara de transporte del tamaño justo para contener a cuatro hombres con su equipo personal, y el hombre de la cámara. Los grupos más grandes tienen que ser enviados por turnos. Eso significa, como comprenderá, que no es práctico llevarse *jeeps*, lanchas, aeroplanos u otros vehículos con motor.

Por otra parte, como se va a períodos sin seres humanos, no se puede silbar para que aparezcan cien porteadores nativos que te llevan todo el equipo sobre sus cabezas. O sea, que normalmente transportamos burros. La mayoría de períodos tiene suficiente forraje natural, de manera que se puede ir a donde se quiera.

Como ya he dicho, todo el mundo tenía su propia idea de cómo utilizar la máquina. Los científicos nos miraban a los cazadores por encima del hombro y decían que sería un crimen desperdiciar aquella máquina para nuestras sádicas diversiones.

Nosotros planteamos otro punto de vista. La máquina costaba treinta millones, que creo procedían de la Junta de Administración Rockefeller, y esa gente sólo respondía del coste original, no del coste de operación. Además, la máquina utilizaba cantidades fantásticas de energía. La mayoría de proyectos de los científicos, aunque merecían la pena, estaban faltos de dinero.

Nosotros, los guías, servíamos a la gente con dinero, una especie de la que América parece estar bien provista. No se ofenda, amigo. La mayoría podría pagar un precio considerable por viajar a través de la máquina al pasado. Con ello, podríamos ayudar a financiar su funcionamiento con fines científicos, siempre que obtuviéramos una buena parte de su «tiempo». Al final, los guías formamos un sindicato de ocho miembros, de los que uno era Rivers y Aiyar, para repartirnos el tiempo de la máquina.

Tuvimos una gran demanda desde el principio. Nuestras esposas —la del Rajá y la mía— se pusieron furiosas. Ellas esperaban, después de que se acabó la caza mayor en nuestra era, que no tendrían que volvernos a compartir jamás con los leones y otros animales, pero ya se sabe cómo son las mujeres. Cazar no es realmente peligroso si se mantiene la cabeza en su sitio y se toman precauciones.

En la quinta expedición, teníamos a dos *sahibs* de los que cuidar; ambos eran americanos de unos treinta y pico de años, los dos físicamente sanos y los dos solventes. Por lo demás, eran de lo más diferente.

Courtney James era lo que se llama un *playboy*: un hombre joven y rico de Nueva York que siempre había hecho lo que había querido y no veía por qué esa agradable condición no debía continuar. Un tipo corpulento, casi tanto como yo; guapo, pero empezando a engordar. Iba por su cuarta esposa y, cuando apareció en la oficina con una rubia que llevaba escrito en su cuerpo que era modelo, supuse que se trataba de la cuarta señora James.

—Señorita Bartram —me corrigió, con una risita turbada.

—No es mi esposa —explicó James—. Mi esposa está en México, creo, divorciándose. Pero a Bunny le gustaría ir...

—Lo siento —dije—, no llevamos mujeres. Al menos, no al mesozoico tardío.

Esto no era estrictamente cierto, pero me parecía que corríamos suficientes riesgos, yendo tras una fauna poco conocida, como para arrastrar los líos domésticos de la gente. No tengo nada contra el sexo, ya me entiende. Es una institución maravillosa y todo eso, pero no cuando interfiere en mi vida.

—¡Oh, tonterías! —exclamó James—. Si ella quiere ir, irá. Esquía y pilota mi avión, no veo por qué no puede...

—Va contra la política de la empresa —dije.

—Puede hacerse a un lado cuando nos enfrentemos a los que sean peligrosos —dijo él.

—No, lo lamento.

—¡Maldita sea! —exclamó, enrojeciendo—. Al fin y al cabo, le pago una buena suma, y tengo derecho a llevarme a quien me plazca.

—No puede contratarme para hacer nada que vaya contra mi criterio —dije—. Si quiere, vaya a otro guía.

—Está bien —contestó—. Lo haré. Y les diré a todos mis amigos que es usted un maldito...

Soltó una sarta de palabras que no voy a repetir, hasta que le dije que saliera de mi despacho o le echaría.

Me encontraba sentado en la oficina pensando con tristeza en todo el dinero que James me habría pagado si no hubiera sido tan obstinado, cuando entró otro cliente, un tal August Holtzinger. Se trataba de un tipo bajito y delgado, con gafas, educado y formal. Holtzinger se sentó en el borde de la silla y dijo:

—Señor Rivers, no quiero que piense que estoy aquí con falsas pretensiones. En realidad no soy un gran hombre del aire libre, y probablemente me moriré de miedo cuando vea a un dinosaurio de verdad. Pero estoy decidido a colgar una cabeza de dinosaurio sobre la chimenea o morir en el intento.

—La mayoría tenemos miedo al principio —le calmé—, aunque no sirve de nada mostrarlo.

Y poco a poco me contó la historia.

Mientras que James había nadado siempre en la abundancia, Holtzinger era un producto local que últimamente había conocido lo auténtico. Poseía un pequeño negocio en St. Louis y apenas llegaba a final de mes cuando un tío suyo la palmó y le dejó a Augie su fortuna.

Ahora Holtzinger tenía novia formal y se estaba construyendo una casa grande. Y una pieza que él quería tener era una cabeza de *ceratopsiano* sobre la chimenea. Son los que tienen grandes cuernos con un pico como de loro y volantes en el cuello. Hay que pensárselo dos veces antes de coleccionarlos, porque, si se pone una cabeza de *Triceratopos* en un salón pequeño, es posible que no quede espacio para nada más.

Estábamos hablando de esto cuando entró una chica, una chica menuda de unos veinte años, de aspecto bastante ordinario, llorando.

—¡Augie! —dijo entre sollozos—. ¡No puedes! ¡No debes! ¡Morirás!

Le agarró por las rodillas y se dirigió a mí:

—¡Señor Rivers, no debe llevárselo! ¡Es todo lo que tengo! ¡Él no resistirá las penalidades!

—Mi querida joven —le contesté—. No me gustaría darle ningún disgusto, pero es cosa del señor Holtzinger decidir si desea contratar mis servicios.

—Es inútil, Claire —dijo Holtzinger—. Voy a ir, aunque probablemente aborrezca cada minuto que pase.

—¿Qué ocurre? —pregunté—. Si no le gusta ir, ¿por qué va? ¿Ha perdido alguna apuesta o algo así?

—No —respondió Holtzinger—. Le explicaré. Yo soy una persona que pasa completamente inadvertida. No soy brillante ni corpulento ni fuerte ni guapo. Soy un pequeño comerciante corriente. Jamás se fijarían en mí en los almuerzos del Rotary. Encajo perfectamente.

»Pero eso no implica que yo esté satisfecho. Yo suspiro por ir a sitios lejanos y hacer cosas extraordinarias. Me gustaría ser un tipo encantador y aventurero como usted, señor Rivers.

—Oh, vamos —dije—. La caza profesional le puede parecer encantadora a usted, pero para mí no es más que una forma de ganarme la vida.

Meneó la cabeza.

—No. Ya sabe lo que quiero decir. Bien, ahora he recibido esta herencia, y podría quedarme a jugar al *bridge* y al golf el resto de mi vida, y tratar de fingir que no me aburro. Pero estoy decidido a hacer algo que tenga color, una vez al menos. Como en la actualidad ya no se hace caza mayor, voy a cazar un dinosaurio y colgaré su cabeza sobre la repisa de la chimenea, aunque sea lo último que haga en mi vida. Si no, jamás seré feliz.

Holtzinger y su novia discutieron, pero él no quiso ceder. Ella me hizo jurar que cuidaría de su Augie y se marchó, haciendo ruido con la nariz.

Cuando Holtzinger se hubo marchado, ¿quién entró sino mi amigo de mal genio, Courtney James? Se disculpó por haberme insultado, aunque no se puede decir que se humillara.

—En realidad no tengo mal genio —dijo—, excepto cuando la gente no quiere cooperar conmigo. Entonces a veces me pongo furioso. Pero, si coopera, no soy difícil de tratar.

Yo sabía que «cooperar» significaba hacer lo que Courtney James quisiera, pero no dije nada.

—¿Y la señorita Bartram? —pregunté.

—Hemos discutido —contestó—. He terminado con las mujeres. Así que, si no me guarda rencor, empecemos donde lo dejamos.

—Muy bien —dije; el negocio era el negocio.

El Rajá y yo decidimos efectuar un safari conjunto a ochenta y cinco millones de años atrás: el cretáceo superior temprano o cretáceo medio, como algunos geólogos americanos lo llaman. Es quizás el mejor período para los dinosaurios en Misuri. Se encuentran algunas especies individuales un poco más grandes en el cretáceo superior tardío, pero el período al que íbamos ofrece una mayor variedad.

En cuanto a nuestro equipo, el Rajá y yo teníamos cada uno una Continental 600, como la que le he enseñado, y algunas armas más pequeñas. En aquella época no habíamos reunido mucho capital y no teníamos ninguna 600 para alquilar.

August Holtzinger dijo que él alquilaría un arma, ya que esperaba que sería su único safari, y no tenía sentido gastarse más de mil dólares para comprar un arma que sólo utilizaría unas cuantas veces. Pero, como no teníamos ninguna 600 de repuesto, tuvo que elegir entre comprar una de ellas o alquilar una de nuestras piezas más pequeñas.

Nos adentramos en el campo y pusimos un blanco

para que probara la 600. Holtzinger levantó el arma y disparó. Falló el blanco por completo, y el retroceso le tumbó de espaldas al suelo.

Se levantó, más pálido que nunca, y me devolvió el arma diciendo:

—Creo que será mejor probar algo más pequeño.

Cuando el hombro dejó de dolerle, le hice probar uno de los rifles más pequeños. Se encaprichó con mi Winchester 70, con recámara para cartucho de magnum 375. Se trata de un arma excelente, apta para todo, perfecta para los grandes felinos y los osos, pero un poco ligera para los elefantes y sin lugar a dudas demasiado ligera para un dinosaurio. Jamás debí ceder, pero tenía prisa, y podría tardar meses en conseguir una nueva 600. James ya tenía arma, una Holland & Holland 500 doble expres, que es casi como la 600.

Los dos *sahibs* habían disparado un poco, así que no me preocupé por su puntería. Cazar un dinosaurio no precisa una extrema precisión, sino buen criterio y buena coordinación para que no entren ramitas en el mecanismo del arma, y para no caerse en ningún agujero, ni subirse a un árbol pequeño del que el dinosaurio le pueda sacar a uno, ni volar la cabeza del guía.

La gente acostumbrada a cazar mamíferos intenta a veces disparar a un dinosaurio en el cerebro. Eso es lo más tonto que se puede hacer, porque un dinosaurio no tiene. Para ser exactos, tiene una pequeña masa de tejido del tamaño de una pelota de tenis en el extremo delantero de la columna vertebral, y ¿cómo se va a llegar allí, si está encajado en una armazón de casi dos metros?

La única regla segura con los dinosaurios es intentar

siempre disparar al corazón. Tienen el corazón grande, de más de veintidós kilos en las especies más grandes, y un par de balas de la 600 en el corazón al menos les hace ir más despacio. El problema es que las balas penetren en la montaña de carne que lo rodea.

Bien, nos presentamos en el laboratorio de Prochaska una lluviosa mañana: James y Holtzinger, el Rajá y yo, nuestro guía Beauregard Black, tres ayudantes, un cocinero y doce criados.

La cámara de transporte es un reducido cubículo del tamaño de un ascensor pequeño. Mi rutina es que los hombres con las armas vayan primero, por si algún terópodo hambriento se encuentra cerca de la máquina cuando ésta llega. Así que los dos *sahibs*, el Rajá y yo nos metimos en la cámara con nuestras armas y mochilas. El operador se metió detrás de nosotros, cerró la puerta y apretó sus botones. Puso la flecha del veinticuatro de abril, ochenta millones a. de C., y oprimió el botón rojo. Las luces se apagaron, y la cámara quedó iluminada por una pequeña lámpara que funcionaba con pilas. James y Holtzinger estaban bastante pálidos, pero puede que fuera por la iluminación. El Rajá y yo habíamos pasado por aquello otras veces, o sea que la vibración y el vértigo no nos importaban.

Las manecillas negras de los diales que giraban se detuvieron. El operador miró su indicador e hizo girar el volante que elevaba la cámara para que no se materializara bajo tierra. Luego oprimió otro botón, y las puertas se abrieron.

Por muy a menudo que lo haga, siempre siento una tremenda emoción cuando entro en una era pasada. El operador había levantado la cámara unos treinta centímetros por encima del suelo, así que bajé de un salto, con el arma preparada. Después bajaron los otros.

—Listos —dije al hombre de la cámara, y cerró la puerta.

La cámara desapareció, y nosotros miramos alrededor. No se veía ningún dinosaurio, sólo lagartos.

En este período la cámara se materializa sobre una elevación rocosa, desde la que se puede ver en todas direcciones mientras la niebla lo permita. Al oeste, se ve el brazo del mar de Kansas que cruza Misuri y el gran pantano que rodea la bahía donde viven los saurópodos.

Al norte, hay una cordillera baja que el Rajá denominó las Colinas Janpur, por el reino indio que sus antepasados gobernaron en otro tiempo. Al este, la tierra asciende hasta una meseta, buena para los ceratopsianos, mientras que al sur el terreno es llano con más pantanos con saurópodos y muchos ornitópodos: ornitorrinco e iguanodonte.

Lo mejor del cretáceo es el clima: suave como en la islas de los Mares del Sur, pero no tan bochornoso como la mayoría de climas del jurásico. Era primavera, con magnolias enanas en flor por todas partes.

Una característica de este paisaje es que combina una cantidad de lluvia medianamente abundante con un tipo abierto de vegetación. Es decir, las hierbas todavía no habían evolucionado hasta el punto de formar alfombras sólidas sobre el suelo abierto. De manera que el suelo está lleno de laurel, sasafrás y otros arbustos, con tierra al descubierto entre ellos. Hay grandes espesuras de palmitos y helechos. Los árboles de la colina son principalmente cícadas, que se alzan solas y en setos. Hacia el mar de Kansas hay más cícadas y sauces, mientras que las tierras altas están cubiertas de *screw pines* y *ginkgoes*.

En fin, yo no soy poeta; el Rajá es el que escribe, no yo; pero sé apreciar un bonito paisaje. Uno de los ayudantes había venido con la máquina con dos de los criados, y yo contemplaba el paisaje a través de la neblina y aspiraba el aire, cuando un arma se disparó detrás de mí, ¡pum, pum!

Me giré en redondo, y ahí estaba Courtney James con su 500 y un ornitomimo corriendo a buscar refugio a unos cincuenta metros. Los ornitomimos son dinosaurios de tamaño medio que corren, animales esbeltos con largos cuellos y piernas, como un cruce entre un lagarto y un avestruz. Este tipo tiene unos dos metros de altura y pesa como un hombre. El animal había salido de un bosquecillo cercano, y James le disparó dos veces. Falló.

Yo me preocupé, pues los *sahibs* de gatillo fácil son igual amenaza para el grupo que los terópodos. Grité:

—¡Maldita sea, idiota! Creía que no tenía que disparar hasta que yo se lo dijera.

—¿Y quién diablos es usted para decirme cuándo disparar mi propia arma? —replicó él.

Estuvimos discutiendo hasta que Holtzinger y el Rajá nos calmaron. Yo expliqué:

—Mire, señor James, tengo mis razones. Si dispara toda su munición antes de que haya terminado el viaje, su arma no servirá para nada, y es la única de su calibre. Si vacía los dos cañones con un blanco sin importancia, ¿qué ocurriría si un terópodo grande atacara antes de que usted pudiera recargar? Finalmente, no es deportivo disparar a todo lo que se ve, sólo para oír el ruido que produce el arma. ¿Lo entiende?

—Sí, supongo que sí —respondió él.

El resto del grupo llegó con la máquina y montamos nuestro campamento a una distancia prudente del lugar de materialización. Nuestra primera tarea consistió en conseguir carne fresca. Para un safari de veintiún días como aquél, calculamos nuestras necesidades de carne muy escrupulosamente, para poder arreglárnoslas con comida enlatada y concentrada si fuera necesario, pero confiamos en matar al menos una pieza de carne. Después de ello, salimos a efectuar un corto recorrido, deteniéndonos en cuatro o cinco lugares de acampada para cazar y regresar a la base unos días antes de la fecha prevista para que la cámara apareciera.

Holtzinger, como ya he dicho, quería una cabeza de ceratopsiano, de cualquier clase. James insistía sólo en una cabeza: un tiranosaurio. Así todo el mundo pensaría que había cazado la pieza más peligrosa de todos los tiempos.

La verdad es que al tiranosaurio se le sobrestima. Es más un carroñero que un depredador activo, aunque se te lanza encima, si tiene oportunidad. Es menos peligroso que algunos de los otros terápodos —los que comen carne, ya sabe—, como el *Gorgosaurus*, más pequeño, del período en el que estábamos. Pero todo el mundo ha leído algo del lagarto tirano; es el que tiene la cabeza más grande de los terópodos.

El de nuestro período era el *rex*, que es posterior y un poco más grande y más especializado. Era el *trionyches*, con los miembros anteriores no tan reducidos, aunque son demasiado pequeños para cualquier cosa que no sea limpiarse los dientes después de comer.

Cuando el campamento estuvo montado, todavía nos quedaba la tarde. Así que el Rajá y yo llevamos a nuestros *sahibs* a su primera cacería. Teníamos un mapa de la zona de los viajes anteriores.

El Rajá y yo hemos ideado un sistema para cazar dinosaurios. Nos dividimos en dos grupos de dos hombres cada uno y caminamos en paralelo a unos veinte o cuarenta metros de distancia. Cada grupo tiene a un *sahib* delante y un guía que le sigue y le dice dónde ir. Decimos a los *sahibs* que les colocamos delante para que puedan efectuar el primer disparo. Bueno, es cierto, pero otra razón es que siempre tropiezan y se caen con el arma amartillada, y si el guía fuera delante recibiría el disparo.

La razón de los dos grupos es que si un dinosaurio va por uno, el otro puede dispararle al corazón desde el costado.

Mientras caminábamos, se oía el habitual ruido de los lagartos al alejarse: pequeños compañeros, rápidos como el rayo y coloreados como todas las joyas de Tiffany, y otros grandes y grises que sisean caminando despacio. Habían tortugas y algunas serpientes pequeñas. Pájaros con picos llenos de dientes se alejaban batiendo las alas y graznando. Y siempre se sentía aquel maravilloso aire suave del cretáceo. A uno le entran ganas de quitarse la ropa y bailar con hojas de parra en el pelo, no sé si me entienden.

Nuestros *sahibs* pronto descubrieron que el paisaje del mesozoico está cortado en millones de *nullahs*, barrancos. Caminar es una larga excursión arriba y abajo, arriba y abajo.

Hacía una hora que caminábamos, y los *sahibs* estaban empapados de sudor y con la lengua fuera, cuando el Rajá silbó. Había divisado un grupo de animales alimentándose de brotes de cícada.

Se trataba de troodontes, pequeños ornitópodos del tamaño aproximado de un hombre con un bulto en lo alto de la cabeza que les hace parecer casi inteligentes. No significa nada, porque el bulto es hueso sólido. Los machos se dan cabezadas unos a otros con ellos cuando pelean por las hembras.

Estos animales se ponían a cuatro patas, mordisqueaban un brote y luego se erguían y miraban a su alrededor. Eran más cautelosos que la mayoría de dinosaurios, porque eran la comida favorita de los grandes terópodos.

La gente a veces piensa que, por el solo hecho de que los dinosaurios sean tan estúpidos, han de tener también los sentidos embotados. Pero no es así. Algunos, como los saurópodos, tiene los sentidos algo atrofiados, pero la mayoría tienen buen olfato y vista, y bastante buen oído. Su problema es que, como no tienen cerebro, no tienen memoria. Por tanto, lo que está fuera del alcance de la vista no existe. Cuando un gran terópodo le persigue a uno, la mejor defensa es esconderse en un barranco o detrás de un arbusto, y si el animal no puede verle ni olerle, uno se puede marchar.

Permanecimos ocultos detrás de unos palmitos, con el viento por detrás. Le susurré a James:

—Hoy ya ha disparado. Guarde sus balas hasta que haya disparado Holtzinger, y después dispare sólo si él yerra o si la bestia se marcha herida.

—De acuerdo —dijo James.

Nos separamos, él con el Rajá y Holtzinger conmigo. Solíamos hacerlo así. James y yo nos exasperábamos el uno al otro, pero el Rajá es un tipo amistoso y sentimental, y cae bien a todo el mundo.

Nos arrastramos alrededor de la extensión de palmitos por lados opuestos, y Holtzinger se puso de pie para disparar. No se puede disparar un rifle de gran calibre tumbado boca abajo. No hay suficiente elasticidad y el retroceso te puede romper el hombro.

Holtzinger apuntó por entre las frondas del palmito. Vi que su cañón vacilaba. Luego bajó el arma y se la puso bajo el brazo par limpiarse las gafas.

Y James volvió a disparar; otra vez los dos cañones.

El animal más grande cayó, rodando y agitándose violentamente. Los otros escaparon corriendo sobre sus patas traseras dando grandes saltos, sacudiendo la cabeza y con la cola asomando por detrás.

—Ponga su arma a buen recaudo —dije a Holtzinger, que había dado un paso al frente.

Cuando llegamos a donde se encontraba el animal, James estaba de pie sobre él, abriendo su fusil y soplando los cañones. Parecía tan pagado de sí mismo como si hubiera ganado otro millón y le pedía al Rajá que le hiciera una foto con el pie sobre la pieza.

Yo dije:

—Creía que le iba a dejar a Holtzinger el primer disparo.

—Bien, he esperado —contestó—, pero ha tardado tanto, que he creído que le había dado algo. Si hubiéramos estado mucho rato, nos habría visto u olido.

Había algo de cierto en lo que decía, pero su manera de decirlo me molestó. Dije:

—Si vuelve a ocurrir algo igual, la próxima vez que salgamos le dejaré en el campamento.

—Bien, caballeros —dijo el Rajá—, al fin y al cabo, Reggie, no son cazadores experimentados.

—¿Y ahora qué? —dijo Holtzinger—. ¿Lo arrastramos nosotros mismos o enviamos a los hombres?

—Lo colgaremos debajo del palo —dije—. Pesa menos de doscientos kilos.

El palo era un palo de transporte de aluminio telescópico que yo llevaba en la mochila, con horquillas acolchadas en los extremos. Lo llevaba porque, en estas eras, no podías confiar en encontrar arbolitos lo bastante fuertes para hacer de palos de transporte.

El Rajá y yo limpiamos a nuestro animal para aligerarlo y lo atamos al palo. Las moscas empezaron a aterrizar en los desechos a miles. Los científicos dicen que no son moscas auténticas en el sentido moderno, pero se parecen y actúan como ellas. Hay una enorme mosca carroñera de cuatro alas que vuela produciendo una característica nota profunda de rasgueo.

El resto de la tarde lo pasamos sudando bajo aquel palo, turnándonos. Los lagartos se apartaban rápidos del camino, y las moscas zumbaban en torno al cadáver del animal.

Llegamos al campamento justo antes de ponerse el sol, sintiendo que podríamos comernos todo el animal de una sola vez. Los chicos se ocupaban de que el campamento funcionara bien, así que nos sentamos para tomarnos nuestro trago de whisky, creyéndonos los amos de la creación, mientras el cocinero asaba cuatro filetes de carne.

Holtzinger dijo:

—Si mato un ceratopsiano, ¿cómo nos llevaremos su cabeza?

—Si el terreno lo permite, la atamos a la jaula de aluminio con ruedas y la deslizamos dentro —le expliqué pacientemente.

—¿Cuánto pesa una cabeza así? —preguntó.

—Depende de la edad y la especie —le dije—. La más grande pesa más de una tonelada, pero la mayoría está entre doscientos veinticinco y quinientos kilos.

—¿Y todo el terreno es accidentado como el de hoy?

—Casi todo —respondí—. Es debido a la vegetación abierta y a la cantidad de lluvia moderadamente elevada. La erosión es tremendamente rápida.

—¿Y quién arrastra la cabeza en su pequeño trineo?

—Todo el mundo con una mano —dije—. Una cabeza grande necesitará de todas las onzas de músculo de este grupo. En este trabajo no hay lugar para quedarse a un lado.

—Oh —exclamó Holtzinger.

Me di cuenta de que se preguntaba si una cabeza de ceratopsiano merecía ese esfuerzo.

Los dos días siguientes caminamos por los alrededores. No encontramos nada digno a lo cual disparar; sólo una manada de ornitomimos, que se alejó dando saltos como un grupo de danzarinas. Por otra parte, había sólo los acostumbrados lagartos y pterosaurios, aves e insectos. Hay una mosca grande con alas como de encaje que pica a los dinosaurios, así que, como es de imaginar, no le costaba nada morder la piel humana. Una de ellas hizo saltar a Holtzinger y bailar como un indio piel roja cuando le picó a través de la camisa. James le tomó el pelo diciendo:

—¿A qué viene tanto aspaviento por un pequeño animalillo?

La segunda noche, durante la vigilancia del Rajá, James lanzó un grito que nos hizo salir a todos de las tiendas con los rifles. Todo lo que había ocurrido era que una garrapata de dinosaurio se le había metido en el cuerpo y había empezado a perforar debajo de su axila. Como era grande como un pulgar, aun cuando no había tomado alimento, él se sobresaltó, cosa muy comprensible. Por fortuna se la pudo sacar antes de que le chupara su pinta de sangre. Le había tomado bastante el pelo a Holtzinger por la picadura de la mosca, así que ahora Holtzinger repitió sus palabras:

—¿A qué viene tanto aspaviento por un pequeño animalillo?

James aplastó la garrapata con el pie, gruñendo, pues no le gustaba que le pagaran con su misma moneda.

Recogimos los bártulos e iniciamos nuestro recorrido diario. Queríamos llevar a los *sahibs* primero al pantano de los saurópodos, más para ver la vida salvaje que para cazar algo.

Desde el lugar donde se materializa la cámara de transporte, el pantano de los saurópodos parece hallarse a un par de horas de camino, pero en realidad es una caminata de todo un día. La primera parte resulta fácil, ya que es cuesta abajo y la maleza no es espesa. Luego, a medida que se acerca al pantano, las cícadas y los sauces crecen con tal espesor que hay que ir serpenteando entre ellos.

Conduje al grupo hasta una cresta arenosa en el borde del pantano, pues estaba bastante escasa de vegetación y tenía una buena vista. Cuando llegamos a la cima, el sol estaba a punto de ponerse. Un par de cocodrilos se deslizaron al agua. Los *sahibs* estaban tan cansados, que se desplomaron en la arena como si estuvieran muertos.

La niebla es espesa en el pantano, así que el sol era de un rojo profundo y extrañamente distorsionado por las capas atmosféricas. También había una capa superior de nubes que reflejaban el rojo y dorado del sol, de modo que en conjunto era algo para que el Rajá escribiera uno de sus poemas. Unos cuantos pequeños pterosaurios volaban en lo alto como murciélagos.

Beauregard Black encendió un buen fuego. Habíamos empezado a comer nuestro filete, y el sol en forma de pagoda estaba desapareciendo bajo el horizonte, cuando algo detrás de los árboles hizo un ruido como una bisagra oxidada y un saurópodo sacó la cabeza del agua. Realmente, si la Madre Tierra tuviera que suspirar fuerte por las fechorías de sus hijos, sonaría igual.

Los *sahibs* se levantaron de un salto, gritando:

—¿Dónde está? ¿Dónde está?

Yo dije:

—Esa mancha negra en el agua, a la izquierda de ese punto.

Ellos se lamentaron mientras el saurópodo llenaba sus pulmones y desaparecía.

—¿Eso es todo? —preguntó James—. ¿No veremos más?

Holtzinger dijo:

—He leído que nunca salen del agua porque son demasiado pesados para caminar.

—No —expliqué—. Pueden andar perfectamente bien y a menudo lo hacen, para poner huevos e ir de un pantano a otro. Pero pasan la mayor parte del tiempo en el agua, como los hipopótamos. Comen casi cuatrocientos kilos de plantas de pantano al día, con esas pequeñas cabecitas. Van por la parte inferior de los lagos y pantanos, comiendo, y sacan la cabeza para respirar cada cuarto de hora más o menos. Está oscureciendo, así que éste pronto saldrá y se tumbará en las aguas poco profundas para dormir.

—¿Podemos dispararle? —preguntó James.

—Yo no lo haría —respondí.

—¿Por qué no?

—No sirve de nada —dije— y no es deportivo. Primero, son casi invulnerables. Es más difícil darles en el cerebro que a cualquier otro dinosaurio por la manera en que balancean la cabeza al final del ese largo cuello. Su corazón está enterrado a demasiada profundidad para poder alcanzarlo a menos que se tenga una suerte tremenda. Entonces, si se mata uno en el agua, se hunde y no se puede recuperar. Si se mata en tierra, el único trofeo es esa pequeña cabeza. Uno no se puede llevar toda la bestia porque pesa treinta toneladas o más, y treinta toneladas de carne no nos servirían de nada.

Holtzinger dijo:

—Hay un museo en Nueva York que tiene una.

—Sí —dije—. El Museo Americano de Historia Natural envió a un grupo de cuarenta y ocho al cretáceo temprano con una ametralladora de calibre cincuenta. Mataron a un saurópodo y tardaron dos meses enteros en despellejarlo, cortar el cuerpo y arrastrarlo hasta la máquina del tiempo. Conozco al tipo que se encargó del proyecto, y todavía tiene pesadillas en las que siente el olor del dinosaurio en descomposición.

Tuvieron que matar a una docena de grandes terópodos que acudieron atraídos por el hedor, que quedaron cerca pudriéndose también. Y los terópodos se comieron a tres hombres del grupo a pesar de la potente arma.

A la mañana siguiente, estábamos terminando el desayuno cuando uno de los ayudantes dijo:

—¡Mire, señor Rivers, allí arriba!

Señalaba hacia la línea de la costa. Había seis grandes ornitorrincos con cresta, alimentándose en la zona de poca agua. Eran del tipo llamado *Parasaurolophus*, que tenían un largo pincho que les asomaba por la parte trasera de la cabeza y una membrana de piel que la unía con la parte trasera del cuello.

—Hablen en voz baja —dije.

El ornitorrinco, como los otros ornitópodos, son bestias cautas porque no tienen ni armadura ni armas. Se alimentan en las márgenes de lagos y pantanos, y cuando un gorgosaurio aparece por entre los árboles, ellos se sumergen en el agua y se alejan nadando. Entonces, cuando el *Phobosuchus*, el supercocodrilo, va por ellos en el agua, se alejan veloces hasta tierra. Una vida muy agitada, ¿no?

Holtzinger dijo:

—¡Eh, Reggie! He estado pensando en lo que dijo usted de las cabezas de ceratopsiano. Si pudiera conseguir una de ésas, ya me sentiría satisfecho. Ya sería suficientemente grande para mi casa, ¿no?

—Estoy seguro que sí, amigo —le contesté—. Podríamos dar un rodeo para salir en la orilla cerca de aquí, pero tendríamos que pasar por más de medio kilómetro de porquería y maleza, y nos oirían llegar. O podemos arrastrarnos hasta el extremo norte de este arenal, del que está a unos tres o cuatro metros, un disparo largo pero posible. ¿Cree que podría hacerlo?

—Mmm —murmuró Holtzinger—. Con la mirada telescópica y sentado... está bien, lo intentaré.

—Usted quédese aquí, Court —dije a James—. Es la cabeza de Augie y no quiero discusiones porque usted haya disparado antes.

James gruñó mientras Holtzinger ajustaba la mira telescópica a su rifle. Nos agazapamos e iniciamos nuestro camino por el banco de arena, manteniendo la cresta de la colina entre nosotros y el animal. Cuando llegamos al final, donde no había nada que nos protegiera, avanzamos a cuatro patas; nos movíamos despacio. Si uno se mueve lo bastante despacio, en dirección a un dinosaurio o alejándose de él, éste probablemente no le advertirá.

El ornitorrinco seguía comiendo, irguiéndose a cada momento para mirar a su alrededor. Holtzinger se sentó, amartilló su rifle y apuntó a través de la mira telescópica. Y entonces...

¡Pum, pum!, se oyó un rifle detrás, en el campamento.

Holtzinger dio un brinco. Los ornitorrincos levantaron la cabeza y dieron un salto metiéndose en agua profunda, salpicando como locos. Holtzinger disparó una vez y erró el tiro. Yo disparé una vez al último animal antes de que también desapareciera, pero no acerté. La 600 no está hecha para largo alcance.

Holtzinger y yo retrocedimos hacia el campamento, pues pensamos que quizá tenían problemas allí con los terópodos.

Lo que había ocurrido era que un gran saurópodo

había pasado cerca del campamento, por debajo del agua, alimentándose. Ahora, el agua se hallaba a unos cien metros de nuestro banco de arena, a medio camino hasta el pantano del otro lado. El saurópodo había subido la pendiente hasta que su cuerpo estuvo casi fuera del agua, moviendo la cabeza de lado a lado buscando algo verde que comer. Se trata de una especie de *Alamosaurus*, que se parece mucho al conocido *Brontosaurus* excepto en que es más grande.

Cuando divisé el campamento, el saurópodo se estaba dando la vuelta para regresar por donde había venido, emitiendo horribles gruñidos. Y cuando llegamos, ya había desaparecido en el agua profunda, todo excepto su cabeza y seis metros de cuello, que estuvo moviendo durante un rato antes de desvanecerse en la niebla. James estaba discutiendo con el Rajá. Holtzinger explotó:

—¡Usted, miserable hijo de puta! ¡Es la segunda vez que me echa a perder un disparo!

—No sea necio —dijo James—. No podía dejar que se paseara por el campamento y lo arrasara todo.

—No había peligro —dijo el Rajá—. Como ve, el agua es profunda a poca distancia de la tierra. Sólo es que nuestro alegre señor James no puede ver un animal sin dispararle.

Yo añadí:

—Si se acercaba, lo único que necesitaba hacer era lanzarle una ramita o un palito. Son totalmente inofensivos.

Eso no correspondía del todo a la verdad. Cuando el conde de Lautrec corrió tras uno para dispararle de cerca, el saurópodo le miró, dio un coletazo y le arrancó la cabeza como si le hubieran decapitado en la torre. Pero, por norma general, son inofensivos.

—¿Cómo iba a saberlo? —aulló James, enrojeciendo—. Están todos contra mí. ¿Para qué demonios hemos hecho este miserable viaje, sino para disparar? ¡Ustedes se llaman cazadores, pero yo soy el único que dispara!

Yo me puse furioso y le dije que él no era más que un joven excitable con más dinero que cerebro, a quien jamás debí haber llevado conmigo.

—Si esto es lo que siente —dijo—, deme un burro y un poco de comida, y regresaré a la base yo solo. ¡No contaminaré su aire puro con mi presencia!

—¡No sea imbécil! —dije—. Lo que usted propone es imposible.

—¡Entonces me iré solo!

Agarró su mochila, metió en ella un par de latas de alubias y un abridor, y echó a andar con su rifle.

Beauregard Black habló en voz alta:

—Señor Rivers, no podemos dejarle marchar así. Se perderá y morirá de hambre, o se lo comerá un terópodo.

—Iré a buscarle —dijo el Rajá, y echó a andar tras el fugitivo.

Alcanzó a James cuando desaparecía entre las cícadas. Les vimos a lo lejos discutir y agitar las manos. Al cabo de un rato, iniciaron el camino de regreso con el brazo apoyado en el hombro del otro como si fueran viejos amigos de la escuela.

Esto demuestra los problemas que tenemos si cometemos errores al planificar nuestra actividad. Cuando nos hemos metido en el tiempo, hemos de sacar el máximo partido.

Sin embargo, no quiero dar la impresión de que Courtney James no era más que un incordio. Tenía cosas buenas. Terminaba estas discusiones rápidamente y al día siguiente se mostraba tan alegre como siempre. Era servicial con el trabajo general del campamento, al menos cuando tenía ganas. Cantaba bien y conocía una interminable serie de chistes verdes que nos divertían.

Permanecimos otros dos días en ese campamento. Vimos cocodrilos, de los pequeños, y muchos saurópodos —hasta cinco a la vez—, pero ningún otro ornitorrinco. Tampoco ninguno de los supercocodrilos de quince metros.

Así que el uno de mayo levantamos el campamento y nos encaminamos al norte, hacia las colinas Janpur. Mis *sahibs* empezaban a endurecerse y se impacientaban. Hacía una semana que nos hallábamos en el cretáceo y no teníamos ningún trofeo.

No hubo nada digno de comentar en la siguiente etapa, salvo que vislumbramos un gorgosaurio fuera del alcance y algunas huellas que indicaban el paso de un iguanodonte grande, de ocho o nueve metros de altura. Montamos el campamento en la base de las colinas.

Habíamos terminado la carne, de modo que lo más importante era encontrar carne fresca. Sin perder de vista los trofeos, por supuesto. El tercer día estábamos preparados y le dije a James:

—De acuerdo, amigo, no quiero ninguno de sus trucos. El Rajá le dirá cuándo ha de disparar.

—De acuerdo —dijo, manso como un cordero.

Partimos, los cuatro, hacia las colinas. Allí había probabilidades de que Holtzinger consiguiera su ceratopsiano. Habíamos visto a un par mientras íbamos hacia allí, pero eran simples crías sin cuernos decentes.

Como el tiempo era caluroso y sofocante, pronto resollamos y sudamos. Habíamos caminado toda la mañana sin ver nada excepto lagartos, cuando capté el olor de carroña. Detuve al grupo y olisqué. Nos encontrábamos en un claro abierto interrumpido por aquellos pequeños barrancos secos. Los barrancos estaban junto a un par de gargantas más profundas que se abrían camino a través de una ligera depresión llena de vegetación más densa. Cuando agucé el oído, oí el zumbido de las moscas carroñeras.

—Por aquí —dije—. Debe haber algo muerto... ¡ah, aquí está!

Y allí estaba: los restos de un enorme ceratopsiano que yacía en un pequeño hueco en el borde de un bosquecillo. Vivo, debía de haber pesado seis u ocho toneladas; era una variedad con tres cuernos, quizá la penúltima especie de *Triceratops*. Era difícil decirlo, porque la mayor parte del pellejo de la superficie superior había sido arrancada, y muchos huesos estaban sueltos y esparcidos por el lugar.

Holtzinger exclamó:

—¡Oh, caramba! ¿Por qué no podía haberlo encontrado antes de que muriera? Esa cabeza habría estado muy bien.

Yo le dije:

—Toquemos de pies en el suelo, amigos. Un terópodo ha estado junto a este cadáver y probablemente se encuentra cerca.

—¿Cómo lo sabe? —preguntó James, resbalándole el sudor por su cara redonda y enrojecida.

Habló en lo que para él era voz baja, porque un terópodo en las proximidades es una idea que calma al más frívolo.

Volví a olisquear y me pareció que podía detectar el olor característico de los terópodos. Pero no podía estar seguro, porque el cadáver olía muy fuerte. Mis *sahibs* se estaban poniendo verdes con la visión y el olor del cadáver. Le dije a James:

—Es raro que incluso un terópodo de los grandes ataque a un ceratopsiano adulto. Estos cuernos son demasiado para ellos. Pero les encantan los que están muertos o moribundos. Se quedan cerca de un ceratopsiano muerto durante semanas, atracándose y durmiendo después de sus comidas durante días seguidos. Suelen cobijarse en las horas de más calor, porque no pueden soportar mucho el sol directo. Los encontrará tumbados en bosquecillos como éste o en huecos, siempre que haya sombra.

—¿Qué haremos? —preguntó Holtzinger.

—Echaremos nuestra primera mirada por este bosquecillo, por parejas, como de costumbre. Hagan lo que hagan, no sean impulsivos ni caigan en el pánico.

Miré a Courtney James, pero él miró hacia atrás y se limitó a comprobar su arma.

—¿Debo llevar esto abierto todavía? —preguntó.

—No, ciérrelo, pero mantenga el seguro puesto hasta que esté listo para disparar —dije—. Nos mantendremos más juntos de lo usual, para que podamos vernos. Empieza por ese ángulo, Rajá; ve despacio, y párate a escuchar después de cada paso.

Nos abrimos camino por el borde del bosquecillo, dejando atrás el cadáver pero no su hedor. En unos metros no se veía nada.

El bosquecillo se hizo más amplio mientras nos adentrábamos bajo los árboles, que daban sombra a algunos matorrales. El sol se filtraba a través de los árboles. No se oía más que el zumbido de los insectos, el huir precipitado de los lagartos y los graznidos de las aves con dientes en las copas de los árboles. Me parecía que podía estar seguro del olor del terópodo, pero me decía que tal vez fuera mi imaginación. El terópodo podía ser cualquiera de varias especies, grande o pequeño, y la bestia misma podía estar en cualquier parte en un radio de seiscientos kilómetros.

—Adelante —susurré a Holtzinger.

Oía a James y al Rajá avanzando a mi derecha y veía las frondas de palmeras y helechos moverse cuando ellos las tocaban. Supongo que trataban de avanzar en silencio, pero a mí me parecían como elefantes en una tienda de porcelanas.

—¡Un poco más cerca! —grité.

Después, aparecieron avanzando hacia mí. Bajamos un barranco lleno de helechos y ascendimos al otro lado. Luego encontramos el camino bloqueado por un gran grupo de palmitos.

—Vosotros id por ese lado; nosotros iremos por éste —dije.

Partimos, deteniéndonos para poder escuchar y oler. Nuestras posiciones eran las mismas que el primer día, donde James mató al animal.

Habíamos recorrido dos terceras partes del camino de nuestra mitad cuando oí un ruido al frente, a nuestra izquierda. Holtzinger también lo oyó y sacó el seguro. Yo puse mi pulgar en el mío y avancé hacia un lado para tener un campo de tiro claro.

El estruendo se hizo más fuerte. Levanté mi arma para apuntar aproximadamente a la altura del corazón de un terópodo grande. Hubo un movimiento en el follaje, y apareció un animal de casi dos metros de altura, caminando solemnemente y moviendo la cabeza con cada paso que daba como una paloma gigante.

Oí que Holtzinger soltaba el aliento y tuve que contener la risa. Holtzinger exclamó:

—¡Oh!

Entonces aquella condenada arma de James se disparó, pum, pum. Vi que el animal caía con la cola y las patas traseras volando.

—¡Le he dado! —aulló James—. ¡Le he dado!

Oí que corría hacia adelante.

—¡Dios mío, lo ha vuelto a hacer! —dije.

Entonces hubo una gran agitación en el follaje y un grito salvaje de James. Algo se agitó entre los arbustos, y vi la cabeza del mayor de los comedores de carne locales, el propio *Tyranosaurus trionyches*.

Los científicos pueden insistir en que el *rex* es la especie más grande, pero juro que este ejemplar era mayor que cualquier *rex* jamás empollado. Debía de tener seis metros de altura y quince de largo. Le vi su brillante y gran ojo, los dientes de quince centímetros y la gran papada que le cuelga de la mandíbula al pecho.

El segundo barranco que cortaba el bosquecillo atravesaba nuestro camino en el extremo alejado del grupo de palmitos. Quizá tenía dieciocho metros de profundidad. El tiranosaurio había estado tumbado allí, durmiendo después de su última comida. La parte de la espalda que sobresalía del nivel de tierra la ocultaban los helechos del borde del barranco. James había disparado los dos cañones sobre la cabeza del terópodo y lo despertó. Luego, el muy imbécil corrió hacia adelante sin volver a cargar el arma. Otros seis metros y habría pisado al tiranosaurio.

James, naturalmente, se detuvo cuando esa cosa se alzó frente a él. Recordó que había disparado ambos cañones y que había dejado al Rajá demasiado atrás para que pudiera disparar bien.

Al principio, James mantuvo la calma. Abrió su arma, se sacó dos cartuchos del cinturón y los metió en los cañones. Pero, en su prisa por cerrar el arma, se pilló la mano. El doloroso pellizco sobresaltó tanto a James, que el arma se le cayó. Entonces él se desmoronó y se fue corriendo.

El Rajá corría con el arma preparada, listo para echársela al hombro en el instante en que tuviera una visión clara. Cuando vio a James corriendo hacia él, vaciló, pues no deseaba disparar a James por accidente. Este último se lanzó de cabeza, chocó con el Rajá y los dos cayeron entre los helechos. El tiranosaurio reunió el poco ingenio que tenía y avanzó para comérselos.

¿Y qué hacíamos Holtzinger y yo en el otro lado de los palmitos? Bien, en el instante en que James aulló y apareció la cabeza del tiranosaurio, Holtzinger salió disparado como un conejo. Yo había levantado mi arma para disparar a la cabeza del tiranosaurio, con la esperanza de alcanzarle al menos en un ojo; pero, antes de poder apuntar, la cabeza estaba fuera del alcance de la vista detrás de los palmitos. Quizá debería haber disparado al azar, pero mi experiencia me aconsejó no hacerlo.

Cuando volví a mirar frente a mí, Holtzinger ya había desaparecido tras la curva del grupo de palmitos.

Había echado a andar tras él cuando oí su rifle y el chasquido del cerrojo entre un disparo y otro: pum —clic clic— pum —clic clic, así.

Se había acercado al cuarto trasero del tiranosaurio cuando el animal empezaba a agacharse para agarrar a James y al Rajá. Con el cañón del arma a seis metros del tiranosaurio, Holtzinger empezó a meter balas del 375 en el cuerpo de la bestia. Había efectuado tres disparos cuando el tiranosaurio emitió un gruñido que resonó de un modo tremendo y se giró en redondo para ver qué era lo que le aguijoneaba. Abrió las fauces y balanceó la cabeza arriba y abajo otra vez.

Holtzinger disparó una vez más e intentó saltar a un lado. Como estaba en un lugar estrecho entre el grupo de palmitos y el barranco, cayó al barranco. El tiranosaurio prosiguió su arremetida y le agarró. Las fauces hicieron *chomp*, y se alzaron con la cabeza del pobre Holtzinger en ellas, que gritaba como un condenado.

Yo llegué entonces y apunté a la cara del animal, pero entonces me di cuenta de que tenía en sus fauces a mi *sahib* y que también le dispararía a él. Como la cabeza seguía subiendo como una pala mecánica enorme, apunté al corazón. El tiranosaurio ya estaba volviéndose, y sospecho que la bala sólo le tocó en las costillas. La bestia dio un par de pasos cuando volví a dispararle. Dio otro paso tambaleante pero se mantuvo erguida. Otro paso, y ya estaba casi fuera del alcance de la vista entre los árboles, cuando el Rajá disparó dos veces. El fornido tipo se había desembarazado de James, se levantó, tomó su arma y disparó al tiranosaurio.

El doble golpe hizo caer a la bestia con un enorme estruendo. Cayó en un magnolio enano, y vi que una de sus enormes patas traseras se agitaba en medio de una lluvia de pétalos rosas y blancos. Pero el tiranosaurio volvió a levantarse y se alejó tambaleándose sin siquiera dejar a su víctima. Lo último que vi fueron las piernas de Holtzinger colgando en un lado de la mandíbula del animal (había dejado de gritar) y su gran cola golpeando los troncos de los árboles al balancearla de un lado a otro.

El Rajá y yo volvimos a cargar nuestras armas y corrimos tras el animal con todas nuestras fuerzas. Yo tropecé y me caí una vez, pero me levanté de un salto y no me fijé en que me había herido el codo hasta más tarde. Cuando salimos del bosquecillo, el tiranosaurio ya estaba en el extremo más alejado del claro. Los dos lanzamos un disparo rápido pero probablemente erramos, y estuvo fuera del alcance de la vista antes de que pudiéramos volver a disparar.

Corrimos, siguiendo las huellas y manchas de sangre, hasta que tuvimos que parar de puro agotamiento. No volvimos a ver al tiranosaurio. Sus movimientos parecen lentos y pesados, pero con aquellas tremendas piernas no tienen que andar muy deprisa para alcanzar una velocidad considerable.

Cuando hubimos recuperado el aliento, nos levantamos e intentamos seguir la pista al tiranosaurio, con la teoría de que podría estar muriéndose y podríamos llegar hasta él. Pero, aunque encontramos más huellas, al final se perdió. Dimos unas vueltas, con la esperanza de encontrarlo, pero no hubo suerte.

Horas más tarde, nos rendimos y regresamos al claro.

Courtney James estaba sentado con la espalda contra un árbol, sosteniendo su rifle y el de Holtzinger. Tenía la

51

mano derecha hinchada y amoratada donde se había pellizcado, pero seguía útil. Sus primeras palabras fueron:

—¿Dónde demonios han estado?

Yo dije:

—Hemos estado ocupados. El difunto señor Holtzinger, ¿lo recuerda?

—No deberían haberse alejado dejándome; podría haber venido otra de esas bestias. ¿No es suficiente perder a un cazador por su estupidez para arriesgarse a perder a otro?

Yo había estado preparando un cálido rapapolvo para James, pero su ataque me asombró tanto, que sólo pude balbucear:

—¿Qué? ¿Nosotros hemos perdido...?

—Claro —dijo él—. Nos ponen a nosotros delante, así, si se comen a alguien, es a nosotros. Envían a un tipo contra estos animales sin las armas adecuadas. Ustedes...

—¡Usted, maldito cerdo apestoso! —le interrumpí—. Si usted no hubiera sido tan idiota y no hubiera disparado aquellos dos cañonazos, y luego corrido como el cobarde que es, esto nunca habría sucedido. Holtzinger ha muerto intentando salvarle su vida sin valor. ¡Por Dios, ojalá no lo hubiera conseguido! Él valía como seis bastardos estúpidos y malcriados como usted...

Seguí. El Rajá trató de seguirme la corriente, pero se quedó sin palabras en inglés y se vio reducido a insultar a James en indostánico.

Vi, por el color rojo del rostro de James, que se estaba acalorando. Dijo:

—Usted, usted... —se adelantó y me pegó un puñetazo en la cara con la mano izquierda.

52

El golpe me hizo tambalear un poco, pero dije:

—Está bien, amigo, ¡me alegro de que me haya hecho eso! Así tengo la oportunidad que he estado esperando...

Y arremetí contra él. Era un tipo fornido, pero entre mi peso y su mano derecha dolorida, no tuvo ninguna posibilidad. Le di unos cuantos golpes y al final cayó.

—¡Ahora, levántese! —ordené—. ¡Y me alegraré de terminar con usted!

James se irguió y se apoyó en los codos. Yo me preparé para darle más puñetazos, aunque tenía los nudillos despellejados y sangrando. James rodó, agarró su arma y se puso de pie, dirigiendo el cañón del fusil de uno a otro.

—¡No terminará nada! —dijo entre jadeos con los labios hinchados—. ¡Está bien! ¡Las manos en alto! ¡Los dos!

—No sea idiota —dijo el Rajá—. Deje esa arma.

—Nadie me trata así y queda impune.

—No tiene sentido matarnos —dije—. Nunca lo conseguirá.

—¿Por qué no? No quedará gran cosa de ustedes si disparo esto. Diré que el tiranosaurio también se los comió. Nadie podría probar nada. No pueden acusarte de un asesinato cometido hace ochenta y cinco millones de años. El estatuto de las limitaciones, ya saben.

—¡Idiota, jamás regresará vivo al campamento! —grité.

—Me arriesgaré... —empezó a decir James, colocándose sobre el hombro la 500 con los cañones apuntando a mi cara. Parecían un par de sangrantes túneles para vehículos.

Él me miraba tan de cerca, que perdió la pista del Rajá por un segundo. Mi compañero había estado apoyado en una rodilla, y ahora su brazo derecho hizo un rápido movimiento con una piedra de kilo y medio. La roca dio a James en la cabeza. La 500 se disparó. La bala debió de separarme el cabello, y la explosión estuvo a punto de perforarme los tímpanos. James volvió a caer.

—¡Buen trabajo, amigo! —dije, agarrando el arma de James.

—Sí —dijo el Rajá pensativo, mientras recogía la piedra que había lanzado y la tiraba—. No tiene el equilibrio de una pelota de críquet, pero es igual de dura.

—¿Qué haremos ahora? —pregunté—. Yo me inclino por dejar a este tipo aquí, sin armas, y que se defienda solo.

El Rajá emitió un pequeño suspiro.

—Es una idea tentadora, Reggie, pero no podemos, ya lo sabes. No se hace.

—Supongo que tienes razón —dije—. Bueno, atémosle y llevémosle al campamento.

Acordamos que no estaríamos seguros a menos que mantuviéramos a James vigilado a cada momento hasta que llegáramos a casa. Una vez que un hombre ha intentado matarte, eres tonto si le das otra oportunidad.

Llevamos a James de nuevo al campamento y comunicamos al equipo que teníamos problemas. James maldijo a todo el mundo.

Pasamos tres días fatales peinando el lugar en busca de aquel tiranosaurio, pero no hubo suerte. Nos parecía que no habría sido jugar limpio no intentar recuperar los restos de Holtzinger. De vuelta a nuestro campamento, cuando no llovía, recogíamos pequeños reptiles y cosas para nuestros amigos científicos. El Rajá y yo discutimos la cuestión de la denuncia legal contra Courtney James, pero decidimos que no podíamos hacer nada en ese sentido.

Cuando la cámara de transporte se materializó, chocamos todos al querer subir a ella. Metimos a James, aún atado, en un rincón, y le dijimos al operador que accionara los mandos.

Mientras nos transportaba, James dijo:

—Deberían haberme matado ahí.

—¿Por qué? —pregunté—. Su cabeza no es particularmente interesante.

El Rajá añadió:

—No quedaría nada bien sobre una chimenea.

—Pueden reírse —dijo James—, pero algún día les atraparé. Encontraré la manera de vengarme.

—¡Mi querido amigo! —dije—, si hubiera alguna manera de hacerlo, le acusaría de la muerte de Holtzinger. Será mejor que lo deje correr.

Cuando llegamos al presente, le entregamos su arma vacía y su equipo, y se fue sin decir una sola palabra. Cuando ser marchaba, la novia de Holtzinger, aquella Claire, se precipitó llorando:

—¿Dónde está? ¿Dónde está August?

Hubo una escena estremecedora, a pesar de la habilidad del Rajá para manejar semejantes situaciones.

Llevamos a nuestros hombres y las bestias al viejo edificio del laboratorio que la universidad ha habilitado como oficinas para estas expediciones. Pagamos a todo el mundo y nos encontramos sin blanca. Los pagos por adelantado de Holtzinger y James no cubrían los gastos, y teníamos pocas posibilidades de cobrar el resto de nuestros honorarios de James o de Holtzinger.

Y hablando de James, ¿saben lo que ese tío estaba haciendo? Se fue a su casa, recogió munición y regresó a la universidad. Fue a ver al profesor Prochaska y le pidió:

—Profesor, me gustaría que volviera a enviarme al cretáceo a hacer un viaje rápido. Si puede meterme en su esquema enseguida, ya puede decir el precio. Para empezar, le ofreceré cinco mil. Quiero ir al veintitrés de abril, ochenta y cinco millones a. de C.

Prochaska respondió:

—¿Por qué desea regresar tan pronto?

—Perdí la cartera en el cretáceo —dijo James—. Imagino que, si vuelvo el día antes de mi llegada a esa era en mi último viaje, vigilaré cuando llegue y buscaré mi cartera.

—Cinco mil es mucho dinero para una cartera —dijo el profesor.

—Tengo en ella algunas cosas que no puedo reemplazar —dijo James.

—Bueno —dijo Prochaska, pensativo—. El grupo que tenía que salir esta mañana ha telefoneado diciendo que llegaría tarde, así que quizá pueda llevarle. Siempre me he preguntado qué ocurriría si el mismo hombre ocupara el mismo espacio de tiempo dos veces.

Así que James extendió un cheque y Prochaska le llevó a la cámara. La idea de James, al parecer, era quedarse detrás de un arbusto a pocos metros de donde la cámara de transporte aparecería y dispararnos al Rajá y a mí cuando saliéramos.

Horas más tarde, nos habíamos puesto ropa de calle

y habíamos telefoneado a nuestras esposas para que vinieran a recogernos. Nos hallábamos en Forsythe Boulevard esperándolas cuando hubo una especie de explosión y un resplandor de luz a menos de quince metros de donde estábamos nosotros. La onda expansiva nos hizo temblar y rompió varias ventanas.

Corrimos hacia el lugar y llegamos allí cuando un policía y varios ciudadanos aparecieron. En el paseo, junto al bordillo, yacía un cuerpo humano. Al menos, lo había sido, pero parecía como si cada hueso hubiera sido pulverizado y cada vaso sanguíneo hubiera estallado, así que apenas era algo más que una masa viscosa de protoplasma rosa. La ropa que llevaba estaba hecha harapos, pero reconocí un rifle exprés H & H 500 de dos cañones. La madera estaba chamuscada y el metal agujereado, pero era el arma de Courtney James. No cabía ninguna duda.

Dejando a un lado las investigaciones respecto a lo que había ocurrido, lo sucedido fue lo siguiente: nadie nos había disparado cuando salimos el día veinticuatro, y eso no se podía cambiar. Por esa razón, en el instante en que James empezó a hacer algo que produciría un cambio visible en el mundo ochenta y cinco millones de años a. de C., tal como dejar una huella en el suelo, las fuerzas del espacio-tiempo le lanzaron al presente para impedir una paradoja. Y la violencia del paso prácticamente le hizo añicos.

Ahora que esto se entiende mejor, el profesor no envía a nadie a un período inferior a cinco mil años, en el tiempo que algún viajero haya explorado ya, porque sería demasiado fácil efectuar algún acto, como cortar un árbol o perder algún artefacto, que afectara al mundo posterior. En períodos más largos, me ha contado, esos cambios se pierden en la corriente del tiempo.

Después de eso lo pasamos mal, con la mala publicidad y todo, aunque cobramos los honorarios de James. Afortunadamente para nosotros, apareció un fabricante de acero que quería una cabeza de mastodonte para su cabaña.

Ahora yo también entiendo mejor esas cosas. El desastre no había sido totalmente culpa de James. Yo no debería haberle llevado cuando sabía que era un tipo tan malcriado e inestable. Y si Holtzinger hubiera podido utilizar un arma realmente pesada, probablemente habría abatido al tiranosaurio, aunque no lo matara, dándonos a los demás oportunidad de rematarlo.

Así, señor Seligman, ya sabe por qué no le llevaré a cazar a ese período. Hay otras muchas eras, y si las repasa estoy seguro de que encontrará algo que le guste. Pero no el jurásico o el cretáceo. No es usted lo bastante corpulento para manejar un arma ante un dinosaurio.

Pobre pequeño guerrero

Brian W. Aldiss

Hablando de profesionalidad, como decíamos en el prólogo, este relato clásico de Brian W. Aldiss es una punzante —y no obstante mordazmente humorística— acusación del cazador moderno, de fin de semana, criado en la ciudad. Demasiado confiado, inseguro y armado hasta los dientes, rastrea a través de campos y bosques en busca de una perfecta catarsis primera.

Cuánto más emocionante sería, entonces, retroceder al jurásico en busca de la mayor presa de todos los tiempos...

Sería emocionante, ¿no?

Uno de los verdaderos gigantes en este campo, Brian W. Aldiss ha publicado ciencia ficción desde hace más de medio siglo, y tiene más de dos docenas de libros en su historial. Su clásica novela The Long Afternoon of Earth *le mereció el premio Hugo en 1962.* The Saliva Tree *el premio Nebula en 1965, y su novela* Starship *el premio Jules Verne en 1977. Recibió otro premio Hugo en 1987 por su estudio crítico de ciencia ficción* Trillion Year Spree, *escrito con David Wingrove. Sus otros libros incluyen la aclamada trilogía:* Helliconia Spring,

Helliconia Summer, Helliconia Winter; The Malacia Tapestry, An Island Called Moreau, Frankestein Unbound *y* Cryptozoic. *Su última obra es la colección* Season in Flight. *Vive en Oxford, Inglaterra.*

Claude Ford sabía exactamente cómo se cazaba un brontosaurio. Se arrastraba sin hacer caso por el barro entre los sauces, a través de las pequeñas flores primitivas con pétalos verdes y marrones como en un campo de fútbol, por el barro como si fuera loción de belleza. Atisbaba a la criatura tumbada entre los juncos, su cuerpo airoso como un calcetín lleno de arena. Allí estaba, dejando que la gravedad lo abrazara al pantano húmedo, con sus grandes ventanas de la nariz a treinta centímetros de la hierba en un semicírculo, buscando con ronquidos más juncos. Era hermoso: aquí el horror había llegado a sus límites, se había cerrado el círculo y finalmente había desaparecido por su propio esfínter. Sus ojos relucían con la viveza del dedo gordo de un cadáver de una semana, y su aliento fétido y la piel en sus cavidades auditivas eran particularmente para ser recomendados a alguien que de otro modo se habría sentido inclinado a hablar amorosamente del trabajo de la madre Naturaleza.

Pero cuando uno, pequeño mamífero con el dedo oponible y rifle de calibre 65, autorrecargable, semiautomático, de dos cañones, con mira telescópica, inoxidable y de gran potencia, agarrado con las manos que de otro modo estarían indefensas, se desliza bajo los sauces, lo que principalmente le atrae es la piel de lagarto. Despide un olor de resonancia tan profunda como la nota baja de un piano. Hace que la epidermis del elefante parezca una hoja arrugada de papel higiénico. Es gris como los mares vikingos, profundo como los cimientos de una catedral. ¿Qué contacto posible con el hueso podía aliviar la fiebre de aquella carne? Por encima corren —¡desde aquí se los puede ver!— los pequeños piojos marrones que viven en esas grises paredes y cañones, alegres como fantasmas, crueles como cangrejos. Si uno de ellos saltara sobre ti, muy probablemente te rompería la espalda. Y cuando uno de esos parásitos se detiene para ladear la pata contra una de las vértebras del bronto, se puede ver que lleva su propia cosecha de vividores, cada uno grande como una langosta, porque ahora estás cerca, sí, tan cerca que puedes oír el primitivo palpitar del corazón del monstruo, cómo el ventrículo sigue el ritmo milagroso con la aurícula.

La hora de escuchar el oráculo ha pasado: estás más allá de la fase de los agüeros, ahora estás por la matanza, la suya o la tuya; la superstición ya ha tenido su pequeño día hoy, a partir de ahora sólo este nervio tuyo, este tembloroso conglomerado de músculo enmarañado bajo la piel reluciente por el sudor, esta sangrienta necesidad de matar al dragón, responderá a todas tus plegarias.

Podrías disparar ahora. Sólo esperar hasta que esa pequeña cabeza, como una excavadora, se detenga otra vez para tragar un cargamento de plantas, y con un disparo inexpresivamente vulgar puedas mostrar a todo el indiferente mundo jurásico que está contemplando el extremo comercial del revólver de seis disparos de la evolución. Sabes por qué te detienes; esa vieja conciencia de gusano, larga como un lanzamiento de béisbol, de larga vida como una tortuga, está trabajando. A través de todos los sentidos se desliza, más monstruoso que la serpiente. A través de las pasiones, diciendo: he aquí un blanco fácil, ¡oh, inglés! A través de la inteligencia, susurrando: que el aburrimiento, el halcón cometa que jamás se alimenta, se aposentará otra vez cuando la tarea esté realizada. A través de los nervios, burlándose de que, cuando las corrientes de adrenalina cesen de fluir, empiece el vómito. A través del maestro que hay detrás de la retina; forzando pausiblemente en ti la belleza de la vista.

Evitemos esa pobre esquiva palabra: belleza; santa madre, ¿es esto una película de viajes, y no estamos fuera de ella? «Encaramadas ahora en la espalda de esta criatura titánica, vemos una docena redonda —y, amigos, déjenme hacer hincapié en lo de redonda— de aves con un plumaje chillón, exhibiendo entre ellas todo el color que cabría esperar en la encantadora playa de Copacabana. Son redondas porque se alimentan de la rica mesa del hombre. ¡Miren ahora este precioso disparo! Vean levantarse la cola del bronto... ¡Oh!, encantador, sí, un par de almiares al menos emergen de su extremo inferior. Eso sí que fue una belleza, amigos, entregada directamente de consumidor a consumidor. Las aves ahora se pelean por ello. ¡Eh, vosotras!, ya tenéis suficiente para engordar, y de todos modos, ya estáis bastante redondas... Y no hay nada más que hacer ahora que volver al viejo bistec del anca y esperar a la próxima. Y, a medida que el Sol se hunde en el oeste del jurásico, decimos: "Adiós a esa dieta"...».

No, estás aplazando una decisión, y eso es el traba-

jo de una vida. Disparar a la bestia y sacarla de su agonía. Tomando tu coraje en las manos, alzas el arma a
nivel del hombro y cierras un ojo para apuntar. Se produce un tremendo estampido; quedas medio atontado.
Tembloroso, miras a tu alrededor. El monstruo sigue
comiendo, aliviado de haber calmado el viento lo suficiente como para quebrar la tranquilidad del antiguo
marinero.

Enojado (¿o es una emoción más sutil?), sales de
entre arbustos y te enfrentas a él, y esta condición
de estar expuesto es típica de los apuros a los que tu
consideración por ti y los otros te lanza continuamente.
¿Consideración? ¿O también algo más sutil? ¿Por qué
has de estar confundido sólo porque procedes de una
civilización confusa? Pero ese punto lo discutiremos
más tarde, si existe un más tarde, pues estos dos ojos
que te miran desde la distancia tienden a discutir. Que
no sea sólo con mandíbulas, ¡oh monstruo!, sino también con enormes patas y, si te conviene, por montañas
que me arrollan. Que la muerte sea una saga, sagaz.

A cuatrocientos metros de distancia se oye el ruido
de una docena de hipopótamos saliendo del barro an-
cestral, y un instante después una cola enormemente
larga, como un lunes, y gruesa como un sábado por la
noche, te pasa por encima de la cabeza. Tú te agachas
porque es lo que debes hacer, pero la bestia no te ha pillado porque su coordinación no es mejor de lo que
sería la tuya si tuvieras que balancear el Woolworth
Building sobre un pequeño ratón. Hecho esto, parece
sentir que ha cumplido con su obligación. Se olvida de
ti. Lo único que tú deseas es poder olvidar con la misma
facilidad; ésa fue, al fin y al cabo, la razón por la que tu-

viste que venir hasta aquí. *Aléjese de todo*, decía el folleto de los viajes en el tiempo, lo que significaba alejarte de Claude Ford, un esposo fútil como su nombre, con una esposa terrible llamada Maude. Maude y Claude Ford. Que no podían encajar el uno con el otro, o en el mundo en que habían nacido. Era la mejor situación para venir a cazar saurios gigantescos, si se era lo bastante necio para pensar que ciento cincuenta millones de años antes o después significarían algún cambio en la maraña de pensamientos que había en el vórtice cerebral de un hombre.

Lo intentas y detienes tus necios pensamientos, pero en realidad nunca han parado desde los días en que crecías con ayuda de la coca; Dios, si la adolescencia no existiera, sería innecesario inventarla. Un poco, te mantiene firme para que vuelvas a mirar el enorme bulto de este tirano vegetariano contra cuya presencia has cargado con semejante deseo mezclado de muerte-vida, has cargado con toda la emoción de la que es capaz el orga(ni)smo. Esta vez el coco es real, Claude, tal como lo querías, y esta vez realmente tienes que enfrentarte a él antes de que se vuelva y se enfrente a ti otra vez. Y así levantas de nuevo el arma, esperando hasta que puedas localizar el punto vulnerable.

Los brillantes pájaros se mecen al viento, los piojos corren como perros, el pantano gruñe cuando el bronto se balancea y envía su pequeño cráneo bajo el agua en busca de forraje. Lo observas; nunca habías estado tan inquieto en toda tu inquieta vida, y confías en que esta catarsis escurra la última gota de ácido temor de tu cuerpo para siempre. Está bien, te repites una y otra vez, sin servir de nada tu educación de un millón de dólares del siglo veintidós, está bien, está bien. Y mientras lo dices por enésima vez, la loca cabeza vuelve a salir del agua como un expreso y mira hacia ti.

Pace en tu dirección. Pues, mientras las mandíbulas con sus grandes molares despuntados como postes de cemento se mueven de un lado para otro, ves el agua del pantano fluir sobre labios sin bordes, bordes sin labios, salpicándote los pies y empapando la tierra. Junco y raíz, tallo y tronco, hoja y marga, todo es visible con intermitencia en ese estómago masticador, luchando, rezagándose o arrojando, entre ellos, pececillos, diminutos crustáceos, ranas, todos destinados, en ese terrible movimiento de mandíbula, a girar en el movimiento del vientre. Y mientras tiene lugar esta deglución, los ojos resistentes al lodo vuelven a examinarte.

«Estas bestias viven doscientos años», dice el folleto del viaje, y ésta, en concreto, es obvio que ha intentado vivirlos, pues su mirada tiene siglos, llenos de década tras década de sumirse en su pesada irreflexión hasta que se ha vuelto sabia de tanto agitarse. Para ti es como mirar una perturbadora laguna brumosa; te produce un choque psíquico, disparas los dos cañones según tus reflejos. Pam, pam, las balas dumdum, grandes como garras, salen.

Sin indecisión, esas luces de un siglo, débiles y sagradas, se apagan. Estos claustros están cerrados hasta el día del juicio final. Tu reflejo está desgarrado y ensangrentado para siempre. Sobre sus cristales destrozados, unos párpados se deslizan lentamente hacia arriba, como sábanas sucias cubriendo un cadáver. La mandíbula sigue masticando lentamente, y también lentamente la cabeza se sumerge. Lentamente, unas gotas de fría sangre de reptil resbalan por el flanco arrugado de una mejilla. Todo es lento, una lentitud de la era secundaria como el goteo del agua, y sabes que, si te hubieras encargado de la creación, habrías encontrado algún medio menos angustioso de hacer que el «tiempo» lo organizara todo.

¡No importa! Bebed de vuestros vasos, señores, Claude Ford ha matado a una criatura inofensiva. ¡Viva Claude el de las Garras!

Observas, sin aliento, cómo la cabeza toca el suelo, el largo cuello toca el suelo, las mandíbulas se cierran para siempre. Observas y esperas a que ocurra algo más, pero nada ocurre. Nada ocurrirá. Podrías estar ahí observando durante mil quinientos millones de años, Lord Claude, y nada sucedería jamás aquí otra vez. Gradualmente, el robusto cuerpo de tu bronto, limpiado por los depredadores, se hundirá en el lodo, arrastrado a las profundidades por su propio peso; entonces las aguas subirían, y el viejo mar Conquistador entraría con el aire ocioso de un tramposo de las cartas repartiendo a los chicos una mala mano. Los sedimentos se filtrarían por la enorme tumba, una lenta lluvia con siglos para llover en ella. El viejo lecho del bronto podría elevarse y descender quizá media docena de veces, con suavidad suficiente para no perturbarlo, aunque ahora las rocas sedimentarias se estarían formando en torno a él. Por fin, cuando estuviera envuelto en una tumba más fina de lo que jamás ha alardeado ningún rajá indio, los poderes de la Tierra lo elevarían a la altura de sus hombros, hasta que, aún dormido, el bronto yaciera en un borde rocoso, muy por encima de las aguas del Pacífico. Y nada de eso contaría contigo, Claude la Espada; pero, una vez que el gusano enano de la vida está muerto en el cráneo de la criatura, el resto no es asunto tuyo.

Ahora no sientes ninguna emoción. Sólo estás ligeramente desconcertado. Esperabas un dramático estremecerse de la Tierra, o un bramido; por otra parte, te alegras de que la cosa, al parecer, no haya sufrido. Eres, como todos los hombres crueles, sentimental; eres, como todos los hombres sentimentales, remilgado. Te colocas el arma bajo el brazo y rodeas el dinosaurio para contemplar tu victoria.

Pasas por delante de las desgarbadas pezuñas, rodeas el blanco aséptico del acantilado del vientre, más allá de la reluciente caverna de la cloaca, pasando por fin bajo el tobogán de la cola al anca. Ahora tu desilusión es dura y evidente como una tarjeta de visita: el gigante no es la mitad de grande de lo que pensabas. No es la mitad más grande, por ejemplo, de la imagen que tienes en la mente de ti y Maude. ¡Pobre pequeño guerrero, la ciencia nunca inventará nada para ayudar a la muerte titánica que quieres en las cavernas contraterrenales de tu idioplasma rebuscadamente temeroso!

No te queda más que regresar a tu automóvil del tiempo con un vientre lleno de anticlímax. Mira, los brillantes pájaros consumidores de excrementos ya han entendido el verdadero estado de las cosas; uno a uno, repliegan sus alas y vuelan desconsolados lejos del pantano hacia otros lugares. Saben cuándo una cosa buena se vuelve mala, y no esperan a que los buitres los echen. Tú también te alejas.

Te alejas, pero te detienes. No queda nada más que regresar, no, pero 2181 d. de C. no es la fecha de casa; es Maude. Es Claude. Es todo el terrible, desesperado e interminable asunto de intentar adaptarse a un ambiente demasiado complejo, de intentar convertirte tú mismo en una pieza de una máquina. Tu huida hacia «las grandes simplicidades del jurásico», para volver a citar el folleto, era sólo una huida parcial, ahora terminada.

Así que te detienes, y cuando lo haces, algo aterriza en tu espalda, arrojándote de cara al lodo. Luchas y gritas cuando unas pinzas de langosta te aferran por el cuello y la garganta. Tratas de agarrar el rifle pero no puedes; en agonía te revuelcas, y al siguiente instante el animal te salta al pecho. Tú intentas arrancarle el caparazón, pero él se ríe y te arranca los dedos. Al matar al bronto has olvidado que sus parásitos lo dejarían, y que, para una pequeña gamba como tú, ellos serían muchísimo más peligrosos que para su anfitrión.

Haces todo lo que puedes, dando patadas al menos tres minutos. Después de ese tiempo hay un enjambre de criaturas sobre ti. Ya están dejando limpio tu cadáver. Te gustará estar ahí arriba en las rocas; no sentirás nada.

Hermano verde

Howard Waldrop

Tan extendida está la imagen del dragón —este tipo de criaturas aparece en todas las mitologías del mundo— y tan fuertes son las emociones que provoca, que el doctor Carl Sagan, entre otros, ha sugerido que los dragones son en realidad recuerdos atávicos de los dinosaurios, restos de los días en que nuestros remotos antepasados eran pequeños insectívoros habitantes de los árboles, que se estremecían de terror cuando uno de esos inmensos carnívoros como el Tyrannosaurus Rex *se acercaba por la selva.*

Sea cual fuere la verdad, el arquetipo del dinosaurio está en nuestra sangre, y aún ronda por nuestros sueños, donde puede encontrarse, y evocarse, y a veces utilizarse, aunque no sepamos muy bien lo que es...

Howard Waldrop está considerado uno de los mejores escritores de relatos cortos, y su famosa narración The Ugly Chickens *ganó los premios Nebula y World Fantasy en 1981. Su trabajo ha sido recopilado en dos colecciones:* Howard Who? *y* All About Strange Monsters of the Recent Past: Neat Stories by Howard Waldrop, *y se están realizando más antologías. Waldrop*

también es autor de la novela Them Bones, *y, en colaboración con Jake Saunders, de* The Texas-Israeli War:
1999. *Otra novela en solitario, titulada* A Dozen
Tough, Jobs *acaba de ser publicada.* Waldrop vive en
Austin, Texas.

Estoy hablando ahora de la época en que Nube
Roja peleaba con los Piernas Amarillas por el camino
de tierra que construían cruzando nuestras tierras.

Eso comenzó el último invierno que los Piernas
Amarillas estaban luchando contra los Hombres Blancos Grises hacia el este. Nosotros no entendíamos por
qué querían matarse unos a otros, pero no nos importaba mientras nos dejaran tranquilos.

Yo soy Raramente Manta. En aquella época, era un
gran jefe hechicero de mi gente. No me habría metido
en esa lucha con los soldados de no haber sido porque
mis dos yernos querían ir con los otros. Me importa un
bledo el resto de mi gente, pero aprecio a mis dos hijas
y a los hombres que se casaron con ellas.

Así que a principios de aquella primavera traslada-
mos nuestro alojamiento a los lugares donde el resto de
los Lakota estaba acampado; bailamos las danzas de la
medicina y los hombres más jóvenes se fueron a pelear
con los soldados que estaban en el fuerte, en el gran camino de tierra.

Yo me pasaba casi todo el tiempo en el campamento, aunque de vez en cuando iba a contemplar cómo se
disparaban y se mataban los unos a los otros. A veces, los
grupos de guerreros traían a uno de los nuestros, ento-
nábamos los cantos de la muerte y llorábamos. A veces,

oíamos que habían capturado a algunos soldados y nos reíamos de ellos y después los matábamos. En aquella ocasión, no se trataba realmente de una guerra. Simplemente les demostrábamos lo molestos que estábamos.

Habíamos celebrado una reunión unos años antes, con representantes del Gran Padre Blanco, y todos habíamos tocado la pluma estilográfica, y nos ofrecieron bonitos regalos y una gran comida. Y nos trajeron muchas mantas y abalorios. Luego construyeron una carretera que cruzaba nuestras mejores tierras de caza.

La carretera se llenó de carretas y la gente que venía nos hacía saber que no les gustábamos. Ellos también tenían miedo, así que pronto aparecieron los soldados en invierno, mientras nos encontrábamos en los terrenos de caza, en el sur, y construyeron un gran fuerte de madera. Fue entonces cuando nuestros primeros exploradores regresaron al norte. Los soldados también cazaban el búfalo por su hígado.

Nube Roja, el gran portavoz de nuestra gente, fue al gran fuerte y preguntó al soldado más importante si se irían antes de que volviera a hacer frío. El hombre dijo que no.

Enviaron un hombre del este que le dijo a Nube Roja que habían accedido a la construcción del fuerte y la carretera.

Nube Roja dijo que no recordaba que ese tema se hubiera planteado nunca.

Así que enviaron a más gente blanca a ver a Nube Roja.

—Comimos muy bien durante una semana —dijo al consejo—, pero me parece que ninguno de ellos habló jamás de corazón.

Dijo que los hombres blancos se quejaban de que se peleaban unos con otros por los Hombres Negros y que necesitaban el gran camino de tierra.

Nube Roja les dijo que el gran edificio de madera era una monstruosidad en la visión del Gran Misterio, y el camino de tierra estaba poniendo nerviosos a los búfalos y si, por favor, podían retirar ambas cosas.

Ellos dijeron que no, y dieron la vuelta a la hoja de papel.

De modo que Nube Roja y unos centenares de guerreros salieron una noche e incendiaron el fuerte.

Entonces los hombres blancos lo volvieron a construir hace dos inviernos. Ahora todo el mundo se hallaba guerreando. Mis yernos estaban fuera casi todo el tiempo, excepto cuando traían comida, y yo me encontraba casi siempre en compañía de ancianos, mujeres y niños. Es agradable hacerlo de vez en cuando. Te da perspectiva.

Mi nieto favorito se llamaba entonces Potro de Otoño, pero pronto se cambiaría ese nombre, ya que se aproximaba su decimotercer aniversario. Aprendía rápido y captaba muy deprisa los conocimientos que yo le transmitía. Sabía que lo que quería él era luchar con los hombres alrededor del fuerte, pero todavía era demasiado joven.

Un día me hallaba fumando fuera de mi alojamiento, cuando fue a verme. Di un par de chupadas a la pipa antes de ofrecer un poco de humo a los vientos. Entonces me senté en la parte abierta del círculo de tiendas. Hacía unas horas que había salido el sol.

—¡Abuelo! —dijo, sin aliento.

Era delgado y tenía el pelo negro como la noche. Llevaba polainas de gamuza incluso en verano. Aquel año estaban de moda entre los jóvenes como él, recuerdo.

—¿Sí? ¿Estás excitado por algo?

—Chico Cebolla ya no es Chico Cebolla. Se fue hace tres días y ha regresado, y ahora es Pata de Halcón.

—Ah, está bien. Trataré de recordar su nuevo nombre. ¿Ha cambiado mucho?

—No, salvo que ahora tiene un paquete de medicinas con una pata de halcón. Dice que al halcón debían de haberle disparado, porque, cuando volaba por encima de él, dio una sacudida y la pata cayó al suelo delante de él.

—Es buena señal. ¿Soñó que volaba? Normalmente, los que adoptan nombres de aves tienen visiones de vuelos mientras van en su busca.

—He olvidado preguntárselo.

—No es importante —dije yo.

—Abuelo.

—¿Sí?

—¿Cómo fue tu búsqueda de la visión?

Vi ante mí mentalmente el valle del río, la vacilación de mi vista y mi cansancio, sentí el dolor en mis párpados y los cortes entre los dedos de los pies donde había metido afiladas piedras. Experimenté de nuevo mis estremecimientos y sudores, y el calor del día. Entonces volví a ver al hombre que caminaba por la nieve sin manta, caminaba y caminaba, sin frío, sin cansancio, sin estar enfermo o febril. Quedará para siempre en mi cerebro.

—Oh, de eso hace mucho tiempo —dije—. Vi a un hombre que no necesitaba manta en invierno.

—¿Viste algún animal? —preguntó.

La gran bestia se encabritó ante mí, enorme y terrible, con los ojos inflamados, su abrigo velludo ondulándose de poder, sus pezuñas como cuchillos, sus dientes del tamaño de las balas, su cabeza ancha como un escudo de piel, su aliento rancio, su olor sofocante, su ataque imparable. Yo había vaciado mis intestinos.

—Un oso —dije—. Ahora vete a jugar.

Trajeron a uno de mis yernos con una bala en la pierna. Le curé extrayendo la bala, masqué tabaco e invoqué al Gran Misterio para que peleara con la muerte por él. En poco tiempo estuvo curado.

Decidí cabalgar hasta el gran camino de tierra donde se desarrollaba la batalla para verla por mí mismo.

—¿Puedo ir contigo, abuelo? —me preguntó Potro de Otoño.

Miré a su madre. Ella se encogió de hombros.

—¡Yupiiii! —exclamó él, corriendo a montar su poney.

—Debes recordar que no podremos ver mucho —le dije.

—¡No me importa! —respondió él—. ¡No me importa!

Había tres pequeñas colinas antes de llegar al gran fuerte de madera. Nuestra gente estaba en la tercera, justo fuera del alcance de los rifles de los muros.

Entre la primera y la segunda colinas, antes se alzaban bosques, pero los soldados los habían talado para construir los fuertes, y tenían que ir hasta la segunda y tercera colinas para recoger leña. Esa zona seguía a la vista del fuerte, y de vez en cuando enviaban hombres a recoger leña en una carreta. También enviaban hombres para dispararnos mientras los otros recogían la leña. Era entonces cuando nosotros intentábamos matarlos y ellos intentaban matarnos a nosotros.

No nos gustaba luchar de esta manera, pero los otros métodos habían fallado. Al principio, algunos de los guerreros habían atacado durante la noche y habían muerto por los disparos. Otros habían intentado acercarse durante el día, pero los soldados los habían utilizado para practicar el tiro al blanco. Parecían tener mucha comida y munición, pero no leña. Así que esperábamos a que salieran.

Era un trabajo aburrido. La mayor parte del tiempo nuestros hombres no hacían nada; vigilaban desde la cálida hierba de las colinas, puliendo sus palos o afilando sus cuchillos. Otros iban a cazar o a pescar. Cocinaban la caza en las colinas, donde podían verlos los soldados, que les disparaban cuando lo hacían. Así es cómo mi yerno recibió un balazo en la pierna.

Potro de Otoño y yo subimos la colina donde su padre, Lobo Terrible, dormitaba al sol.

—Hola, padre —dijo él.

Se despertó cuando nos oyó. Se sentó.

—No te levantes por nosotros —dije.

Potro de Otoño corrió hacia él y le abrazó.

—Me desconciertas —dijo Lobo Terrible.

El chico le soltó.

—¿Cómo están las cosas en el campamento?

—Aburridas —respondí yo—. Tu hermano está bien. Vendrá esta semana.

Nos sentamos. Lobo Terrible y yo nos pusimos a hablar.

Pasaron unos minutos hasta que me di cuenta de que Potro de Otoño no había dicho nada. Había vuelto a bajar la colina hacia los caballos. Pero no dejaba de mirar hacia la cima, detrás de mí. Parecía nervioso.

—¡Hey-Ah! ¡Hey-Ah! —gritó alguien desde lo alto de la colina.

Al instante Lobo Terrible y todos los demás hombres se pusieron en pie, rifle en mano, y montaron en sus caballos. Se alejaron en medio de una nube de polvo.

En dirección al fuerte oíamos disparos de rifle. Yo me acerqué a mi caballo y saqué mi escopeta de su funda, y Potro de Otoño tomó su arco y sus flechas de su montura. Luego subimos al borde de la colina.

Ante nosotros, la tierra descendía hasta el fuerte. Había soldados en los muros, otros se apiñaban en la puerta abierta. A medio camino entre nosotros y ellos, una carreta y varias docenas de soldados a caballo se hallaban en la cara cercana de la primera colina.

Los guerreros bajaron hacia ellos desde todos lados, aullando y armando un gran estruendo. Los soldados se acercaron con decisión, hasta que llegaron a los árboles de la cara cercana de la segunda colina. Entonces la carreta se detuvo y los jinetes desmontaron y empezaron a disparar mientras otros con hachas empezaron a talar árboles muertos.

Los guerreros cabalgaron hacia ellos, se detuvieron, desmontaron y empezaron a disparar. Los soldados disparaban todos a la vez, y los guerreros cada vez que querían. Se oía con intermitencia el ruido de las hachas.

Luego llegó la carga formal desde el fuerte, con otras dos docenas de soldados a caballo cabalgando hacia los guerreros. Éstos montaron y regresaron a la tercera colina. Después se detuvieron y dispararon a los soldados vestidos de azul.

Entonces nuestro segundo grupo de soldados cargó desde la pendiente, cerca de la tercera elevación, y los soldados del fuerte se volvieron locos. Por todas partes, en los muros, se elevaban nubes de humo mientras disparaban. La oleada de tropas que arremetía contra la colina volvió. Había movimiento y disparos por todas partes. Se levantaba mucho polvo.

Algunos de los primeros guerreros habían regresado a la colina, a nuestro lado, y gritaban y se mofaban de los soldados. Una bala ocasional pasó silbando por mi lado. Un hombre se bajó el taparrabos y bailó obscenamente con su trasero en dirección al fuerte. Luego se agarró los tobillos y saltó hacia atrás colina abajo, hacia donde se producían los disparos.

A nuestro alrededor empezaron a caer muchas balas.

La segunda oleada de soldados no llegó a subir la tercera elevación. Algunos empezaron a hacerlo, pero el hombre de la espada y las dos barras en su sombrero los detuvo. Normalmente son más cautos que los que sólo llevan una barra.

El polvo lo oscurecía todo. Los guerreros de la colina disparaban hacia el grupo que recogía leña, manteniendo altos sus rifles. Los soldados de allí y del fuerte disparaban lo más deprisa que podían. Las tropas que se hallaban entre ellos y nosotros iban y venían rápidas entre el humo y el polvo.

Luego todo quedó en silencio. El polvo empezó a depositarse.

La carreta y los soldados regresaban al fuerte, re-

botando algunos troncos en la parte trasera. Los soldados a caballo seguían vigilando con cautela las colinas.
Algunos de los nuestros se llevaron los pulgares a las
orejas y sacaron la lengua, un viejo insulto del hombre
blanco.

Las puertas del fuerte se cerraron. Regresamos a la
colina.

Nadie había resultado herido.

Miré a mi alrededor. Potro de Otoño estaba de pie,
recortada su figura en la línea del cielo, mirando hacia el
fuerte. Temblaba y estaba pálido.

—Ven —dije—. Podrían herirte por error.

Él se estremeció, miró a su alrededor.

—¿Qué pasa?

Miró el arco que tenía en la mano.

—No sé, abuelo... yo... yo...

—¿Ha sido demasiada excitación para ti?

—No... yo... No he prestado mucha atención.

Sus ojos revelaban preocupación. No le dije nada
más, y regresamos cabalgando al campamento.

No me sorprendí cuando le vi reunir a sus amigos
dos días después. Entregó su arco a uno, a otros sus flechas y el cuchillo. Luego entregó sus polainas, sus mocasines, sus taparrabos. Desnudo, volvió la espalda a
las tiendas y fogatas de nuestra gente y echó a andar hacia las distantes montañas.

Su madre acudió a mí.

—Padre, ¿ha visto...?

Me quité la pipa de la boca para que la sombra de
ella no le diera y perjudicara al tabaco.

—Es la hora —dije—. Esto se veía venir desde hace días. No le pasará nada.

Le observamos hasta que se perdió en el sol del atardecer.

Después estuvimos ocupados unos cuantos días, y apenas pensé en Potro de Otoño.

Lo que nos mantenía ocupados era matar soldados. Ocurrió así:

Acompañé a mi otro yerno cuando regresó a la gran carretera de tierra. Llegamos allí cuando el sol estaba alto. El calor era asfixiante, el aire no corría. El sonido viajaba hasta lejos. Desde lo alto de nuestra colina oímos que se abría la puerta del fuerte. El guerrero de guardia emitió su grito. Yo levanté la vista hacia el cielo. Un solitario papamoscas cazó un insecto alado. Saqué mi escopeta de su funda y subí.

Hicimos lo mismo que el día anterior. La carreta salió, y la atacamos. Entonces el resto de soldados cargó contra nosotros. Nuestras reservas salieron de su lugar. Después, los guerreros montaron y subieron la colina.

Vi lo que ocurría antes que los otros. Lancé un grito y comencé mi cántico de muerte.

La segunda oleada de soldados no se había detenido en la segunda colina. Seguían. Iban conducidos por un soldado con una barra en el sombrero. Apuntó con su espada hacia nosotros y espoleó a su caballo. Vi cada pezuña del caballo levantar polvo. Los ojos del soldado se clavaron en los míos.

Suponiendo que el ritual sería el mismo de los días anteriores, algunos de los nuestros habían desmontado y daban saltos en lo alto de la colina.

—¡Ea, ea, ea! —gritaban, haciendo piruetas—. ¡Ea, ea! ¡No podéis atraparnos!

Entonces vieron que los soldados a caballo no se habían detenido, y que se aproximaban a ellos. Por unos segundos cayeron unos encima de los otros, luego saltaron a sus caballos.

Las balas silbaban a mi alrededor a medida que los soldados ascendían la colina. Cuando salté a mi caballo, vi que el hombre encargado del grupo de la carreta agitaba el puño al hombre que guiaba la carga de la colina. Fue una estupidez por parte del hombre con una barra.

Durante unos segundos, pareció una cosa maravillosa, pero sólo porque nos cogió por sorpresa. Pero, incluso cuando se acercaban a la cima de la colina y nosotros descendíamos a galope a la llanura, vi que nuestras reservas que ya habían efectuado su carga ritual se habían vuelto y se encaminaban a la ladera. Toro Manchado iba al mando y él era un buen hombre.

Así que espoleamos a nuestros caballos y les hicimos correr. Supimos que los hombres blancos habían llegado a la cima de la colina porque empezaron a disparar a todo lo que estaba a la vista. Las balas silbaban a nuestro alrededor. Alguien a mi izquierda cayó. El hombre que iba a mi derecha se volvió y disparó, y giramos a la derecha para que los hombres blancos se quedaran entre nosotros y las reservas. Apuntamos a los soldados en cuanto su fuego se hizo disperso.

Esto fue porque Toro Manchado se había interpuesto entre ellos y lo alto de la colina. Me volví para ver a los soldados moverse por todas partes cuando su grupo se acercó a ellos.

Había unos veinte soldados a caballo. Nosotros éramos cien.

Envié a Lobo Terrible de nuevo a la cima de la colina.

—Avísanos cuando venga todo el fuerte —dije.

Luego regresamos a la batalla.

Yo no llevaba palo, así que me incliné hacia abajo al lado de mi montura y me levanté de golpe cuando se acercó un soldado. Éste me disparó con su pistola. La pólvora me quemó la cara y un brazo. Me erguí y le golpeé debajo de la barbilla con la culata de mi escopeta. Perdió el equilibrio y se cayó del caballo.

Entonces vi al hombre con una barra en el sombrero y le disparé a la cara con los dos cañones. Murió al instante.

Unos cuantos soldados habían matado a sus caballos y nos disparaban parapetados detrás de ellos. Nosotros desmontamos y echamos a andar hacia ellos, disparando. Por todas partes había humo.

—Viene todo el fuerte —aulló Lobo Terrible.

—¡Seguid disparando! —grité yo—. ¡Seguid disparando!

—Están en la segunda colina —aulló Lobo Terrible, pero él todavía no había montado.

Matamos al último soldado justo cuando el mundo se llenó del ruido de cascos de caballo. Lobo Terrible saltó a su montura y se alejó por la cresta de la colina.

Yo monté en la mía e hice lo mismo. Nos dividimos, una mitad fue hacia el este y la otra mitad hacia el oeste.

Setenta soldados se acercaban por la colina en oleadas marrones y azules. Las balas zumbaban como abejas. Entonces todos nos volvimos y descendimos la misma colina hacia el fuerte. Pillamos por sorpresa al grupo de la carreta.

Los matamos a casi todos, saqueamos el fuerte y prendimos fuego a la carreta.

Alguien saltó de su caballo y se meó en el rostro de un hombre muerto. Entonces cabalgamos tan deprisa como pudimos, alejándonos de allí con todo lo que habíamos tomado de la carreta. Nos persiguieron hasta que se hizo demasiado oscuro para vernos.

Desplazamos el campamento unos kilómetros. Las cosas se calmaron unos días, y nuestros guerreros regresaron a la colina y los soldados al fuerte.

Era última hora de la tarde. Yo estaba sentado, fumando, frente a mi tienda. Entonces vi a lo lejos a un chico desnudo que se acercaba al campamento. Era mi nieto.

Se detenía a menudo. Cojeaba. De vez en cuando se volvía para mirar hacia las montañas cercanas, en dirección al fuerte.

—Hola, nieto —le dije—. ¿Has seguido nuestras huellas?

Me miró fijamente un momento.

—Abuelo... —dijo.

—¿Sí?

—¿Puedo dormir ahora? Te lo contaré más tarde.

—Ven —dije, apartándome y dejándole la mitad de mi túnica de búfalo. Se tumbó despacio y se quedó dormido. Yo le acaricié la cabeza mientras él soñaba.

Despertó a la noche siguiente.

—¿Podrías ayudarme a elegir mi nuevo nombre? —me preguntó mi nieto.

—La mayoría de la gente no necesita ayuda con el suyo —repliqué yo.

—Es porque han visto el espíritu de un animal totémico y conocen su nombre —me dijo él.

—¿Tú no has visto ningún animal?

—Vi un animal, abuelo, pero no sé su nombre.

—Eso sí que es un problema. Quizá pueda ayudarte.

Empezó a contarme lo que recordaba de la búsqueda de su visión. Era inconexa, como lo son la mayoría hasta que aparece una imagen. Había rondado por las colinas, cantando, sin dormir. Se puso piedras entre los dedos de los pies y se frotó los ojos con zarzas para mantenerse despierto. Oyó voces, pero siempre era el viento cuando aguzaba el oído. Se tumbó sobre una roca con la cabeza baja para ayudarse a tener una visión. No tuvo ninguna hasta el tercer día.

—Me fui en la dirección del gran camino de tierra —dijo—. Y lo vi. Lo vi todo. Había agua, mucha agua. Relucía el sol. La tierra echaba vapor y todo era verde y estaba cultivado. Entre las plantas se movían muchos animales pequeños que yo no conocía. En el agua, cosas con largos cuellos chapoteaban con pesadez como el búfalo en la llanura. Unos animales como murciélagos con largas narices surcaban el cielo y se hundían en el agua para atrapar peces. Todo era grande y desproporcionado. Todo eran gritos, llamadas y rugidos. No comprendía nada.

—Las visiones a veces no son para que se entiendan, sólo para que se obre en consecuencia —le dije—. ¿Cómo era tu animal?

—Yo era un animal que me movía a través de los

juncos. Los animales que chapoteaban, que me habían parecido grandes, ahora eran pequeños para mí. Aparté helechos. Perseguí a una de las cosas de cuello largo que intentaba escapar de mí. Sus ojos estaban llenos de terror. De un salto la atrapé. Mordí su cabeza y ésta crujió. Noté sangre y hueso. Le arranqué la cabeza y me la tragué, mientas el resto de la cosa se tambaleaba, con grandes chorros de sangre. Esperé y luego me puse a comerla cuando la cosa se desplomó pesadamente en el suelo, aplastándolo con su cola y patas. Echaba la cabeza hacia atrás para comer y tragaba trozos enteros sin masticar.

»Me encontraba cerca del agua y vi mi reflejo. Era enorme y verde. Me sostenía sobre dos patas y tenía unas diminutas garras en lo que eran mis brazos. Mis ojos estaban a los lados de una gran cabeza. Tenía una boca muy grande llena de afilados dientes, y una cola larga y gruesa que utilizaba para mantener el equilibrio.

»Me erguí junto a mi presa y rugí desafiante a todo lo que me rodeaba. La tierra quedó en silencio un momento; luego, todo volvió a ser como antes.

Mi nieto me miró.

—Siento una gran afinidad con esa bestia, abuelo. No sé lo que es. Es una bestia de terror y fuerza, y tenía la piel como de serpiente.

—No cabe duda de que se trata de un animal poderoso.

—Abuelo, hay algo más.

—¿Qué?

—Todavía está aquí. Cerca del fuerte del hombre blanco.

Mi nieto miró a su alrededor, vio parte del botín del ataque que efectuamos a la carreta unos días antes.

—Necesitaré eso —dijo, tomando una herramienta.

—No hay mucha magia en una pala de cavar —comenté.

—Tampoco hay mucha agua cerca del fuerte del hombre blanco —contestó él—. Pero lo vi allí.

Dijo que elegiría un nuevo nombre cuando hubiera terminado su trabajo. La pala era más grande que él. La ató a su pony y se alejó hacia el gran camino de tierra.

—¿Adónde va Potro de Otoño? —preguntó su madre.

—Su nombre ya no es Potro de Otoño.

—Entonces, ¿cuál es?

—Ahora va a descubrirlo —dije.

—¿No va con él, padre? —me preguntó ella.

—Ahora me iba —respondí.

Cuando llegué, Lobo Terrible estaba en la cima de la colina rascándose la cabeza. Sostenía su rifle en el pliegue del codo izquierdo.

—Ha ido en busca de su visión, ¿no? —me preguntó mi yerno.

—Sí. Está preocupado. No obtuvo resultados.

—Yo puedo... Espere... ¿qué hace?

Miramos colina abajo hacia el fuerte. Vi que mi nieto se había estado ocultando detrás del grupo de arbolitos, pero ahora, con la pala en la mano, echó a correr hacia la fortaleza.

Vimos bocanadas de humo que salían de los muros, y luego oímos el chasquido de los rifles del ejército. Mi nieto avanzaba en zigzag como el pájaro carpintero cuando vuela. A su alrededor se levantaban nubes de polvo.

Algunos otros se habían unido a nosotros en la colina, curiosos, pues habían oído disparos pero nadie había gritado. Observaron la figura solitaria que corría.

—¿Se ha vuelto loco? —preguntó alguien.

—Problemas del Gran Misterio —dije yo.

—Ah.

Luego el chico se detuvo. Miró a su alrededor, hacia adelante y hacia atrás. El polvo se levantaba por todos lados, y el fuego del fuerte se hizo concentrado. Vi una de sus trenzas alzarse en el aire detrás de él.

Él se tiró al suelo. Creí que estaba muerto. Le ocultaba un pequeño arbusto apenas grande para ocultar a un perro. Luego vi el reflejo de una pala que se movía; el extremo del asa asomaba en el aire como una gran lengua.

—¡Ayyy! —gritamos todos.

Llegaron algunos disparos más del fuerte, y luego todo quedó en silencio.

Débilmente oíamos el sonido de la pala que cavaba.

Al anochecer, el chico había desaparecido tras un montón de tierra.

—Voy a bajar pronto para ver si está bien —dijo Lobo Terrible.

—Será mejor que le lleves un poco de comida y su arco —dije—. El hombre blanco podría enviar a alguien e intentar hacerle daño.

Mi nieto se hallaba bastante lejos del fuerte, pero parecía preocupar a los soldados. Los hombres blancos no entienden las cosas relacionadas con el Gran Misterio. Estoy seguro de que creían que el hecho de que cavara tenía algo que ver con su fuerte. Tenían miedo de que un muchacho de trece años cavara un túnel debajo de sus edificios y los matara mientras dormían. O sea que no se podía decir qué harían los soldados.

Cuando fue noche cerrada, Lobo Terrible se encaminó hacia el lugar de donde procedía el sonido de la pala.

—He mantenido los ojos apartados —dijo Lobo Terrible más tarde—. Cuando he visto lo que el chico hacía.

—Ah —exclamé yo, fumando mi pipa en la cara de la colina que quedaba lejos del fuerte.

—Había esparcidos trozos de Bestias de la Tormenta. Estaba cavando entre ellos.

—Eso es malo —dije.

Nosotros creemos que las Bestias de la Tormenta se precipitan desde el cielo durante las lluvias. Son monstruos que viven en los cielos con el Pájaro del Trueno. Se matan con rugidos que son el trueno, y caen con un destello que es el rayo.

Creemos esto porque siempre se encuentran sus restos después de las tormentas; quedan expuestos cuando las lluvias arrastran la tierra. Sus huesos ensucian nuestros terrenos de caza en varios kilómetros después de las tormentas de primavera. Normalmente nos apartamos de ellas, pues son animales que traen mala suerte.

—¿Ha mencionado a las Bestias de la Tormenta en su visión? —preguntó Lobo Terrible.

—No aparecía ningún trueno ni relámpago en su historia —dije.

—¿Cree que el Gran Misterio ha vuelto loco a mi hijo? —me preguntó.

—Deja que lo averigüe —dije.

Yo mismo tenía mis dudas.

Realicé tres ceremonias, cada una más estricta que la anterior. Sudaba y estaba cansado, y mi paquete de medicinas estaba untuoso y olía mal cuando terminé.

—El Gran Misterio no está castigando a vuestro hijo —dije a Lobo Terrible—. Pero hay algo de magia por ahí, y es tan grande, que preferiría no estar cerca cuando ocurra.

—Pero estará.

—Claro que sí.

El montón de tierra había crecido. El chico la amontonaba a un lado hacia el gran camino. De vez en cuando, una palada de tierra despejaba el lugar donde él cavaba. Los días eran serenos.

Veíamos movimiento en el fuerte. A veces uno disparaba al lugar donde mi nieto cavaba. Después de hacerlo se iba.

Iniciamos una rutina. Lobo Terrible llevaba comida y agua a su hijo por la noche, y nosotros vigilábamos y esperábamos durante el día, por si los soldados salían por leña o para hacer daño a mi nieto. No era algo que nos gustase hacer.

Lobo Terrible regresó una noche. Se sentó pesadamente, puso la cabeza entre las rodillas y se quedó mirando al suelo. A la luz de la luna me fijé en que sus mocasines ya se estaban estropeando.

—No sabía que una persona sola pudiera remover tanta tierra —comentó.

—Abuelo —dijo alguien, zarandeándome hasta que desperté.

—Sí —dije, incorporándome.

Me froté los ojos y me senté. Faltaban unas horas para el amanecer. Se oyó un retumbar sordo a lo lejos.

—Necesito que me hagas una gran medicina.

El muchacho estaba lleno de polvo, ojeroso. Sus ojos estaban turbios por la fatiga, y apenas reflejaban las fogatas de la colina. Estaba desnudo, igual que cuando partió para ir en busca de su visión.

A lo lejos, oí otro retumbar del trueno, y el cielo se iluminó con el relámpago.

—Si se desencadena una tormenta y tú estás trabajando entre esas Bestias, necesitarás más poder del que yo sea capaz de pedir. Pero haré lo que pueda.

Lo primero que hice fue desnudarme y efectuar una danza de protección para mí mismo. No soy tonto. Luego realicé otra pequeña para él, porque es tan pequeño. De todos modos, no creía que aquello pudiera impedir que el rayo nos matara a los dos. Entonces recogí mi paquete de medicinas.

—¿Has pensado ya en algún nombre, nieto? —le pregunté mientras descendíamos la colina.

El horizonte del este hablaba consigo mismo con destellos de luz. Grandes nubes se aproximaban a nosotros a través del cielo.

—Me llamaré Hermano Verde —dijo.

—Hermano Verde es un buen nombre.

Los arbolitos eran azotados por el creciente viento. El polvo se levantaba del gran camino de tierra. Yo cada vez tenía más miedo, aunque mi nieto no lo sabía.

El rayo golpeó la tierra detrás del fuerte del hombre blanco. Los hombres se movían en los muros. Posiblemente el rayo caería sobre él, lo incendiaría y se acabarían nuestros problemas. Pero entonces no podía preocuparme por los soldados.

El hoyo estaba ante nosotros. Hermano Verde había cavado una rampa hasta el lugar donde había sacado la tierra. Empezaba muy atrás, pues el agujero era muy profundo.

Yo tampoco sabía que una persona pudiera remover tanta tierra.

—Guíame —dije, cerrando los ojos.

Moví los labios pronunciando el cántico de la muerte. Vi el espíritu del animal enseguida; sería más fácil para mí. En ese instante yo viviría o moriría.

Sentí que descendíamos. El viento sibilante había cesado, desde arriba me caía polvo encima. Sentí que el corazón me latía con fuerza dentro de mi pecho. No podía respirar bien.

Hermano Verde se volvió hacia mí.

—Está ante ti, abuelo.

—¿Es terrible, nieto?

—No cuando te acostumbras.

Entonces me falló la energía.

—Apártame de él —dije—. La magia irá mejor si no estoy acostumbrado.

—Ven —dijo, haciéndome dar la vuelta.

Abrí los ojos. Los costados del agujero caían oblicuos a mi alrededor. La rampa ascendía desde donde yo me hallaba. Un relámpago arrojó una sombra horrible al suelo, ante mí. Sentí la presencia de la muerte detrás de mí.

—Haz magia con él, abuelo —dijo Hermano Verde.

—¿Está erguido? ¿Están libres sus patas y sus brazos? ¿Saltará sobre nosotros?

—Sólo son huesos, pero son de hierro. Está hacia arriba aunque enroscado hacia nosotros, como si cayera. Su cuerpo está clavado en la roca. No he podido sacarlo con la pala.

—Has hecho bien. Podía haberte caído encima, y yo no sabría tu nuevo nombre —me sequé la frente—. Esto será difícil. ¿Qué deseas que haga esa Bestia?

Hermano Verde miró hacia arriba, detrás de mí. Sonrió.

—Quiero que suba esta rampa y luego cruce el gran camino de tierra y vaya al fuerte.

—Sin duda, eso impresionaría a los hombres blancos —dije.

El trueno resonó fuera del hoyo con un destello blanco. Me inquietó profundamente. Unas gotas de lluvia cayeron sobre mi cabeza. Pronto se desataría la tormenta. Quizá caerían sobre nosotros más Bestias y nos matarían.

—Apártate —dije—. Necesito mucho espacio.

—¿Puedo hacer algo? —preguntó mi nieto, Hermano Verde—. Me siento afín con esta Bestia. Yo era esta bestia en mi visión.

—Si se mueve —dije—, puedes hacer lo que quieras.

Coloqué ante mí las cosas del paquete de medicinas. Las utilizaría todas. Deseé tener más cosas sagradas. Nunca había intentado nada tan poderoso.

Invoqué al Gran Misterio y le recordé que yo era pequeño ante la tormenta, como lo son todos los hombres y mujeres. Le pedí que recordara las cosas que nuestra gente había hecho en agradecimiento por sus bendiciones, y le agradecí las muchas veces que había peleado con la muerte por mí.

Cuando hube propiciado su entusiasmo por mí, empecé a hablar de cosas específicas que los soldados nos habían hecho; entonces le pedí que intercediera por mí a través de la Bestia de la Tormenta.

Cuando me detuve para tomar aliento oí el primer disparo. Luego el grito de aviso de nuestra gente que significaba que los soldados salían del fuerte.

—Canta tu danza de la muerte, Hermano Verde —dije—. Trataré de terminar esto.

Yo había dejado mi escopeta en la colina porque no me gustaba llevarla durante las tormentas. Años atrás, llegué a ver a un hombre pegado a su rifle tal y como estaba sentado. No había sido una visión agradable.

La tormenta se desató sobre nosotros. Se oyeron cerca ruidos de disparos y de cascos de caballos.

—¡Date prisa, abuelo! —dijo Hermano Verde—. ¡Date prisa!

Yo estaba invocando al espíritu de la Bestia de la Tormenta para que nos ayudara. Realmente estaba inspirado, puesto que ya no era sólo mi gente, sino Hermano Verde el que estaba en apuros. Un arma disparó cerca del montón de tierra del hoyo y se oyeron voces. El viento aullaba y rugía. El cielo danzaba con luz y color.

Una bala dio en el suelo cerca de mí. Cerré los ojos con fuerza. Oí a un hombre en lo alto de la rampa, risas nerviosas.

—¡Cosa! —aullé, abriendo los ojos y bailando—. ¡Cosa! ¡Resucita! ¡Resucita!

Un gran rayo cayó fuera del hoyo.

Vi muchas cosas al mismo tiempo:

Vi seis soldados a pie a medio camino de la rampa. Algunos estaban agachados, con los rifles por delante. Dos, erguidos, apuntándome con sus armas.

Vi a Hermano Verde cerca de mí, la cabeza alta, la pala en sus manos, dispuesto a golpear a los soldados que estaban en la rampa.

Vi la sombra de la cosa detrás de mí en la tierra.

Se movió. Cabe que sólo fueran las sombras del resplandor de un rayo.

Vi a dos soldados dar una sacudida. Y que su corazón dejaba de latirles en el pecho. Vi seis pares de ojos abrirse como platos en las caras del hombre blanco. Los dos hombres que murieron cayeron uno a cada lado. Los otros soldados desaparecieron por la rampa.

El trueno retumbó sobre nosotros.

Me volví y miré hacia la cosa.

Me oriné y caí sobre la suave tierra.

La lluvia caía en torrentes, deslizándose sobre mi cara y mis ojos. Me senté. El agua estaba entrando en el hoyo. Hermano Verde yacía con las piernas y brazos abiertos frente a mí, sangrándole la cabeza donde se había golpeado con la pala al caer.

Me acerqué a él después de recoger mi bolsa de medicinas. Extrañamente, ya no había truenos ni relámpagos, sólo lluvia.

Agarré los rifles de los dos hombres muertos y me los eché al hombro. Recogí a Hermano Verde y ascendí la lodosa rampa. No me preocupé de si los otros soldados seguían allí o no.

Había mucha calma bajo la fría lluvia.

Poco después, los hombres blancos se marcharon y nosotros volvimos a quemar el fuerte. Después de que las nieves se derritieran, la primavera siguiente, firmamos otro tratado, y un Doctor de Huesos vino por el Gran Río Potomac para ver el campo de las Bestias de las Tormentas.

Él y Hermano Verde pasaron mucho tiempo en el hoyo y cerca de allí. Luego vinieron hombres y una carreta y se llevaron todas las Bestias de la Tormenta. El Doctor de Huesos dijo que el animal de la visión de Hermano Verde se llamaba, en el lenguaje del hombre blanco, *Tyrannosaurus rex*. Dijo que era espléndido.

Hermano Verde pidió para ir al este con el doctor y aprender más acerca del animal que había visto.

Ahora, pues, se encuentra en la universidad, y le echo mucho de menos. Aquí hay paz, tenemos nuestro café, ganado y harina cada mes, y las cosas están muy aburridas.

Antes de marcharse, Hermano Verde dijo que su animal había sido como el lagarto amarillo y marrón de larga cola, sólo que mucho más grande y mucho más fiero.

Yo soy un hombre sencillo, e ignoro muchas cosas de los hombres blancos. Pero sé una verdad, y mientras haya cielo azul sobre mí, y el Gran Misterio sonría, lo sabré. Lo que yo vi aquella noche en el hoyo no era ningún lagarto.

Por favor, llevadme al sol para que pueda fumar.

Época de incubación

Harry Turtledove

La ciencia ficción es un campo conocido por los repentinos cambios en popularidad, por eso no sorprende realmente ver lo lejos que ha llegado Harry Turtledove, y con qué rapidez. En pocos años (bajo la forma de Turtledove o como Eric G. Iverson), se ha convertido en asiduo de Analog, Amazing *y la* Isaac Asimov's Science Fiction Magazine, *y ha vendido a mercados como* Fantasy Book, Playboy, The Magazine of Fantasy and Science Fiction *y* Universe. *Aunque su fama en la actualidad se debe sobre todo a dos populares series de relatos para revistas, también está empezando a escribir historias más largas. En 1987 apareció una novela llamada* Agent of Byzantium, *y en los próximos años aparecerá una tetralogía llamada* The Videssos Cycle. *Su libro más reciente es la novela* A Different Flesh. *Natural de California, Turtledove es doctor en filosofía especializado en historia bizantina por la universidad de Los Ángeles, y ha publicado una traducción erudita de una crónica bizantina del siglo noveno. Vive en Canoga Park, California, con su esposa y sus dos hijas.*

En este relato sugiere que algunas cosas traspasan con demasiada facilidad las aparentemente infranqueables barreras entre las especies.

Las Rocosas de Montana se alzan contra el horizonte occidental, un montón de piedra color púrpura-negro. Había brisa del este. Transportaba un olor fuerte de conífera, resinoso, y, más débil, olor del mar.

Desde su escondite en el centro de un grupo de cícadas, Paula Shaffer observaba a los hadrosaurios que buscaban comida junto al río. No mucha gente, pensó con un poco de resentimiento, recordaba a los grandes y desgarbados ornitorrincos cuando oía la palabra «dinosaurio». Los ceratopsianos con extraños cuernos y los salvajes tiranosaurios eran los que acudían a la mente, igual que «mamífero» evoca más probablemente la imagen de un tigre o una jirafa que la de una vaca.

Sin embargo, hay muchas más vacas que tigres o jirafas, y los hadrosaurios se encontraban entre los dinosaurios más extendidos en el cretáceo. Y siguieron siéndolo durante otros diez millones de años, hasta que el choque del asteroide cambió el clima del mundo e hizo que los dinosaurios se extinguieran.

Además de esto, la disertación de Paula era sobre el comportamiento de los hadrosaurios. Estas bestias no eran dramáticas, pero ella las encontraba fascinantes. Esto también era bueno; su beca sólo le permitía dos semanas de trabajo de campo. Daba gracias por haber llegado en plena época de incubación. Eso era suerte. La sonda del tiempo no podía elegir una época específica, ni un año específico.

Algo le mordió en el tobillo: una garrapata de dinosaurio. Soltó una exclamación de dolor y metió la garrapata en una ampolla de formaldehído para poder llevársela. Ya había empezado a soltarse cuando ella la agarró. La cálida sangre que compartía con sus huéspedes habituales la había hecho reventar, pero ella no tenía buen sabor. Un eón de la evolución se ocupaba de eso.

—Y no lo siento en absoluto —murmuró Paula, colocándose una «tirita» en la rezumante picadura.

Mientras se ocupaba de la pequeña herida, un hadrosaurio se acercó a comer en las hojas como de palmera de las cícadas. Aunque caminaba —en realidad lo hacía como un pato— con una pronunciada inclinación hacia adelante, aún era un metro y medio más alto que ella; tenía unos siete metros de largo. Si decidía cruzar el bosquecillo de cícadas en lugar de rodearlo, lo único que podría hacer ella sería escabullirse.

El animal no mostraba ninguna intención de ello, y alegremente se fue. Los pequeños dientes planos hacían un ruido parecido a un enorme molinillo de pimienta al moler. Paula ahogó una risita.

—Sus ruidos intestinales son simplemente fenomenales —dijo a la grabadora.

El hadrosaurio tenía un olor fresco, casi agradable, diferente a todos los que ella conocía de su propia época; plantas extrañas en la dieta y fenómenos extraños, pensó. La bestia efectuó un buen trabajo de limpieza de la cícadas hasta que se trasladó para buscar más comida. Como un elefante, pasaba mucho tiempo comiendo.

La bestia se paró, gruñó y levantó la cola, dejando un gran destrozo detrás cuando echó a andar. Sólo un especialista habría podido distinguir las moscas, que zumbaban alrededor de los excrementos, de sus equivalentes modernos. Junto con las cucarachas, habían encontrado pronto su hueco y habían prosperado en él.

Eso era deprimente. Sólo los viajeros del tiempo, pensó Paula, comprendían lo realmente efímero que el hombre era en la faz de la Tierra... y nadie regresaba del cretáceo sin una nueva perspectiva de la perduración de sus obras.

Haciendo un gran esfuerzo de voluntad, Paula alejó su pesimismo. Antes de iniciar su trabajo de campo, su presidente le había advertido que allí ella sería su propio peor enemigo.

—Siempre sucede así —dijo—. Serás el único ser pensante en el planeta. A veces creo que es una carga demasiado grande para dársela a nadie.

—Sí, profesor Musson —había dicho ella obediente, deseando que no se pusiera tan místico.

Ahora se dio cuenta de que había hablado por experiencia.

El hadrosaurio volvió a gruñir, una distracción recibida con agrado. El animal se inclinó para arrancar de raíz un helecho grande, y luego otro que estaba cerca. En lugar de comérselos, los mantuvo en su boca mientras caminaba con decisión río abajo.

La excitación se apoderó de Paula. Enrolló la red de nailon verde bajo la que se había ocultado y la metió en la mochila. Luego salió de las cícadas para seguir al dinosaurio.

Éste miró hacia ella con suspicacia. No tenía miedo innato del hombre, por supuesto, pero los dinosaurios carnívoros pequeños eran bípedos; podría haberla percibido como uno de éstos. Ella se escondió detrás del tronco de un ciprés. Como el hadrosaurio no tenía memoria, se olvidó de ella al perderla de vista.

Corrió detrás del animal; incluso el paso torpe de una bestia de siete metros dista mucho de ser lento. De vez en cuando, el hadrosaurio intercambiaba gemidos y gritos con otros de la manada que pasaban. Paula reconoció las llamadas como simples señales de reconocimiento, pero no obstante mantuvo la grabadora en marcha. Alguien en Nuevo México había hecho algún trabajo sobre los gritos de los hadrosaurio; podría valer la pena averiguar si los «dialectos» eran distintos en el norte y en el sur.

Un hipsilofodonte pasó veloz por su lado, gritando de terror. El pequeño dinosaurio corría sobre sus patas traseras, pero era vegetariano; la rapidez era su única defensa. Iba a toda velocidad, y su larga cola tiesa detrás le servía de contrapeso al tronco.

También necesitaba toda la velocidad que pudiera reunir pues le pisaba los talones uno de los horrores que ponían nerviosos incluso a los voluminosos hadrosaurios: un *Deinonychus*. El depredador tenía unos dos metros y medio de largo, y una complexión en líneas generales igual a la de la bestia a la que perseguía. Pero sus largos brazos terminaban en unas manos como zarpas, y el tercer dedo de cada pie en una cruel garra de doce centímetros hecha para acuchillar.

El *Deinonychus* perseguía al hipsilofodonte a unos cien metros de Paula. Agarró a su víctima con esas patas delanteras, y la mantuvo separada de su propio cuerpo para poder utilizar una pata trasera con la que darle un golpe y destriparla. La cola le permitía guardar el equilibrio y lo mantenía erguido mientras se sostenía sobre una pata para la matanza. Cuando el hipsilofodonte estuvo muerto, su asesino se inclinó sobre el cadáver y empezó a alimentarse con voracidad.

Estremeciéndose, Paula se llevó la 45 a la cadera. El *Deinonychus* habría podido elegirla a ella para atacarla, pero una o dos balas habrían servido para hacerle cambiar de idea. Deseaba tener un lanzador de granadas, por si uno de los carnívoros más grandes se percataba de su presencia. Se alegró de que fueran poco corrientes.

Paula se apresuró tras el hadrosaurio, que había tomado una buena delantera. Estaba bañada en sudor cuando llegó al nidal, tanto por el ejercicio como por el bochornoso clima subtropical.

El nidal le recordó una colonia de aves marinas en época de cría. No era extraño, pensó, ya que ¿qué eran las aves, sino los supervivientes con plumas del clan de los dinosaurios?

Aquí, sin embargo, la escala era mucho más grande. Cada nido de barro en forma de cuenco tenía sus buenos dos metros de diámetro y más de un metro de alto. El olor a humedad de la vegetación putrefacta tapaba el olor de los dinosaurios de la zona. Los hadrosaurios no se sentaban sobre sus nidadas, sino que, como los cocodrilos, utilizaban el calor generado por las plantas en descomposición que colocaban en sus nidos para ayudar a incubarlos.

No todas las nidadas estaban incubadas ya; algunas todavía tenían cerca a los dinosaurios padres para protegerlas de los depredadores, igual que los pingüinos protegen sus huevos de las aves marinas depredadoras. Paula vio a un hadrosaurio gruñir amenazadoramente y bajar la cabeza como para atacar a un *Troodon*, un pequeño dinosaurio carnívoro de un tipo que a menudo hacía incursiones en los nidos desprotegidos. El *Troodon* siseó pero se retiró.

Los hadrosaurios no eran guardianes perfectos. Un lagarto salió deprisa de un nido y se alejó con rapidez, lamiendo aún la yema de huevo con los lametones metódicos de su larga lengua ahorquillada. El dinosaurio padre se hallaba sólo a un par de metros, pero no respondió. Para un hadrosaurio adulto, un lagarto era algo tan pequeño que no existía.

El hadrosaurio de Paula se abrió paso entre sus compañeros; ella le siguió con más prudencia. Unos fragmentos de una vieja cáscara de huevo crujieron bajo sus botas. Los hadrosaurios de esta manada habían regresado a su lugar de incubación durante incontables generaciones. Paula volvió a recordar las aves marinas.

Y así, a pesar de su minúsculo cerebro, la bestia sabía adónde iba. Cuando se acercó al nido que había construido, Paula cambió la cámara de vídeo a telefoto. Si hubiera intentado acercarse más, el hadrosaurio la habría hecho marchar como el otro había hecho con el *Troodon*.

Su hadrosaurio se inclinó hacia el nido y soltó la carga de helechos que había acarreado durante tanto rato. Al instante, un par de docenas de crías se acercaron a la comida, comiendo como si no existiera un mañana. Sus gritos de excitación eran una imitación en tono de soprano de las llamadas de tono profundo de sus mayores.

Contemplando a los bebés, Paula no pudo evitar sonreír. Un hadrosaurio de siete metros era una bestia seria y formal, comiendo con intensidad concentrada.

Un hadrosaurio recién empollado de treinta centímetros era otra cosa. Los polluelos saltaban de un lado a otro, cayendo unos sobre otros y volviendo a saltar hacia atrás imaginando peligros. Se peleaban por las hojas y ramas y se mordían unos a otros en las patas y la cola.

Cuando uno de los polluelos trató de salir del nido, el hadrosaurio adulto utilizó la boca para volver a meterlo dentro. Otro bebé logró salir, y empezó a alejarse. El animal adulto lanzó una llamada como un bufido. El pequeño, obediente, dio media vuelta y volvió a entrar en el nido.

A Paula le habría gustado saber si el adulto era macho o hembra; los sexos no tenían diferencias obvias. Una escuela afirmaba que ambos progenitores se cuidaban de los bebés, otra sostenía que sólo lo hacía la madre. Algún día, un equipo se quedaría en el cretáceo un año entero y descubriría la verdad. Sin embargo, no se sabía cuándo se reunirían fondos para ese proyecto. No sería pronto, pensó Paula con tristeza.

Otro hadrosaurio adulto guiaba a una cría mayor, justo fuera del nido, para una expedición en busca de comida. Los jóvenes eran casi tan largos como era Paula, y empezaban a perder sus manchas para adquirir el color marrón verde de los adultos.

Cuando el hadrosaurio se fue a recoger más comida para sus crías, Paula se acercó con cuidado al nido para saber exactamente con qué plantas los alimentaba. Los polluelos se retiraron temerosos cuando ella rebuscó entre los restos de su festín.

Paula se sorprendió al ver que había un huevo todavía de pie, sin abrir. Un poco más de su longitud de veinte centímetros era visible por encima de la vegetación putrefacta en la que había sido puesto. La cáscara gris-verdosa tenía estrías, lo que le proporcionaba más superficie para liberar el dióxido de carbono que el embrión en desarrollo producía.

Pensó por un momento que este huevo era infértil, pero entonces se fijó en una rendija que seguía la vertical de una de las estrías. El hadrosaurio estaba a punto de nacer; quizás había tardado más porque su huevo no estaba bien cubierto como el resto y por lo tanto se había incubado más lentamente.

Enfocó la cámara de vídeo hacia el huevo; que recordara, nadie había grabado nunca el nacimiento de un hadrosaurio. Era una lástima que el padre no estuviera cerca, para poder ver cómo reaccionaba con el recién nacido.

La salida fue una lucha; las cáscaras de huevo de dinosaurio tenían un grosor de un par de milímetros. Al fin, el bebé hadrosaurio salió resollando al nido, mojado aún por el fluido del interior del huevo. Uno de sus hermanos, con absoluta indiferencia, le pasó por encima pisándole la cabeza.

El bebé prestó a sus hermanos la misma atención que éstos a él. Paula, sin embargo, era lo bastante grande para darse cuenta. El bebé hadrosaurio abrió su boca y esperó expectante.

Paula se echó a reír. No pudo evitarlo; el animalito parecía uno de los juguetes rellenos que vendían en la tienda de la universidad.

—Está bien, amigo, te lo has ganado —dijo.

Encontró algunas hojas tiernas de helechos que los otros polluelos habían dejado, y se las dio al bebé. Éste masticó con entusiasmo.

Un gruñido de uno de los hadrosaurios adultos que estaban cerca hizo dar un brinco a Paula y alejarse del nido a toda prisa. No quería que la bestia la tomara por un depredador. Era demasiado estúpida para escuchar explicaciones, y demasiado grande para discutir con ella.

Por detrás le llegó otro gruñido, éste más agudo que grave. El polluelo más joven se había subido al borde del nido y se asomaba. Cuando vio a Paula, saltó, aterrizando hecho un ovillo en la base del nido. Se puso de pie tambaleante y siguió a Paula.

—Oh, por el amor de Dios —dijo ella exasperada.

Recogió al pequeño hadrosaurio. Éste se agitó y le golpeó la muñeca con la cola. Con toda la suavidad que pudo, lo volvió a dejar en el nido.

Ella se alejó antes de volver a molestar a ninguno de los adultos. Oyó el mismo gruñido agudo por detrás. Se volvió y vio que el polluelo aterrizaba con más torpeza aún que antes.

—Quédate donde estás, ¿quieres? —le dijo—. Yo no soy tu mamá... ¿O sí? —añadió mientras él se ponía sobre las patas traseras y se acercaba a ella.

Paula abrió los ojos de par en par.

—Pequeño hijo de lagarto. ¡Creo que he quedado grabada en tu memoria!

Ella sabía que las aves lo hacían así; aceptaban como madre lo primero que veían cuando nacían, lo que a veces daba lugar a espectáculos absurdos como una larga fila de patitos siguiendo felizmente a un pollo.

La comunidad científica sabía desde finales del siglo veinte que las aves eran unos retoños modernos de los dinosaurios. Sin embargo, Paula no creía que nadie hubiera quedado grabado en la memoria de los dinosaurios.

—A veces es mejor ser afortunado que bueno —se dijo, y empezó a hablar a la grabadora.

Volvió a colocar el hadrosaurio bebé en su nido.

—A la tercera va la vencida —murmuró.

Sintió ganas de gritar cuando la pequeña bestia volvió a subirse al nido y la buscó. Para celebrarlo, ella le dio una hoja de helecho recién salida, demasiado pequeña para que un hadrosaurio adulto la notara.

En todo caso, la segunda vez que se alimentaba sirvió para reforzar el vínculo que el pequeño dinosaurio había establecido con ella.

—Crees que soy el cuerno de la abundancia, ¿no? —dijo Paula.

Cada vez que lo colocaba en el nido, el polluelo volvía a salir.

Le sorprendió ver cuánto había descendido el sol en el oeste. Pronto se ocultaría tras las Rocosas, sus cimas más altas y más dentadas de lo que serían ochenta millones de años después. Paula hizo una mueca. El bebé hadrosaurio, que ahora se acercaba a ella por enésima vez, se había comido un buen pedazo de uno de sus preciosos días en el cretáceo. No, no era justo, pensó; lo que estaba aprendiendo con él valía la pena.

Paula agarró el polluelo y estaba a punto de volverlo a colocar en el nido cuando oyó gritos de peligro hacia el este. Los hadrosaurios adultos también los oyeron. Las cabezas se alzaron, los ojos se desorbitaron. Aunque no habían visto nada peligroso, los adultos hicieron sonar también el grito de peligro, alertando a toda la manada.

Un hadrosaurio salió de entre los arbustos y altos helechos por el borde oriental del nidal. Su trote era desesperadamente urgente. La alarma se apoderó de Paula. No había muchas bestias lo bastante grandes como para asustar a un dinosaurio que pesaba tanto como un elefante pequeño.

Paula se pasó el polluelo a la mano izquierda y sacó su pistola, deseando otra vez tener algo más potente. Claro que los grandes carnívoros eran raros, pero ella habría tenido que comprender que una concentración de grandes herbívoros como un nidal los atraería como nada. Incluso el lanzador de granadas en que había pensado antes podría no detener a un tiranosaurio.

La maleza se estremeció de nuevo mientras el carnívoro que perseguía al hadrosaurio se acercaba. A Paula se le secó la boca. No era un tiranosaurio, pero era lo siguiente peor: el *Gorgosaurus*; tenía nueve metros de largo y tres metros de alto, y estaba armado con una enorme boca de dientes de diez centímetros. Paula se preguntó si a una cebra le preocupaba ser comida por un león o por un leopardo.

Estas abstracciones no agobiaban a los hadrosaurios del nidal. Huyeron en el momento en que vieron al gorgosaurio, y ay de los huevos o polluelos que se interpusieran en su camino. Paula corrió con ellos, rezando para no caerse. En su entrenamiento no se había preparado para formar parte de una estampida de dinosaurios. De lo único que estaba segura era de que ir con la corriente era mejor que intentar frenarla.

El rugido del gorgosaurio sonaba como una máquina de vapor con una indigestión horrible. Paula podía oír que la bestia iba alcanzando a la manada; no se atrevió a mirar atrás para ver con qué rapidez. Le faltaba el aliento, pero siguió corriendo. En sus años de estudiante había corrido los tres mil metros hasta que la presión de los estudios le hizo abandonar el equipo. Ahora deseó haber corrido maratones.

Algo se le enroscó en la muñeca izquierda. Se dio cuenta de que aún sostenía al bebé hadrosaurio. Éste se retorcía, intentando escapar. Ella no lo soltó. No le impedía correr, y, si lo soltaba, lo aplastarían en un instante.

Un siseo sibilante le llegó por detrás y por la derecha, indicando la llegada de otro gorgosaurio. Esto no era justo, pensó; los grandes carnívoros eran asesinos solitarios. No cazaban en manadas como hacían con frecuencia el *Deinonychus* y otros pequeños comedores de carne. El furioso rugido del primer gorgosaurio demostró lo mal que recibía la llegada de su compañero.

Paula oyó un aullido que le recordó el grito de un caballo herido: uno de los monstruos había matado. Luego los silbidos comenzaron de nuevo, al doble del volumen, cuando el otro gorgosaurio disputó la propiedad del cadáver.

Mientras los dos grandes carnívoros se peleaban, Paula ahogó un suspiro del alivio. Ahora había terminado; el resto de la manada estaba a salvo. Pronto los hadrosaurios se detendrían, y ella podría salir de entre ellos.

Pero no se detuvieron. Una vez iniciada, una estampida adquiere energía propia, que no tiene nada que ver con lo que la ha iniciado. Tambaleándose agotada, Paula corría a un par de pasos al lado y detrás de un gordo hadrosaurio, cojeando. No podía hacer otra cosa, excepto abandonar y ser pisoteada. El par de veces que había intentado cruzar la corriente hacia el borde de la manada había estado a punto de ser arrollada. Lo mismo ocurría cuando reducía la velocidad. Apretando los dientes, siguió corriendo.

Luego los hadrosaurios llegaron entre los árboles y helechos al sur del nidal. Al frente, los líderes de la manada torcían por aquí y por allí, a veces por culpa del terreno y otras sin razón alguna. A la media luz de la selva, Paula pronto dejó de saber en qué dirección iba.

Reconoció un árbol, un magnolio, precisamente, que parecía lo bastante robusto para ocultarla detrás, mientras la manada pasaba corriendo. Pero cuando giró para llegar a él, uno de los hadrosaurios la atrapó, por accidente, con la punta de la cola. Paula se estrelló contra el tronco del magnolio... y ya no recordó nada más.

Era de noche cuando volvió en sí. Se incorporó con un gruñido. Le dolía detrás de los ojos con cada latido del corazón, también le dolían las costillas y sentía fuego en la muñeca derecha. Con precaución tomó aliento. El dolor del pecho no empeoró. Ninguna costilla rota, pensó.

La muñeca era otra cosa. Sentía rechinar el hueso cuando lo movía. Con todo el cuidado que pudo, se sacó la mochila. Revolvió en ella con la mano izquierda en busca de la linterna.

Algo junto a su rodilla izquierda se enroscó sorprendido cuando se encendió la luz.

—¿Sigues ahí? —preguntó Paula, apartando el haz de luz del bebé hadrosaurio.

Tras reflexionar un momento, llegó a la conclusión de que la pequeña bestia no tenía otro sitio adonde ir. Lejos de su nido, ¿qué otra cosa podía hacer más que permanecer junto a un ser que representaba la seguridad para él? Había peligros en la noche mesozoica: no sólo los pequeños mamíferos indeseables, sino también, y más temibles, primos nocturnos de los *Deinonychus* que cazaban a los mamíferos y todo lo que pudieran encontrar.

Este pensamiento preocupaba poco a Paula mientras rebuscaba en la mochila para encontrar un tubo de pastillas para el dolor. Se tragó una sin beber y después, unos segundos más tarde, otra. Mientras esperaba que le hicieran efecto, sacó una venda y encontró un par de palitos para utilizar como tablilla.

El dolor empezó a calmarse. Deshizo el paquete que contenía la brújula y el dispositivo para la sonda del tiempo.

—Oh, Dios mío —exclamó.

La droga le hizo decirlo en tono normal, pero ella sintió el grito que había tras sus palabras. Ambos aparatos estaban hechos añicos.

Se sentó totalmente inmóvil, intentando devolverles la vida a fuerza de voluntad. Como eso no funcionó, Paula meneó la cabeza con amargura. Luchó contra el pánico.

—Primero, lo que es primero —dijo, y empezó a vendarse la muñeca con la tablilla.

Pero mientas se apretaba el vendaje, su mente se lamentaba. Si no se hallaba en la sonda del tiempo cuando ésta dejara el cretáceo, se quedaría allí para toda su vida, que no sería muy larga. Durante su entrenamiento se lo habían machacado. Los papeles que había tenido que firmar compondrían un libro por sí solos.

Quizá fue el miedo de estar extraviada, quizás el golpe en la cabeza que había recibido, la cuestión es que cometió un gran error. En lugar de esperar a la mañana y seguir el rastro que la estampida de los hadrosaurios había dejado, decidió que tenía que saber enseguida dónde se hallaba y en qué dirección debía ir. Se puso de pie para buscar un claro y poder ver las estrellas.

El bebé hadrosaurio la siguió confiado, como si hubiera sido un padre de verdad camino de unos arbustos con bayas. Al cabo de un rato, Paula se detuvo y lo recogió.

—Si hemos llegado hasta aquí, bien podremos seguir juntos —dijo, como si el animal la entendiera.

El dosel de la selva impedía ver más que alguna ocasional estrella. Paula siguió caminando; en alguna parte tenía que haber un claro. Su linterna atraía a los insectos, igual que habría ocurrido en su propio tiempo. Se empapó de repelente. Las alimañas del cretáceo tenían bocas como perforadoras. Tenía que ser así, para penetrar en la piel de los dinosaurios.

Por dos o tres veces, vio pares de ojos que reflejaban su luz en amarillo o rojo. Mientras los ojos estuvieran cerca del suelo y juntos, no le preocupaban.

—¡Por fin! —exclamó poco después.

Un gigante de la selva había caído, y en su caída había arrastrado a varios árboles más pequeños. Helechos y maleza ya empezaban a llenar el huevo, pero la nueva vegetación le llegaba a Paula a la rodilla.

Penetró en el interior del claro y apagó la linterna para que sus ojos se acostumbraran a la oscuridad. No era muy experta en astronomía, pero confiaba en saber lo suficiente de las constelaciones más importantes para averiguar dónde se hallaba situada cada una.

O eso creía ella; pero, cuando levantó la vista al firmamento, lo que vio no le sugirió nada. Una estrella roja se encontraba casi directamente encima de ella; era brillante como Venus. Había otras aquí y allí casi iguales. El grupo cercano al horizonte dejaba atrás a la Pléyades.

—Mierda —exclamó Paula al darse cuenta.

Para ella, las estrellas eran las estrellas, inalterables. Pero, en ochenta millones de años, no era así; la Tierra se hallaba casi a medio camino de la galaxia de donde ésta fuera. Habían hablado de esto en el entrenamiento, pero ella sólo había escuchado a medias: lo que le decían no le parecía útil, no cuando tenía maneras más sencillas y más exactas de encontrar la dirección. Ahora no era así.

Aquel viejo dicho de que el musgo crecía en el lado norte de los árboles, aquí tampoco significaba nada. En este clima, el musgo crecía por todas partes.

Entonces se dio cuenta de lo que debería haber hecho. Si pudiera volver a trazar el camino hasta el claro... Su risa fue desesperada. Había dado tantas vueltas mirando las estrellas, que ni siquiera estaba segura de por qué dirección había entrado.

—Estúpida, Paula, estúpida —se insultó.

Antes, ser estúpida significaba tener mala nota en un seminario o tener que repetir un experimento. Ahora era probable que le significara la muerte.

Agradeció las pastillas para el dolor. Le permitían pensar con tranquilidad, aunque con lentitud. Cuando saliera el sol, podría saber la dirección por las sombras, al menos lo suficiente como para ir aproximadamente hacia el norte. Eso la llevaría al río y le daría la oportunidad de encaminarse de regreso a territorio conocido.

111

—A menos que tú tengas una idea mejor —dijo al pequeño dinosaurio.

Si la tenía, no se notaba.

Hasta la mañana siguiente, decidió que lo mejor que podía hacer era descansar. Quería tener la cabeza lo más clara posible cuando se hiciera de día.

—Se acabaron los embrollos —se dijo con firmeza, sacando su saco de dormir. Dejó al bebé dinosaurio a su lado—. Si quieres irte, vete. Si no, hasta mañana.

Pensó que estaría demasiado nerviosa para dormir, pero, cuando se dio cuenta, el sol le daba de lleno en la cara.

—El este —dijo—. Progreso.

Y esta vez su risa fue sólo de sincera diversión.

La pequeña criatura resultaba buena para su moral, y necesitaba toda la ayuda que pudiera conseguir. Agarró al polluelo —éste soltó un siseo al verse perturbado, pero pronto se calmó— y echó a andar.

Saber en qué dirección debía ir no hizo fácil el viaje. Paula chapoteó en pantanos (y descubrió, a las duras, que en el cretáceo había sanguijuelas), anduvo a gatas rodeando marañas de maleza demasiado espesa para atravesarla. Un par de veces, las hojas altas ocultaron el sol y le impidieron orientarse por las sombras. Una vez salió y descubrió que iba hacia el este en lugar de hacia el norte. Meneando la cabeza, giró a la izquierda.

Su grito cuando divisó el río asustó al bebé hadrosaurio, que enroscó su cola alrededor de la muñeca de Paula dolorosamente fuerte. Se sentía como uno de los hombres de Jenofonte espiando el mar Negro.

Con cautela se acercó al agua y bebió, siempre con

un ojo y parte del otro alertas. Los cocodrilos y cosas peores infestaban los ríos del cretáceo.

Paula atisbó río arriba y río abajo. Como había temido, las dos direcciones le resultaban igualmente desconocidas. Dejó en el suelo el bebé hadrosaurio, y le dio de comer una hoja.

—Supongo que tú tampoco sabes en qué dirección ir, ¿no? —dijo acusadora.

Se detuvo y echó otra mirada, a conciencia.

—¿O sí?

Los hadrosaurios de la manada siempre regresaban al mismo nidal para empollar. ¿Estaban programados biológicamente para hacerlo, igual que los salmones siempre vuelven a la misma corriente o los pájaros a la misma isla?

Nadie lo sabía. Incluso después de años de viajar en el tiempo, nadie sabía gran cosa acerca de los dinosaurios. Si Paula hubiera tenido alguna razón para pensar que el polluelo podía encontrar su propio camino hasta casa, se habría sentido mucho mejor tomando una dirección determinada. Tal como estaban las cosas, elegir por qué camino ir era como jugar a la ruleta rusa con la mitad de las recámaras cargadas.

Apretó los labios. Quizá pudiera averiguarlo. Dejó al bebé hadrosaurio en el suelo. No fue a ningún sitio. Se quedó donde estaba, mirando a Paula.

—Ojalá no creyeras que soy tu mamá —le dijo ella.

Lo recogió mientras pensaba. Al cabo de un rato, sacó varios metros de cuerda delgada y ató un extremo a las patas delanteras y la espalda del polluelo. El otro extremo lo ató a un grueso pedazo de madera que clavó firmemente en el suelo.

Luego regresó al bosque, asegurándose de que estaba en dirección contraria al viento para que el hadrosaurio no pudiera verla ni olerla. La cinta que ahora buscaba tenía la etiqueta *Nidal - I*. Se colocó los auriculares y pasó la cinta hasta que encontró el punto que necesitaba.

Hizo sonar la llamada gruñona a todo volumen. El bebé hadrosaurio levantó la cabeza. Echó a andar con seguridad río arriba, hacia el nido, esperaba Paula, pues eso era lo que pretendía. La cuerda no dejó avanzar al polluelo. Como el bebé no entendía de cuerdas, siguió caminando sin avanzar.

Cuando Paula apareció de nuevo, el hadrosaurio se volvió hacia ella. Lo recogió, sin quitarle la cuerda, y puso el tronco de madera unos doscientos metros río arriba. Dejó allí al polluelo, se marchó y repitió el experimento. La dirección que había tomado el bebé la primera vez, pensó Paula, podía muy bien ser aleatoria.

La segunda vez volvió a ir río arriba.

Paula avanzó otros doscientos metros y volvió a probarlo, con idénticos resultados. El bebé hadrosaurio hizo lo mismo en las siguientes tres repeticiones. Paula lanzó las manos al aire. Desató a la bestia.

—Está bien. Estoy convencida. Es río arriba.

Y, menos de una hora después, empezó a encontrar hadrosaurios paciendo cerca del río. Soltó una risa tonta cuando por primera vez reconoció el terreno, y le sorprendió descubrir lo hermosa que podía ser la visión de los nidos de barro de dos metros. Desde el nidal, sabía exactamente cómo regresar a la sonda del tiempo.

Por última vez, dejó en el suelo al bebé hadrosaurio. Hizo sonar la llamada de vuelta al nido, ahora suavemente para no molestar a otros dinosaurios. Como en todo el camino, el polluelo supo adónde ir. No tuvo ningún problema en encontrar su nido entre los cientos que lo rodeaban. Entrar fue difícil, pero el pequeño dinosaurio lo consiguió.

Paula no dudó en ningún momento que lo haría. Aunque nunca lo sabría seguro, estaba irracionalmente segura de que escaparía de todos los depredadores del cretáceo y se haría grande, gordo y estúpido, de tal manera que, a la larga, la triste confusión de la bestia respecto a su relación con ella no significaría nada.

Cuando se alejaba del nidal, Paula sintió una punzada de tristeza. Al fin y al cabo, nunca antes había sido madre.

Escapar

Steven Utley

*Los sueños de volar son quizá los más universales.
Aquí nos enteramos de que algunos de esos sueños pueden remontarse muy atrás...*

Los relatos de ficción de Steven Utley han aparecido en The Magazine of Fantasy and Science Fiction,
Universe, Galaxy, Amazing, Vertex, Stellar, Shayol *y otras revistas prestigiosas. Es coeditor, junto con Geo W.
Proctor, de la antología* Lone Star Universe, *la primera,
y posiblemente la única, antología de historias de ciencia
ficción de texanos. Nacido en Smyrna, Tennessee, Utley
vive ahora en Austin, Texas.*

Había criaturas de cuerpo blando de infinita variedad y profusión en el fondo, y crustáceos con tentáculos, extraños escorpiones naranja, trilobites, grotescos animales serpenteantes que parecían ciempiés blindados, un pez ocasional, todo boca inflexible y ojos apagados. Había grupos de pálidas plantas con tallos segmentados, que se elevaban como columnas en el barro para soportar el techo translúcido de la laguna. Más allá del techo había un sol de contorno borroso.

Sueños devónicos. Desperté y volví a dormirme, y esta vez había grandes arrecifes glaciales azules en el horizonte. Mucho más cerca, se percibía el olor de alquitrán y pescado en descomposición. El sol poniente formaba plata fundida con el agua de lluvia que quedaba sobre las superficies de las lagunas de alquitrán. Había grumos irregulares en algunas de las lagunas. De vez en cuando, se podía ver un colmillo curvado; una no irreconocible zarpa delantera descompuesta con largas uñas como garfios, una joroba parcialmente consumida de un bisonte medio sumergido. Cóndores y chacales por todas partes, y yo estaba con ellos.

Imágenes del pleistoceno. Desperté y salí de la cama. Me tocaba a mí preparar el desayuno aquel día.

Éste es uno de mis auténticos lujos; este diario, estas preciosas hojas de papel. Me di el lujo la semana pasada y pagué gusto y ganas por un libro de hojas en blanco. Doscientas hojas de papel, cuatrocientas páginas en las que registrar todos y cada uno de mis pensamientos. Papel para el que no tengo más noble propósito en mente que escribir «Querido diario».

Bien venido a la página dos de *El libro de Bruce Holt*, que probablemente habrá muerto antes de llegar a la página cuatrocientos.

—¿Por qué son siempre dinosaurios y cosas así? —pregunta Carol, la mujer con la que vivo—. ¿Y por qué siempre poemas acerca del «momento de la extinción», como tú lo denominas?

Estoy comiendo mi tostada y tomando mi bebida

tibia. Carol está apoyada en la unidad de evacuación de la cocina, abanicándose con la pizarra de carbón que yo utilizo para los primeros borradores y notas.

—Eso es lo que veo —le digo—. Dinosaurios y cosas así. Es lo que me viene a la cabeza.

—Todo es tan deprimente. Tus historias también se están volviendo así.

—Es una reacción natural contra lo que escribo para la televisión.

—Pero eso es lo que nos da de comer.

Yo hago un corto y agudo ruido con la boca —no soy tan viejo como para no recordar el pan de verdad y el café de verdad— y con esfuerzo me trago lo que me queda de desayuno, y luego busco un cigarrillo en el bolsillo de la camisa. Esa última observación de Carol me ha llegado al alma, porque es cierta. Mis historias se venden con intermitencia. Son demasiado deprimentes para la mayoría de la gente. La televisión me mantiene vivo, y la televisión quiere optimismo. O, al menos, pura evasión. La vieja fórmula de Jack Woodford para la ficción comercial ya está pasada de moda. Chico conoce a chica, chica conquista a chico, chico conquista a chica.

—Hoy voy a ir al centro —digo al cabo de un rato—. ¿Quieres que te traiga algo?

Carol dice que no con la cabeza, despacio.

—No se me ocurre nada. Quizás intente ir al economato mientras tú estás fuera. Esta noche podría preparar la cena.

—Hoy me toca cocinar a mí.

—Así tendré algo que hacer.

—¿Has terminado de leer tu libro?

Ella utiliza una uña para trazar una línea en la parte inferior de la pizarra de carbón.

—No me gusta mucho. Camus me deprime igual que tú.

—Siempre es agradable oír que he entrado en la liga de Camus. —Tomo mi primera bocanada larga del cigarrillo y me pregunto qué demonios han empezado a utilizar en lugar de tabaco—. Vamos, Carol, ¿sobre qué preferirías que escribiera poemas? ¿Arroyos burbujeantes y cielos azules? Ya no quedan, por si no te habías enterado.

—No seas antipático, Bruce. Tampoco quedan dinosaurios, así que estamos en paz.

Dejo correr el asunto, porque de repente el poder está despertando en la parte posterior de mi cráneo, y yo estoy alejándome de ella, entrando en la primera mente disponible: una mujer llamada Sharon Kraft, que vive en el corazón del metroplex Nashville, en un apartamento aún más pequeño que el nuestro. En la habitación de Sharon Kraft hace un frío tremendo, y la única y sucia ventana está helada por fuera. Yo, sofocado por el calor de agosto, he ido a verla en el corazón de algún invierno reciente. No conocía a Sharon Kraft, no sabía nada de ella hasta entonces, y lo único que consigo durante los cuatro o cinco segundos que estoy con ella es lo de siempre, frases sueltas acerca de comida y dinero. Con una abrumadora ansiedad.

Carol deja con brusquedad la pizarra sobre la mesa ante mí.

—¡No lo hagas cuando te estoy hablando!

Salgo de allí, rescato la pizarra de entre las migas de las tostadas, murmuro una disculpa.

—¡Siempre te apartas de mí así! —prosigue Carol, levantando la voz—. Por eso lo utilizas, ¿no? Las cosas se ponen feas, y tú te evades a tu pequeño mundo.

Estoy tratando de que su irritación no me infecte. Hace demasiado calor para discutir. Le ofrezco una chupada de mi cigarrillo. Ella niega con la cabeza con vehemencia.

—Escucha —digo, forzándome a hablar con calma, en tono tranquilizador—. Yo no lo he buscado. Simplemente ha sucedido. No puedo evitarlo, Carol.

—¿Que no puedes evitarlo?

—Carol, cariño, tengo que soportarlo lo mejor que pueda.

—Entonces, ¿por qué no lo utilizas para que las cosas nos vayan mejor?

—¿Qué quieres que haga? ¿Volver atrás y averiguar dónde escondió su botín el capitán Kidd?

—No me importa lo que hagas, pero haz algo.

Carol había empezado a pasear arriba y abajo por la pequeña cocina, tres pasos a un lado, tres pasos al otro. Cuando se da cuenta de que no voy a decir nada más, que no tengo intención de discutir con ella, sale a grandes pasos de la cocina y da vueltas por la habitación principal del apartamento, tocando los lomos de mi pequeña biblioteca de desvencijados paquetes de papeles, mirando ferozmente las descantilladas fichas de plástico de ajedrez (inmovilizadas en las tablas de la semana pasada). Y yo permanezco sentado tratando de pensar en algo que decir que pueda congraciarme con ella.

Pero la semana que viene hay que pagar el alquiler, y mi cheque del estudio se retrasa, y ella se aburre y se siente inútil porque no encuentra trabajo, y a mí me puede acusar cómodamente porque tengo el poder. Tengo ese algo más que la mayoría de la gente no tiene. Tengo el don. Y no nos está haciendo ningún bien. Y así...

Y así abandono y con cuidado apago el cigarrillo en un cenicero de barro; luego, deposito el tabaco de la colilla en una jarra Mason medio llena de ahorros anteriores. Lo mejor que puedo hacer es quedarme lejos de Carol durante un rato.

Aun así, no puedo evitar estar un poco preocupado. Ya hemos pasado por esto en otras ocasiones, y se creería que Carol ya habría aceptado mis limitaciones. ¿Cuántas veces tengo que decirle que no puedo hacerle hacer cosas a ese algo más?

Viene, y se va. No poseo ningún control sobre ello, en absoluto. El tiempo me saca de mi propia cabeza y me lleva a donde quiere. Nunca puedo decir dónde puedo terminar, y, una vez allí, no puedo hacer nada excepto observar lo que ocurre a través de sus ojos, oídos y/u otros órganos sensoriales de cualquier criatura que ponga a mi alcance. Contemplar trilobites a través de los ojos de un (supongo) pez con pulmones no me hará rico.

Ah, pero yo lo intentaba. Ya lo creo.

Cuando empecé a tener estas visiones retrospectivas cronopáticas, no les hice caso, pensando que eran pesadillas y sueños. Luego vinieron las dudas acerca de mi cordura, las sesiones con un psiquiatra, el terror de la locura. Hasta que el doctor D. M. Mayes, de la universidad de Texas, en Austin, publicó su informe de que la naturaleza de mi aflicción era evidente. Confusión en el tiempo. Cronopatía. Me sentí mucho mejor cuando conocí el nombre de mi enfermedad. Qué agradable saber que había docenas de personas como yo.

Lo último que oí fue que seguían sin saber cómo la mente humana podía viajar a través del tiempo. A los físicos que no comprendían la mecánica de la telepatía, la clarividencia y la telequinesia, los ponía absolutamente furiosos la cronopatía, que refutaba descaradamente muchas cosas que ellos estimaban en gran manera acerca de la naturaleza del tiempo y el espacio. Pero yo tengo mi propia teoría para explicar el porqué.

Creo que la provoca la desesperación. Tal vez la cronopatía haya estado siempre latente en las personas, manifestándose en ocasiones y dando lugar a conjeturas acerca de fantasmas y reencarnación. Pero las manifestaciones se han difundido más durante la última cuarta parte de este siglo. Y creo que es debido a una poderosa sensación de opresión desesperada en un ambiente cada vez más hostil. La gente perdió toda fe en el futuro. Infelices en el presente, añoraban el pasado, suspiraban por él, porque siempre parecía más rosa, más simple, más fácil.

Así se destrabaron los grilletes internos de la psique humana.

Sea como fuere, a la edad de treinta y ocho años me volví cronopático. Aprender a vivir con ello no fue fácil, pero lo logré. Creo.

Una vez, incluso fui a ver a Mayes y le ofrecí mis servicios. Pero ya había reunido a un equipo de cronópatas, hombres y mujeres cuyas capacidades estaban finamente aguzadas, que tenían todos los conocimientos paleológicos, arqueológicos y antropológicos necesarios para completar sus talentos. Yo no estaba entrenado. No tenía control sobre mi poder.

Yo era, en resumen, un aficionado semidotado, un lego, un escritorzuelo y poeta de escaso éxito.

Apreciamos que haya pensado en nosotros en este aspecto, señor Holt, pero...

Inadecuado para las necesidades presentes. Terrible. La historia de mi vida.

Anoche, contemplé con la multitud como Luis XVI iba a la guillotina. Deberías haber visto la expresión de su rostro, querido diario. Realmente no creía que lo haríamos. Hasta el momento en que el verdugo dejó caer la hoja, se negó a aceptar la realidad de la situación, y entonces, justo cuando la hoja empezó a caer, le vi estirar el cuello todo lo que podía. Habría jurado que vi que sus labios formaban las palabras *Mon Dieu*.

Ah, bien. ¿Dónde dejé la saga de Bruce y Carol?

El otro día, mientas esperaba que a ella se le pasara el enfado, puse mi antigua Olympia portátil sobre la mesa y me puse a trabajar en la última entrega de mi serial para la televisión. Estaba en mitad de la página cuando Carol chocó contra algo e hizo mucho ruido innecesario camino del lavabo. Estoy seguro de que trataba deliberadamente de provocarme. Pero yo me recosté en la silla, cerré los ojos y me sentí marchar otra vez.

Cuando llegué allí, el cielo estaba encapotado, y caía una cálida lluvia. Las nubes bajas tenían un débil tinte verdoso. Yo me agazapé en un cómodo agujero en la cara de un arrecife que caía en picado al mar. Mi hueco apestaba a pescado putrefacto y a excrementos, pero el hedor no me molestaba demasiado. El sentido del olfato de mi anfitrión parecía atrofiado. Sin embargo, incluso en esta oscuridad, su visión era excepcional; la otra única vez en que había experimentado una claridad de visión semejante fue cuando iba con lo que debía ser una de las últimas águilas.

La lluvia cesó. Mi anfitrión... no, yo... me agité, estiré unas patéticas pequeñas patas traseras para recuperar la circulación, y desplegué unas alas membranosas y cubiertas con un fino plumón. Las alas estaba reforzadas con un dedo enormemente alargado. Ahora sé lo que era, cuándo y probablemente dónde estaba.

Pterosaurio, período cretáceo. En el mar interior de Kansas, quizá.

Esperé hasta que la corriente procedente del mar me pareció adecuada y entonces, suavemente, salté del acantilado, me hundí, me alcé y fui transportado por el aire.

Tenía todo el cielo para mí.

Al final, mi anfitrión nos hizo descender y peinar las olas, alerta a las sombras plateadas que se veían bajo la superficie. Mi largo pico sin dientes se hundió de repente y recogió con rapidez un pez que daba sacudidas y que engullí entero.

Después mi anfitrión se remontó, aún la única criatura en el cielo. El sol empezaba a deslizarse por el horizonte. Yo no podía dejar de sentir que ésta podía ser en realidad la última noche, que había tropezado con el último de los dragones. Había ido a la era mesozoica muchas veces, había sido gorgosauro y plateosauro, conocía el camino en la edad de los dinosaurios. Pero ahora había algo diferente. La tierra, el mar y el cielo tenían el mismo aspecto que habían tenido en mis anteriores visitas al cretáceo tardío, mi anfitrión volaba como si no hubiera nada extraño, pero yo sabía, sabía que el reconocimiento aéreo de la tierra hacia el este revelaría que estaba vacía de gigantes. Sólo estaba mi anfitrión, planeando hacia lo que en un poema yo había calificado de «el momento de la extinción». Parecía una invasión de la intimidad quedarse y presenciar la caída final de este pterodáctilo, así que me retiré y reanudé mi escritura.

Tenía un fuerte dolor de cabeza cuando terminé con la máquina de escribir. Carol se había calmado y se había tumbado en el sofá-cama con *El extranjero*. Pero pasaba las páginas con rabia. Se había dado cuenta de mis manos desocupadas.

Me acerqué a ella y me puse tierno, y la acaricié y todo eso, y al cabo de unos treinta minutos volvíamos a ser más o menos amigos. Nos dimos cuenta de que no habíamos tenido nuestra pelea por el algo más, sino que estábamos mimosos y satisfechos; la tormenta había pasado, y podíamos esperar tener un poco de paz antes de que el tema reapareciera.

Y en estos momentos realmente lamento no ser más hábil con mis palabras. El mesozoico siempre me produce ese efecto, me hace querer hablar con Carol de cómo hubiera sido ser joven durante los sesenta y principios de los setenta, cuando parecía que podía existir alguna esperanza para la humanidad... cuando los negros de pronto exigían el derecho de ser personas, cuando las mujeres exigían el derecho de ser seres humanos, cuando... cuando tantas voces diferentes se alzaban, pidiendo cordura y justicia, cuando existían causas buenas y nobles, causas que merecían la pena, cuando todavía había tiempo y el futuro, que ha pasado, todavía era una nube pequeña y gris en el horizonte, cuando...

Cuando el olor de la extinción no se percibía en el aire.

Pero no puedo hacérselo revivir a Carol. Es demasiado joven. Nació en la época en que las cosas ya se habían ido al garete. Apenas le habían sacado los pañales que California se destruyó. (Adiós, Los Ángeles. Siempre me fascinaste.) No era más que una niña cuando Texas efectuó su abortado intento de dividirse en cinco estados diferentes, y en lo que a Carol se refiere, Texas siempre ha estado ocupada por tropas enemigas.

Carol llegó demasiado tarde, cuando ya no había lugar para la esperanza. Y yo nunca he sido capaz de explicarle la diferencia esencial entre el pobre optimismo estúpido y fervoroso de mi juventud y el material neciamente brillante que escribo para la televisión.

Claro, Carol, los dinosaurios y todos sus hermanos eran criaturas mayestáticas. Cuánto lo eran, jamás podrás comprenderlo, porque no te lo pueden contar. Tienes que sentir lo que era tener veinte metros de largo y ser el dueño del mundo. O deslizarse con alas de seis metros por encima del mar de Kansas. Los dinosaurios fueron la cosa más sobrecogedora de todos los tiempos, montañas hechas para caminar. Y, a pesar de toda su densidad craneal, Carol, eran monstruos más nobles que los hombres. Cuando los dinosaurios murieron, dejaron un mundo limpio. Se fueron del mundo, y éste todavía estaba lleno de cosas vivas. Los dinosaurios murieron elegantemente.

Cuando nosotros nos extingamos, arrastraremos a todo el mundo con nosotros, de una manera u otra.

Tengo memoria para las trivialidades. Toda la mañana, me ha perseguido una canción que no puedo haber oído en los últimos veinte años. Es algo de los años

126

sesenta, creo, algo de Bob Dylan. Un grito de angustia, de desilusión. «Oh, mamá, ¿puede esto ser realmente el fin, estar atascado en Mobile con la nostalgia de Memphis otra vez?»

Y esto, de una de las estrofas: «... las mujeres me tratan bien, y me comprenden, pero en el fondo de mi corazón, sé que no puedo escapar».

Ah, pero lo intento.

Hoy es viernes, día de la comida en el economato, y las calles están atestadas. Yo tenía que ir al estudio. Empujones en todo el camino hasta la parada de la esquina, y entonces el autobús a vapor ha llegado veinte minutos tarde. Pero ha llegado, y he conseguido un asiento arriba, en la parte delantera. Ha sido un viaje desdichado. Mi respirador tiene una fisura. (Dios mío, ¿quién habría dicho que Austin, Texas, tendría alguna vez tanta contaminación?) El día ha sido muy caluroso, y todo apestaba, el autobús, las calles, la gente, la ciudad entera. El olor de la extinción.

Y he recostado la cabeza, cerrado los ojos, y me he apartado de ellos lo mejor que he podido. Todo está en calma, todo es brillante.

Los corredores

Bob Buckley

Los dinosaurios son retratados a menudo como gigantes pesados, torpes, de movimientos lentos, pero, como hemos dicho, algunos de ellos lo eran todo menos lentos; de hecho, algunos eran muy veloces.

Pero de algunas cosas no se puede escapar, por muy veloz que se sea.

A menos que se tenga un poco de ayuda.

Nacido en Louisville, Kentucky, Bob Buckley vive ahora en Trabuco Canyon, California. Escritor técnico para la Borroughs Corporation, publicó su primer libro de éxito, de un tema de ficción, en 1969, y desde entonces ha sido asiduo colaborador de Analog. *Su primera novela fue* World in the Clouds; *en la actualidad está trabajando en un libro divulgativo acerca de los dinosaurios, titulado:* The Terrible Lizards.

He descubierto que no me gustan mucho los dinosaurios. Los grandes huelen mal y no tienen el ingenio de un insecto, mientras que las bestias más pequeñas, aunque más brillantes, se te comerían un brazo mientras te sonríen. Y no he visto sonreír a ninguno. Todavía.

Pero allí estábamos, entre ellos... de regreso al infierno. Así es cómo Rogers llama a ese lugar.

Yo estaba de pie en la orilla seca de arcilla y miraba hacia el mar. El sol era cálido, pero ninguno de nosotros vestía algo más que pantalones cortos y un sombrero de ala ancha que impedía que se nos cociera el cerebro. Más abajo había un río. Una ancha extensión de agua marrón azulada, sin nombre, que se ensanchaba aquí, en su desembocadura, donde se vaciaba en el mar. Las Rocosas deberían haber estado aquí, no ser un cuerpo de agua de horizonte a horizonte punteado de islas. Pero no estaban. No aparecerían hasta mucho más adelante.

Las olas estaban manchadas de marrón un poco a lo lejos. El canal arrastraba mucho sedimento desde las altas tierras áridas, que empezaban donde los bosques de la costa se hacían menos densos, y se había formado un delta considerable. Árboles como mangles cubrían las orillas y proporcionaban nidales a los miles de aves marinas chillonas que parecían ascender en el cielo oscuro, como torres de humo blanco, cada vez que un pteranodon pasaba «navegando» majestuosamente. Creo que son pteranodones. James no está de acuerdo. Supongo que él debe saberlo. Es uno de los paleontólogos.

Visible justo por encima de la curva del brumoso horizonte color púrpura, estaba el cono de un volcán con nieve en la cumbre. Es grande. Rogers lo ha llamado Feathertop, por el penacho de cúmulos que pasa por su cresta oriental. Es un nombre válido como cualquier otro, y así lo he marcado en el mapa que estamos preparando.

Más allá de Feathertop hay más volcanes, y la accidentada línea costera de la Cordillera Norteamericana. Un día, todo aquello sería California y los demás estados de la costa occidental, incluido el largo y seco dedo de Baha. Pero en aquella época era un gigantesco continente de islas.

Ahora, nuestro método de regresar a la era mesozoica es secreto. Y en un relato no oficial como éste, dudo que mi explicación de la física aplicada tuviera sentido de todos modos. Diré sólo que no utilizábamos una máquina del tiempo. Nuestro vehículo era un lanzadera de peso resistente a la presión, muy corriente, con un gran impulsador instalado en su popa. Una lancha automática con combustible nos acompañaba. La habíamos dejado aparcada en órbita sincrónica sobre Norteamérica Cratónica, que es la masa de tierra que se encuentra al este del mar de Sundance y se une con Europa.

Regresar, según los físicos, sería mucho más difícil que ir. Pero la paga era indecentemente elevada, y las computadoras decían que era posible, así que fuimos, sin pensarlo.

El primer equipo que regresó lo hizo por accidente. Estuvo allí tanto tiempo, que se había acostumbrado al gusto de la carne de lagarto seca. Pero regresó.

Nuestra tarea consistía en realizar un mapa del terreno, y documentar el intervalo de transferencia en el tiempo.

Nuestro equipo era pequeño por necesidad. Rogers era el geólogo, y Jack y James eran paleontólogos.

Yo era el piloto. Pero, antes de acceder a un título avanzado en la Academia de Astronáutica, me había graduado en conducta animal. Y sabía hacer otra cosa. También era el astrónomo de campo.

¡Todo esto sólo para determinar qué año era!

Estábamos completamente solos. No había comentarios del Control de la Misión. Ni mensajes estimulantes de las amigas. Éramos los únicos primates de todo el mesozoico. Supongo que deberíamos habernos sentido orgullosos, y haber sentido miedo si éramos listos. Pero, sobre todo, estábamos demasiado ocupados para sentir más que cansancio.

Yo había dejado la lanzadera en una meseta elevada de basalto precámbrico, que se erigía en la plataforma continental como un gigante negro. Sesenta millones de años después no estaría allí. La erosión la habría desparramado por los valles que la rodeaban transformada en arena fina y negra.

No había mucha vegetación en aquel lugar. Algunas grietas que capturaban un poco de tierra y algún que otro bosquecillo de cícadas que había proliferado. Algunas eran enormes, e incluso las pequeñas parecían antiguas.

James nos dijo que estaban relacionadas con el Dioön, un género que vive sólo en el México Oriental en nuestra época.

Pronto descubrimos que tenían púas que producían verdugones cuando se te clavaban en la piel, mientras descargábamos el helicóptero del compartimento de carga. Cuando hubimos terminado, y yo examinaba el dispositivo de aterrizaje, de cojín de aire, de la lanzadera, para ver si se había estropeado, James subió con alguna clase de pterodáctilo que se dejaba caer fláccido en sus manos. Él lo examinaba con expresión encantada aunque ligeramente perpleja.

—Bien —dije yo—, ¿qué es?

Durante el largo viaje, habíamos discutido mucho acerca de cuánto se parecerían las reconstrucciones del siglo veinte a la realidad. Personalmente dudaba de que reconociéramos gran cosa. La misma naturaleza de la fosilización tiende a destruir los variados embellecimientos epidérmicos que hacen tan únicos a los animales vivos.

Ahora, al ver a James y su perplejidad, no pude evitar sonreír.

La criatura era de color marrón claro. Su cuerpo, cabeza y alas estaban cubiertos de una fina pelusa casi como terciopelo. Las mandíbulas eran largas y con dientes, y protegidas por un pico de asta. El ala derecha estaba rota.

Agarré el trofeo de James. El cuerpo todavía estaba caliente. Lo palpé y descubrí un buche con lo que parecía un pequeño lagarto. También tenía otras características.

—Es un macho —le dije.

—¿Cómo lo sabes? —preguntó él.

Di un golpecito a las barbas de un rojo brillante y parcialmente infladas que colgaban de la cara inferior de la garganta.

—Esto es un órgano de reclamo. Ya que tu pterodáctilo llenaba un hueco como las aves en este ambiente, es razonable que le asignemos conducta de ave. Si buscas por aquí, creo que descubrirás un nido con una hembra empollando. Dudo de que los pterodáctilos bebés puedan mantener su calor corporal más de lo que pueden hacerlo las aves.

James volvió a tomar el fósil y me lanzó una mirada perpleja, algo herida. No dijo nada, pero más tarde observé que paseaba por la meseta atisbando detrás de cada grupo de rocas. Pero nunca me dijo si llegó a encontrar un nido.

Aquella tarde, Jack tenía la misión de controlarnos desde el puente de la lanzadera; dejamos la meseta para seguir la costa del mar hacia el norte. Era el primero de nuestros viajes de exploración. Esperábamos recopilar suficientes datos que nos permitieran fechar la época. La fecha la determinaría la vida animal.

Rogers pilotaba. Yo era el localizador, y James se sentaba a mi lado con un microarchivo en el regazo. La memoria de éste estaba llena de reconstrucciones y capas superpuestas esqueléticas de toda forma de vida que se sabía había existido en el mesozoico. Llevando la cuenta de los géneros identificados, desarrollaríamos una fauna que podría relacionarse con una unidad sedimentaria. Esto nos daría una fecha bruta, un período dentro del amplio contorno del jurásico, o cretáceo. Más tarde, yo utilizaría la astronomía para proporcionar el ajuste fino.

Rogers volaba, bajo, sobre la playa, asustando a los pequeños plesiosaurios que huían metiéndose en el oleaje a toda prisa. Eran los jóvenes. James no estaba preparado para identificarlos.

Me parecía que él contestaba con evasivas. Estaba demasiado fascinado observándolos para consultar el archivo.

La playa se curvaba. La arena blanca fue sustituida

por una cubierta de tierra baja. Arbustos, árboles pequeños. De vez en cuando veíamos animales, pero sólo su lomo, la cabeza y el cuello. No era suficiente para identificarlos.

James empezó a parecer descontento.

Cruzamos una bahía poco profunda. Un mosasaurio rodó bajo nosotros. Eso nos proporcionó una pequeña pista. Los mosasaurios eran animales que se adaptaban a la vida en mar abierto. Tardaron en desarrollarse. Pero éste desapareció antes de que James pudiera encontrarlo en el archivo.

Empezaba a parecer que la única manera en que podríamos efectuar una identificación positiva sería capturando una de las bestias y radiografiándola, para comparar su esqueleto con el de los fósiles del archivo.

Cuando lo expresé en voz alta, a James le brillaron los ojos de un modo extraño. Supe enseguida que había cometido un grave error. No quería vernos a los tres peleando con seis toneladas de dinosaurio furioso. Expliqué con gran detalle las dificultades de semejante acción.

—Tenemos las armas —replicó James.

Por «armas», James se refería a los tranquilizantes. Teníamos que evitar matar nada. Era de sentido común. Por supuesto, los dinosaurios iban a extinguirse, sin descendientes. Pero los expertos no querían correr riesgos.

Las armas tranquilizadoras eran voluminosas y de difícil equilibrio. Pero utilizaban una mira electrónica que no podía fallar, y un microordenador para sopesar ópticamente, clasificar y seleccionar la dosis y el tranquilizante adecuados.

Como sabía esto, James estaba dispuesto a empezar a cazar.

Rogers vino a rescatarme explicando que la capacidad de transporte de nuestro helicóptero era limitada. El punto decisivo fue cuando dijo que iba a girar en dirección a tierra firme. Se sabía que los ambientes de las tierras altas eran los hábitats de los ceratopsianos. Estos gigantes estaban muy bien documentados en todo el mesozoico superior.

Rogers ganó altitud y nos alejamos hacia lo que un día sería Montana.

Al final, el mar a nuestra izquierda desapareció, dando lugar a salinas y tierra yerma. Había pantanos salobres en los valles, y muchos huesos de un blanco reluciente en las islas. Pero, aparte de algunos juncos amarillentos, allí no crecía nada. Era tierra yerma. Aun así, James quería aterrizar y efectuar una breve exploración.

Rogers se negó y señaló un bulto escamoso que se abrigaba detrás de un afloramiento erosionado de piedra caliza.

Era un carnosaurio. Joven, sólo algo más grande que el helicóptero, escuálido como la muerte, y estaba dormido. Los tiempos habían sido malos para la bestia. Su piel era de color marrón, con vetas verdes. Éstas podían ser pigmentación, o alguna enfermedad exótica. Le faltaban las graciosas arrugas en el lomo que tenían los monstruos de las películas. Pero sí tenía una papada de brillantes colores arrugada bajo su garganta.

—Probablemente es un macho —le dije a James.

Él suspiró. Las imágenes pasaban veloces por la pantalla del microarchivo.

Para entonces, el dinosaurio carnívoro despertó. Levantó la cabeza despacio y atisbó por el yermo paisaje con ojos inyectados en sangre. Parecía tener todas las resacas del mundo reunidas en un terrible dolor de cabeza.

Supuse que su buena vida se había terminado mucho tiempo atrás, y ahora incluso las heces habían desaparecido. Si hubiéramos pasado por allí una semana más tarde, los carroñeros habrían estado explorándole los huesos.

Con torpeza, utilizando las patas traseras como apoyo, se puso de pie, su larga cola tiesa detrás. Soltando un bufido, dio un par de pasos arrastrando los pies hacia el helicóptero. Nuestras hélices producían viento. Levantaban polvo y hacían mover los juncos en sus lechos de barro seco. Nada como nosotros había aparecido jamás en el mundo. Pero el movimiento siempre había sido igual a comida, y el animal tenía tanta hambre que se habría comido cualquier cosa que estuviera al alcance de sus fauces.

Entretanto, James había dejado de manipular los controles del microarchivo.

—Voy a decir si es una variedad de driptosaurio. Sin duda no es un alosaurio, ni un ceratosaurio. Por supuesto, las características juveniles confunden. Sólo tenemos registrados adultos.

—Los driptosaurios son del cretáceo superior, ¿no?

—Éste podría provenir de un determinado tronco. Bastante generalizado. Podría ser anterior al tiranosaurio.

Cuando el carnosaurio se acercó, Rogers elevó el helicóptero.

—¿Por qué no intentamos sacarle de esta trampa mortal? —preguntó.

—Eso es manipulación, y hemos de dejar el medio ambiente lo más tranquilo posible. Si esta bestia murió de hambre en este pantano, no podemos cambiarlo.

—Parece insensible —replicó Rogers. Luego, se rió con suavidad—. Claro que este chico no tiene mucha cara de santo. Quizá se trate de un ajuste de cuentas.

Diciendo esto, hizo girar el helicóptero y nos llevó hacia unas colinas bajas que se elevaban en el horizonte.

Tomé algunas fotografías holográficas del asombrado carnosaurio y pronto lo olvidé.

Aunque supongo que él no nos olvidó.

Las colinas estaban cubiertas con una densa proliferación de coníferas. Vimos robles en los valles, y unas cuantas palmeras, y laurel. De vez en cuando había claros llenos de viburno y parras de uva silvestre. Todo era muy atractivo. Parecía conocido, más o menos exótico. El hombre jamás había tocado esta tierra con el arado ni con los pies. Estaba totalmente virgen.

Rogers nos hizo descender en una pradera alfombrada con una planta que parecía hierba, pero no lo era.

Abrí la puerta. La brisa que soplaba era fresca. Arrastraba el olor de invisibles plantas y el susurro de los pinos.

James señaló bruscamente.

—Cretáceo superior. No cabe duda. Allí hay un hadrosaurio.

Miramos hacia donde señalaba su mano.

El dinosaurio era grande, de unos doce metros de largo.

Los hadrosaurios eran vegetarianos bípedos. Mientras lo observábamos, éste movió su gran masa gris hacia el claro. Tenía la cabeza plana, y esta variedad carecía de la cresta característica. Comía de una rama de pino. Los miembros posteriores eran largos y musculosos, igual que la cola, y aplastados como la pala de un remo. Mientras le contemplábamos, fascinados, arrancó otra rama y se la pasó lentamente por su ancho y grande pico, arrancando todas las agujas. La piel era suave, pero moteada con pequeñas escamas. Aunque el color predominante era el gris, el estómago era marrón claro. Pero podía ser barro.

James había estado ocupado con el archivo.

—Eso es un *Anatosaurus*. Están en toda América Occidental. Éste es adulto.

Se colgó el archivo al hombro con la correa y tomó un arma tranquilizante.

—Bajemos.

—Podría ser peligroso —dije, dudando.

—No viniste a más de mil millones de kilómetros y setenta millones de años para esconderte en un helicóptero, ¿no, Bill?

Me había pillado.

Dejamos a Rogers con el helicóptero. Alguien tenía que proteger nuestro único medio de vuelo rápido. Yo tomé otra de las armas, y salimos a la pradera.

Iba a ser nuestro primer encuentro cara a cara. La conducta de los dinosaurios era un misterio para nosotros. Lo único que sabíamos era lo que habíamos visto hasta entonces, y lo que los antiguos caminos habían proporcionado, lo cual era muy poco. Sin embargo, teniendo en cuenta sus pequeños cerebros y sus grandes cuerpos, tenía que haber un componente instintivo considerable en todo lo que hacían. Eso significaba pautas de conducta rígidas. No tenían suficiente cerebro para la «razón», y mucho menos para almacenar información.

Le dije a James que se mantuviera detrás de mí e iniciamos nuestro camino hacia la selva y el hadrosaurio. La «hierba» tenía un olor dulzón. Algunas matas eran altas hasta la rodilla, con agujas de estrechas vainas con semillas. A veces veíamos movimientos en la pradera, cuando habitantes invisibles del herboso mar se alejaban, corriendo, de nosotros.

El hadrosaurio nos había visto desmontar con un gran ojo. También olisqueó el aire, pero nosotros estábamos en dirección contraria al viento. El animal mantuvo una actitud calmada hasta que nos hallamos a unos quince metros de distancia. Entonces dejó de masticar. No era necesario ser un Lorenz para adivinar que estaba a punto de reaccionar a nuestra presencia.

Tomé el hombro de James y le di un apretón. Él se detuvo.

Durante un largo momento, el único movimiento fue el viento que hacía oscilar los árboles.

Entonces, de repente, el dinosaurio salió disparado. Corrió con increíble celeridad, si se tiene en cuenta la espesa vegetación de la selva. El animal se abría paso como un *bulldozer* de dos patas. Lo perdimos de vista, pero podíamos oírle aplastar la vegetación baja. Luego se oyó un chapoteo y se hizo el silencio.

—Debe de haber un lago después de esta elevación —especuló James—. Los hadrosaurios utilizaban ríos y lagos para esconderse de los carnosaurios. O ésa es la teoría, al menos. Quizá la acabamos de demostrar. ¿Crees que nos ha tomado por bebés carnosaurios?

—Espero que no —murmuré.

Pensé que era una comparación bastante deprimente.

James miró alrededor del claro. El sol estaba bajo y empezaba a dorar las copas de los árboles con los tonos del ocaso.

—Será mejor que encontremos ya un lugar para acampar. Se está haciendo tarde.

No discutí.

Camino de regreso al helicóptero, tropecé con algo que estaba incrustado en el suelo lleno de raíces. Era el fémur de un dinosaurio de tamaño medio, muy largo y delicado, casi como un pájaro.

A James le encantó mi descubrimiento. Arrancó la hierba en grandes montones y encontró más huesos. Nos encontrábamos en el lugar donde descansaba un esqueleto desarticulado. La mayor parte de los restos estaban rotos. Pero encontré un cráneo en muy buen estado de conservación. Lamentablemente, le faltaba la parte que correspondía al cerebro, pero lo que quedaba tenía la parte superior elevada y las cuencas de los ojos miraban hacia adelante. Esto y los dientes indicaban que su propietario había sido un cazador.

James recogió todo lo que valía la pena llevarse al helicóptero y lo llevó triunfante. Era como si llevara las joyas de la corona de la antigua Inglaterra. Se encontraba en la gloria. Entre todas las manifestaciones de vida de dinosaurios, había encontrado algunos huesos. Él era el paleontólogo del paleontólogo. Supongo que los viejos hábitos nunca mueren.

Examinamos los huesos mientras Rogers elevaba el helicóptero para encontrar un «puerto seguro».

James consultó por un momento el archivo. Parecía saber exactamente lo que buscaba. Dijo que los huesos pertenecían al género *Stenonychosaurus*. Se trataba de un pequeño terópodo relacionado con el gigante *Tyrannosaurus*, pero sólo de lejos. Habían tenido parientes cercanos en Asia Central. Se adivinaba que buscaban comida de noche, y probablemente se alimentaban de pequeños mamíferos y dinosaurios recién empollados. Anteriormente se habían conocido sólo desde la formación Oldman de Alberta. Los restos eran raros. Pero probablemente era porque no se fosilizaban bien. Los huesos que habíamos descubierto no se habrían conservado. Al final, se habrían mezclado con el suelo.

Detrás de la colina había un lago, como James había supuesto. Era grande, de forma irregular, e interrumpido por varias pequeñas islas arenosas. Rogers seleccionó una del centro como lugar de aterrizaje y acampada. El agua no era demasiado profunda para que un carnosaurio pudiera chapotear, pero dudaba de que alguno lo intentara. Los hadrosaurios parecían sentir que el área era segura, y ésa era razón suficiente para nosotros. Ellos lo sabrían.

Los grandes dinosaurios permanecieron en la selva mucho después de la puesta de sol. Podíamos oírlos alimentándose ruidosamente en plena noche, cuando nosotros abrimos nuestros paquetes de comida y los pusimos a calentar. Cuando terminamos, tuvimos que poner los relojes. Elegí el tercero. El helicóptero llevaba un radioenlace y yo podía utilizar el relé de la lanzadera para preguntar al ordenador astronómico que había a bordo de la lancha en órbita. Era trabajoso trazar el mapa del firmamento del cretáceo para nosotros.

Después de que James me despertó, pasé algún tiempo recorriendo la suave arena de la costa de la isla para asegurarme de que nada peligroso nos acechaba. No había nada, así que me puse a trabajar.

Un poco antes del amanecer, algo gritó en la selva. Yo me encontraba ocupado examinando un cuadro de estrellas y no me fijé mucho. Pero, al cabo de un rato, me di cuenta, de súbito, de que no se podía oír a ningún hadrosaurio en la selva. Éstos habían abandonado su lugar de alimentación.

Miré hacia el otro lado del lago y vi un número de figuras débiles que sembraban la superficie del lago como estatuas egipcias. Los hadrosaurios se nos habían unido en el agua.

Un escalofrío que nada tenía que ver con el fresco viento que soplaba del norte, me recorrió la espalda y se detuvo en la nuca.

Tomé la linterna que llevaba atada al cinturón y la encendí iluminando el otro lado del agua. El rayo era como una flecha de luz. Todo lo que tocaba destacaba en silencio.

Los ojos del carnosaurio brillaron en color escarlata cuando el haz de luz le llegó. Era nuestro viejo amigo hambriento del pantano seco. Debía de estar medio muerto después de viajar todo aquel camino en sólo un día, pero era un diablo persistente. Y había encontrado a un joven hadrosaurio.

Levantó su goteante hocico. Tenía que estar deslumbrado por el resplandor de mi luz, pero parecía sonreírme. Luego, con la firmeza que produce el hambre, volvió a su alimentación. Había que compensar mucho tiempo perdido.

Al amanecer seguía allí. Con el vientre lleno, para variar, estaba sentado en la orilla con las manos plegadas, satisfecho, sobre su panza salida, y nos miraba como un viejo y sabio basilisco. Pero yo había visto miradas endocraneales de este tipo, y sabía que su arrobamiento era el de la ignorancia, no el de la sabiduría de la edad.

Más tarde, aquella mañana le dejamos allí, sentado en la arena con su lago lleno de temerosos hadrosaurios. Su despensa estaría llena durante años.

Hablamos por radio con Jack y proseguimos hacia el norte, hacia Canadá. Allí había existido una considerable población de dinosaurios. James quería saber por qué. Ahora también estaba convencido de que habíamos llegado al cretáceo tardío o superior. Lo único que faltaba era aclarar su identificación de ciertas unidades sedimentarias. Podríamos estar en el campaniano o el maestrichtiano. De los dos, el maestrichtiano era el último. Al final, los dinosaurios desaparecieron con bastante rapidez mientras que la diversificación de los mamíferos ya había comenzado. Haber llegado en este período de tiempo había sido un golpe de suerte extraordinario.

La presión empezó a hacer efecto en James. Ahora estaba inquieto.

Mientras volábamos hacia el norte, las palmeras dejaron de verse en la selva. Predominaban las coníferas y los robles. Se seguía viendo cícadas. Pero parecían mal desarrolladas.

Jack nos llamó hacia el mediodía. Había derribado a un saurópodo con su arma tranquilizante. La mayoría de los gigantes estaban extinguidos en esta era tan tardía. Al parecer, alguien se había olvidado de informar a este individuo en particular. De todos modos, no era uno de los saurópodos realmente grandes.

Jack identificó a su presa como un tenontosaurio. Un sorprendente residuo del cretáceo inferior. Herbívoro, parcialmente bípedo, con una cabeza grande, aunque éste no tenía más que unos ocho metros de largo. Y era estúpido, informó Jack. Por poco le había aplastado cuando intentaba escapar después de recibir el antídoto.

James felicitó a su compañero con entusiasmo. Pero la conversación fue breve, pues divisamos nuestros primeros dinosaurios con cuernos.

Estos ceratopsianos formaban una gran manada, lo que demostraba que la conducta social no depende solamente del tamaño del cerebro. En una ocasión se había dicho que los triceratopos, y otros de su especie, eran demasiado estúpidos para reunirse en manadas. Ahora sabíamos que no.

Se encontraban en la ladera de una colina comiendo arbustos, pequeños árboles y todo lo que se interponía en su camino. Eran enormes, máquinas comedoras sorprendentemente ágiles que hacían parecer delicadas a las cabras.

También había un par de carnosaurios.

James decidió que eran gorgosaurios. No discutí. Nunca he sido capaz de ver mucha diferencia entre el viejo gorgo y el lagarto tirano. Ambos tenían bocas tremendamente grandes, y suficientes dientes como para hacer saltar de alegría a cualquier dentista.

Los ceratopsianos, por estúpidos que fueran, no habían pasado por alto ese punto.

Éstos eran unos de los más grandes de esa camada: paquirrinosaurios. No tenían cuernos. No eran empaladores. Daban cabezadas con una protuberancia gigantesca, como un espolón, que les salía de lo alto del cráneo al igual que un canto rodado de granito. El volante del cuello era corto y coronado por dos cortas púas. En ellas se podía enganchar el vientre de algún incauto depredador.

Eran bestias formidables. Y por eso, sin duda, los carnosaurios se mantenían alejados.

Pero no toda la manada estaba compuesta por adultos. Había jóvenes en el centro. No supe decir si se trataba de instinto o sólo suerte. Parecían delicados e indefensos. El espolón no era más que un bulto en la frente.

La manada y los carnosaurios hicieron caso omiso del helicóptero. Pedí a Rogers que de todos modos se mantuviera a distancia, y empecé a filmar. Durante un rato no ocurrió nada interesante. Seguimos a la manada en su larga y confusa marcha.

Entonces, uno de los jóvenes decidió que tenía sed. Rompió filas y se acercó a un pequeño arroyo que cruzaba la llanura. Los adultos no hicieron ningún movimiento para detenerlo. Ni siquiera estoy seguro de que se percataran de ello.

Los carnosaurios, sí. El más grande efectuó un rápido movimiento y rompió la espalda del joven con un golpe de sus grandes mandíbulas. No fue una gran contienda.

La manada no hizo caso de la matanza. Al parecer, los adultos sólo se sulfuraban en el caso de una confrontación directa. Un poquito de selección natural sólo formaba parte del juego.

Rogers voló en círculos mientras el carnosaurio se comía su presa. Después se alejó, el número dos entró en el agua y terminó lo que quedaba. Lo único que dejó fue un poco de cráneo huesudo; eso hizo especular a James, en cuanto a que ésta podría ser la razón por la que se descubren tan pocos fósiles jóvenes. Por lo visto, los carnosaurios eran unos basureros eficaces.

Seguimos a la manada durante casi toda la tarde, para saber las reacciones de los animales. Supongo que me recordaban a los rinocerontes en su manera de moverse y alimentarse. Sin duda, tenían el doble de genio que los rinocerontes.

Más tarde, giramos hacia el oeste para examinar una hilera de colinas que parecía alargarse hacia la distante costa. A Rogers le parecía que podía ser un puente de tierra hasta la cordillera. Los registros fósiles sugerían la existencia de semejante puente.

Finalmente, poco antes del anochecer, aterrizamos en un exuberante valle cobijado entre las mismas colinas. Pasamos los siguientes dos días explorando. James y Rogers estaban impresionados. Tanto, que ordenaron a Jack, a pesar de mis objeciones, que volara en la lanzadera hacia el norte para reunirse con nosotros.

Levantamos un campamento permanente. El helicóptero y la lanzadera estaban aparcados en lo alto de una cresta de piedra arenisca, que salía de una pendiente de una gran colina baja. Allí los grandes dinosaurios no podían alcanzarnos, y los pequeños no querrían hacerlo. Todos contentos.

El grupo se dividió, concentrándose cada uno en su propio campo de trabajo. Jack y James parecieron desvanecerse, pero vi a Rogers por la mañana a la hora del desayuno. Estaba dibujando el mapa de estratos que no existirían en nuestra época. Y yo hacía de etólogo durante el día y de astrónomo por la noche.

Asimismo, encontré una jauría de dromaeosaurios.

Jauría era la palabra exacta. Eran más adecuadamente una jauría que los ceratopsianos una manada. Eran cazadores activos, extremadamente eficientes y sedientos de sangre. También eran listos. Su cerebro estaba muy desarrollado, probablemente al nivel del emú, u otras grandes aves de tierra.

Ligeramente más pequeños que un hombre, eran corredores bípedos que cazaban a los jóvenes hadrosaurios que poblaban el valle. A veces cazaban juntos y abatían algún adulto.

Su método de ataque favorito era perseguir a alguna pobre bestia hasta un matorral, acorralarla y efectuar la matanza con colmillos y garras. Estaban bien equipados para esto. Cada uno de los asesinos tenía una garra ensanchada en el segundo dedo del pie. La utilizaban como un cuchillo largo, y era un instrumento eficaz para destripar.

Filmé varias cacerías, aunque no era espectáculo para los amantes domingueros de los animales. Aparte de los siseos fuertes y excitados, cada matanza se llevaba a cabo en un silencio grave. Mi naturaleza civilizada se sentía repelida y fascinada al mismo tiempo por lo sangriento del espectáculo.

Quizá fue eso lo que hizo que concentrara mis estudios en ellos.

Un día, mientras esperaba grabar algunos duelos de apareamiento, tropecé con un solitario rastro que cruzaba uno de los principales caminos que conducían a un riachuelo en la parte más inferior del valle. Había un denso grupo de cícadas a cada lado del rastro en este punto. Yo pensaba que eran imposibles de franquear. Al parecer, no lo eran. Las huellas en el polvo recién removido lo indicaban.

Los troncos secos estaban llenos de restos de viejas frondas marchitas. Una araña grande y gorda se apartó perezosamente de mi camino cuando moví ligeramente la maleza. El claro resultó ser una estrecha abertura entre dos tocones muertos. Las frondas caídas de otras plantas la habían ocultado a mi vista.

Me metí en la abertura. Ante mí había una grieta con paredes bajas de piedra arenisca. La roca roja contrastaba con el verde oscuro de las parras que crecían tan espesas en todas partes. Estaban enmarañadas en el suelo de roca, y se entrelazaban serpentinas en la abertura. Pero algo pasaba por allí regularmente. El rastro era débil, pero estaba allí.

La pendiente de la hendidura era hacia arriba, hacia la parte posterior de la colina baja. Al final, se abría a una amplia repisa que formaba parte de un contrafuerte erosionado. La parra desapareció y fue sustituida por plantas lozanas, a las que les daba el sol. El contrafuerte tenía una cueva baja en su base. De ella salía un arroyuelo y cruzaba la repisa formando una laguna poco profunda antes de desbordarse por la repisa y descender hacia el suelo del valle. Había huellas por todas partes. El lodo pálido era espeso en ellas, y muchas conducían a la cueva.

Había dejado atrás mi arma con tranquilizante para poder llevar otra cámara. En el valle no había carnosaurios grandes, y los dromaeosaurios se habían acostumbrado a mi presencia. Me parecía un estorbo innecesario. Ahora deseé haberla llevado, pues me hallaba enfrentado a lo desconocido sin arma alguna.

Las huellas me indicaban que yo era más grande y más pesado que su propietario. Así que, como no tenía otra cosa a mano, tomé una rama muerta y curada que parecía que podría ser útil como palo y entré en la oscura boca de la cueva.

No tenía luz, así que me puse a un lado justo en la entrada para que mi visión se adaptara a la oscuridad.

Era una cueva grande. El arroyuelo discurría a través de la piedra caliza, y había formado una gruta. Había grotescas formaciones que colgaban del bajo techo, y agujas que crecían en el encharcado suelo. El arroyo gorgoteaba en las negras profundidades de la cueva. Pero no era el arroyo lo que me interesaba. Casi enseguida me di cuenta de que estaba siendo observado. Gradualmente, mis ojos fueron vislumbrando una débil forma en las sombras del lado opuesto de la cueva.

Era un esbelto y grácil dinosaurio sentado en una repisa cubierta de arena. Por su actitud supuse que se trataba de una hembra que estaba empollando, aunque no podía ver huevos, ni siquiera un nido.

Pero había un nido. Uno pequeño formado por la grava que había a sus pies.

El animal se asustó de mí, pero no abandonó a sus huevos. Esto me impresionó.

Desde que habíamos llegado, habíamos tratado las formas de vida con que nos encontrábamos como obras de museo resucitadas, no realmente como seres vivos, aunque en realidad éramos nosotros los extraños en ese tiempo. Ahora, de repente, me di cuenta de que había un ser que, como yo, conocía la vida y disfrutaba de ella. Hay que tener cerebro para tener miedo de algo que no sea uno mismo.

Los dinosaurios en realidad no tenían muchas cosas de las que tener miedo. Incluso los dromaeosaurios, brillantes como eran, no podían superar a un avestruz o un emú en genio. Y las aves eran sólo máquinas instintivas.

Y, sin embargo, ella temía por sus huevos.

Retrocedí unos pasos para tranquilizarla, y al cabo de un momento ella pareció calmarse. Pero no me quitó el ojo de encima.

El interior de la cueva era demasiado oscuro para poder filmar. Lo único que podía hacer era fijarme en los detalles de su anatomía para conservarlos en mi memoria.

A primera vista no era más que otro dromaeosaurio. Luego me di cuenta de que la parte posterior del cráneo era redonda, y los ojos miraban hacia delante. Las mandíbulas, aunque grandes, eran más reducidas que en otros terópodos. Quizá las mandíbulas se utilizaban menos como arma ofensiva, y más como aparato de masticación. Las manos, aunque extremadamente diestras en los dromaeosaurios, habían desarrollado un dedo opuesto en el dedo meñique ampliado. Las garras eran de tamaño más reducido. Tuve que hacer un esfuerzo para no pensar que estaba mirando el equivalente de dinosaurio del *Australopithecines*. Ningún dinosaurio era tan inteligente.

Pero, aun así, esto era un descubrimiento. James se pondría muy contento cuando le mostrara ese nuevo género.

Empecé a retroceder para salir de la cueva, muy despacio.

150

Entonces, algo me golpeó desde atrás como un rayo. Noté que me rasgaban la chaqueta y rodé antes de que el pie, que sabía tenía que estar allí, pudiera desgarrar algo vital. Caí, y mi atacante se vio obligado a ponerse delante de mí. Empecé a dar golpes... sentí que mi puño daba en algo cálido y duro, y me vi libre.

A toda prisa me puse de pie. Ante mí, en la cueva, se hallaba el macho de mi dinosaurio. Entre nosotros, tiñendo el agua de rojo con su sangre, estaba el cadáver sin cabeza de un joven hadrosaurio. Bueno, pensé, si los pájaros llevan presas a sus hembras que están incubando, ¿por qué no podían hacer lo mismo los dinosaurios?

Es fácil creer que un animal es más inteligente de lo que en realidad es.

La criatura sólo estaba aturdida. Se puso en pie otra vez antes de que yo pudiera volverme y huir. Y destruyó todas mis ideas preconcebidas acerca de los dinosaurios con una simple acción. Recogió el palo que yo había dejado caer y me dio un golpe en la cabeza.

Me retiré precipitadamente de la cueva.

El dinosaurio me siguió, pero se detuvo en la boca de la cueva.

—No tengo intención de hacerte daño, ni a tu compañera.

Mis palabras eran dulces y pretendían calmar a la criatura.

Éste me respondió con un fuerte siseo para demostrarme que aún seguía enojado. Su lógica era básica: si molestas a mi compañera, yo te rompo la cabeza. No se puede discutir con esa clase de razonamiento. Mi única opción era retirarme. Si me dejaba.

Seguí teniendo suerte. El animal me dejó.

Todo el camino de vuelta al campamento permanecí absorto en mis pensamientos, y estuve a punto de ser atropellado por un anquilosaurio sediento que parecía un Volkswagen antiguo con púas.

Sabía que no podía decírselo a James. Jamás me creería. Jack tampoco. Ambos hombres estaban anclados en el dogma aceptado de la paleontología. El dogma cambia, pero no rápidamente, y no con el salto cuántico que esto requería. Hacer que uno u otro aceptara la idea de un dinosaurio inteligente, sería casi tan fácil como convencer al papa de que Dios ha muerto. Rogers tampoco sería fácil. Pero tenía que compartir el secreto con alguien, y Rogers, al ser geólogo, podría tener una mentalidad más abierta respecto a la vida.

Al día siguiente, con la excusa de examinar una curiosa excrecencia de piedra, me llevé a Rogers cuando volví a la grieta. Nos abrimos paso a través de la jungla de parras y llegamos a la repisa.

Le hice detenerse un poco lejos de la cueva. No quería que nos atacaran.

—¿Dónde está esa excrecencia? —preguntó dudoso Rogers, mirando el acantilado que había frente a nosotros.

No respondí. Yo estaba iluminando con una linterna el interior de la cueva. Estaba vacía. La repisa estaba desnuda. No había huevos, ni palo, ni huesos. Se habían mudado durante la noche.

Prudente, no le dije nada a Rogers. En cambio, le mostré una piedra caliza bastante ordinaria incrustada en el arrecife que se elevaba por encima de nuestra cabeza.

No le impresionó. Se marchó murmurando cosas poco agradables respecto al juicio de los legos.

Transcurrió una semana. Todos estábamos ocupados y mi visión del dromaeosaurio inteligente empezaba a tomar el aspecto de un sueño. Ya no estaba seguro de haberlo visto realmente.

Regresé a mis estudios de los asesinos con garras.

Un día, mientras filmaba una cacería, ocurrió algo que restableció mis convicciones.

Uno de los corredores se había separado de la jauría principal, que corría persiguiendo a un hadrosaurio viejo. Al parecer, había detectado otro rastro. Mientras el animal caminaba por un estrecho sendero a través del oscuro bosque, le seguí.

Un hadrosaurio se encontraba en un pequeño claro salpicado por los rayos de sol. Era grande. Otro dinosaurio estaba desmembrando el cuerpo. Era el macho. Lo reconocí enseguida, incluso antes de ver el cuchillo de piedra que sostenía en la mano.

El dromaeosaurio «salvaje» atacó enseguida, saltando sobre el cadáver hacia el otro con un siseo como una válvula abierta en una máquina de vapor.

El que sostenía el cuchillo saltó a un lado y lo clavó. La herramienta de piedra tenía una punta demasiado roma para dañar algo más que la piel. Pero el impacto abatió al atacante. Se quedó en el suelo, porque yo utilicé mi arma para tranquilizarlo.

Permanecí fuera del alcance de la vista, detrás de un árbol, mientras el otro terminaba su tarea de descuartizar al hadrosaurio. Luego empezó con el dromaeosaurio. Entre los dos cuerpos había más carne de la que él o su compañera podrían comer en una semana. Cuando se alejó tambaleándose con su carga, los carroñeros empezaron a llegar en grupos de dos y de tres.

Volví a seguirlo, utilizando binoculares para mantenerle a la vista sin que él me viera.

El nuevo nidal se hallaba en una cueva a un kilómetro y medio del valle, donde los riscos eran más elevados. Merodeé por allí efectuando observaciones hasta justo antes del anochecer. Entonces regresé al campamento. No había nadie. Comí y me fui a la cama. Pero no dormí mucho. Estaba demasiado excitado.

A la mañana siguiente, volví a los alrededores de la cueva para proseguir mi estudio.

La fascinación tiene muchos significados. James no habría atribuido a estos dinosaurios muchas virtudes humanas. El macho y probablemente la hembra, cuando estaba fuera del nido, mataban todo lo que necesitaban sin el menor remordimiento. Y eran asesinos eficientes. Pero no eran seres humanos; vivían en un mundo muy diferente del nuestro. Yo no los juzgaba, sólo observaba.

Como era incapaz de trabajar directamente con ellos, no podía efectuar un cálculo aproximado de la inteligencia del macho. No dudaba de que, con la excepción de nosotros, los de su especie eran las bestias más inteligentes del planeta. Pero eran muy raras. Una meticulosa búsqueda demostró que estaban solos en el valle y en gran parte de los alrededores que tuve ocasión de investigar.

A medida que pasaba el tiempo, empecé a sentir cierta inclinación custodial hacia esos corredores.

Para entonces ya sabíamos en qué fecha estábamos.

Aquella tarde, James y Jack mantuvieron una breve reunión. El fin del maestrichtiano es arbitrario porque el límite no es un cambio de sedimentación, sino más bien una repentina ausencia de huesos de dinosaurio. Por casualidad, nuestro viaje nos había llevado a este período. Una era estaba acabando. Lo aceptamos, pero nos hizo cambiar de actitud. Empezamos a ver las cosas con ojos nostálgicos. Especulamos mucho acerca de la causa de la extinción que se avecinaba.

Jack y James estaban convencidos de que ya había tenido efecto desde hacía algún tiempo. Había estaciones en el año mesozoico. Pero eran suaves. Incluso los inviernos lo eran. Sin embargo, ahora, el invierno significaba una época de cada vez más frío.

El mar medio-continental se estaba encogiendo de forma regular a medida que proseguía el Levantamiento de Laramide, forzado por la lenta compresión de la Cordillera americana hacia la costa oeste de la América cratónica, impulsada por la retirada de la placa del Pacífico. A medida que la tierra se elevaba, el clima y el medio ambiente cambiaban. Aunque eran de sangre caliente, los grandes dinosaurios no tenían aislamiento. Eran demasiado grandes para protegerse en guaridas, no podían hibernar durante períodos de frío, y algunos de ellos habían migrado. Ya habíamos visto a grandes manadas que se trasladaban hacia el sur siguiendo los márgenes del río.

Gradualmente, nuestro grupo se reunió casi como si hubiéramos empezado a necesitar la compañía de los demás. Por las noches nos sentábamos alrededor de una fogata a escuchar los ruidos de los hadrosaurios que comían mientras discutíamos su extinción.

A Rogers le gustaba atribuirse el papel de abogado del diablo. Dudaba de que los dinosaurios se hubieran extinguido simplemente debido a cambios climáticos. Por mucho frío que hiciera, los trópicos serían un terreno adecuado. No había razón para que los dinosaurios que ya vivían allí no sobrevivieran incluso a una era glacial. ¿Y por qué no podían haberse transformado? El deterioro del clima se produciría en millones de años, tiempo suficiente para adaptarse. El pelo no era más que una modificación de las escamas de los reptiles. Si esto había sucedido una vez, podría suceder otra. ¿Los mastodontes y los mamuts no habían desarrollado densas matas de pelo durante las eras glaciales y lo perdieron cuando el clima se hizo más moderado?

Jack saltó al oír eso. Los elefantes tenían un pelo rudimentario incluso en nuestra época. Y aunque nosotros aparezcamos desnudos, poseemos el mismo número de folículos capilares que cualquier otro primate. La diferencia estriba en la densidad de cada mata de pelo concreta. Para el mastodonte desnudo había resultado tarea fácil desarrollar una manta. El dinosaurio necesitaría mucho más tiempo. Pero no lo habían tenido.

—Quizá deberían haber inventado la ropa —bromeó Rogers.

—Eso tampoco les habría ayudado —les dije sin inflexión en la voz.

Todo el día había estado de malhumor. A los otros no se les había pasado por alto. James me miró vacilante cuando yo puse sobre la mesa un cuadro de radiación estelar. El dibujo normal de los trazos quedaba ofuscado en una esquina por una gran mancha blanca.

—Es GO538 —les dije—. No se veía nada anormal a simple vista, pero se ha convertido en supernova.

Mis compañeros miraron hacia arriba al mismo tiempo, hacia la reluciente negrura moteada de estrellas del firmamento nocturno.

—Estaremos a salvo durante algún tiempo —les dije—. La tormenta de radiación no llegará aquí al menos hasta dentro de un año.

—¿A qué distancia está? —quiso saber James.

—No estoy seguro. Quizás a un par de años luz. No queda nada de ello en nuestra época, sólo una enana negra cuyas duras radiaciones fueron descubiertas por accidente durante un estudio solar. La cáscara de radiación de la explosión se desvaneció en el espacio hace millones de años.

Rogers fue el primero en caer en la cuenta.

—La radiación chocará con la atmósfera superior. Me pregunto qué significará eso para la vida animal.

—Pues sólo sobrevivirán las formas más pequeñas —supuse—. Las tortugas, serpientes, los lagartos, mamíferos crepusculares, peces. Criaturas que tienden a esconderse en la tierra de día o de noche, o que están protegidas por el agua. Cualquier cosa más grande que un perro que permanezca continuamente al aire libre, se encontrará luchando contra el frío y la radiación.

—Dios mío —exclamó Jack—. Es como borrar una pizarra. Borrón y cuenta nueva.

James, posiblemente porque era el más práctico, había pensado en otro aspecto.

—No podemos permanecer aquí hasta que el frente choque. El escudo protector de las radiaciones en la lanzadera no fue creado para desviar esa clase de energía.

Y los anillos de radiación que rodean Júpiter arderán como tubos de neón cuando la tormenta empiece a barrer el pasado. Tendremos que terminar pronto este viaje. ¿Cuándo puedes tener terminado tu estudio, Bill?

—Aproximadamente dentro de una semana. He hecho casi todos los cuadros de las estrellas. El ordenador puede correlacionarlos en el espacio igual que aquí.

—Está bien. Te utilizaremos a ti como plazo. El resto empezará a prepara las cosas para marcharnos.

Nunca una semana me ha pasado más deprisa.

Estábamos serios, como si esperáramos una ejecución. Era imposible evitar la idea de que, de algún modo, toda una clase de vida había sido juzgada y condenada. Quizá no era más que chauvinismo de mamífero, pero, como Jack había dicho, la pizarra estaba a punto de ser borrada.

Sin embargo, estábamos demasiado ocupados para preocuparnos.

Sólo tuve tiempo para una visita más a la cueva antes de elevar la lanzadera y empezar a repostar combustible de la lancha. No puedo decir que mis corredores se alegraran de verme. Me vi obligado a derribarlos a los dos para poder liberarme.

Pero había una cosa que sabía tenía que hacer. No soy sentimental en absoluto, así que no sé qué me impulsó a hacerlo. Pero me pareció una necesidad. Sin ninguna duda iba contra las reglas.

Nuestras últimas horas en el mesozoico las pasamos contemplando el ojo nuboso de Júpiter, mientras girábamos en espiral para dar el salto que nos llevaría a casa. No tengo ninguna duda de por qué se le llama el

Rey de los Planetas. Jack llegó a llamarlo un dios, pero él es muy impresionable.

Ningún dios sería tan débil como para encerrarse dentro de un simple planeta.

Rogers lo dijo, y estuve de acuerdo.

Tampoco un dios se negaría el derecho de cambiar de opinión.

Ya no pienso que nuestra llegada se debiera a la casualidad.

Regresamos todos de una pieza. Nuestra llegada produjo reacciones diversas. Pero los polluelos deberían salir de los huevos al cabo de un día o así. Había cinco. Espero que haya una buena proporción de machos y hembras. Nuestros corredores necesitan una oportunidad.

James y Jack ya se han proclamado tíos.

El último caballo del trueno
al oeste del Misisipí

Sharon N. Farber

Sharon N. Farber publicó su primer libro de éxito en 1978, y desde entonces ha escrito más de quince relatos para la Isaac Asimov's Science Fiction Magazine, *así como para* Omni, Amazing *y otras muchas publicaciones. Nacida en San Francisco, ahora vive en Chattanooga, Tennessee.*

Aquí devana para nosotros una emocionante y anticuada historia de vaqueros y dinosaurios... ¿Que nunca ha oído hablar de historias de vaqueros y dinosaurios? Pues bien, ahora tiene la oportunidad, Farber nos lleva por un rápido y divertido viaje a través del antiguo Oeste, en compañía de unos extraños y eclécticos cazadores de fósiles —la mayoría de los cuales son personajes históricos reales— que se encuentran con más cosas de las que habían pedido.

Los hombres, con traje de etiqueta, pasaron al salón.

—No he visto ninguna publicación reciente suya acerca de los fósiles, profesor Leidy —dijo una voz con acento alemán—. ¿Realizará otro viaje al Oeste este año?

—¡Ah! —exclamó otro hombre—. Leidy ha abandonado la paleontología y ha regresado a los estudios microscópicos; son más seguros.

—¿Más seguros? Por supuesto. Se refiere usted a los hostiles salvajes...

—No, no a los indios. Me refiero a nuestros paleontólogos batalladores.

El alemán miró perplejo a la sonriente compañía.

Un hombre más anciano de aspecto distinguido dijo:

—Por favor, caballeros, no deseo citar personalidades...

—Vamos, Leidy, todos sabemos quién le ha sacado de su campo. Los cazadores de fósiles enemistados. Marsh, con la fortuna de su tío Peabody... haría una mejor oferta que usted por el cráneo de su propia abuela.

—¿Han oído el chiste? Marsh no se ha casado porque no sería feliz con una esposa. Querría tener una colección.

La asamblea rió. El enojado científico prosiguió.

—Y luego está Cope. Absolutamente brillante. Puede mirar un hueso por encima de tu hombro, memorizar sus características principales y luego correr a publicar una descripción de tu fósil.

Leidy sonrió tristemente al alemán.

—Ahora ya han oído dos buenas razones por las que he abandonado la paleontología de los vertebrados.

Más científicos entraron en el salón cuando terminó la reunión de la Academia. Leidy sacó un sobre del bolsillo interior de su chaqueta.

—Antiguamente, todos los fósiles que se descubrían en otros estados me los enviaban a mí. Ahora la gente se los envía a Marsh y a Cope y dejan que hagan ofertas. Pero todavía recibo alguna carta ocasional —leyó—: «Distinguido profesor Leidy». (La ortografía, señores, es única. Mi interpretación no puede hacerle justicia.) «Distinguido profesor Leidy: Me he enterado de que le gustan los animales extraños. Bien, Johnny y Dave mataron a todos los grandes pero yo y Sairie capturamos a un bebé en el barranco de Watson Crick. El doctor Watson dice que le parece que es un vertebrado» (creo que quiere decir vertebrado; la ortografía es tan creativa, que realmente no puedo estar seguro) «pero nunca ha visto un lagarto alto como un caballo y dijo que debíamos escribirle. Si quiere verlo, venga a Coyote, cerca de Zak City, y pregunte. Todo el mundo me conoce». Firmado: «Charley Doppler».

La habitación había quedado en silencio mientras Leidy leía la extraña misiva; un murmullo volvió a sonar al reanudarse las conversaciones.

—Doppler. ¿Seguro que no tiene relación con Christian Doppler de Praga?

—Probablemente no —dijo un hombre un poco calvo—. ¿Han oído que sus fórmulas pueden ser utilizadas para computar la distancia a diversas estrellas mediante...?

Leidy volvió a meter la carta en el bolsillo.

Dos hombres en extremos opuestos del salón consultaron su reloj de bolsillo, se despidieron con prisas de sus compañeros y se precipitaron a buscar horarios de tren.

Aquella misma noche, una velada social menos elegante tenía lugar a unos dos mil cuatrocientos kilómetros al oeste, en el rancho de los Doppler en las orillas del Foulwater. El doctor Watson, el homeópata del lugar, acababa de terminar su reconocimiento semanal a Ma Doppler.

—¿Se pondrá bien? —preguntó solícito el hijo mayor.

Johnny Doppler se merecía un lugar en todas las cárceles fronterizas, pero era único en cuanto a devoción filial.

—Mamá está bien, ¿verdad, doctor?

La pregunta del joven Charley siguió a la de su hermano mayor. Ambos tenían el pelo negro y una tez blanca que nunca se ponía morena; Johnny tenía la palidez de la cárcel y Charley la rojez de la quemadura.

—Mmmm —murmuró el médico, sentándose ante la mesa encalada y sirviéndose un trago (mitad whisky y mitad esencia de incienso). Tomó un sorbo, y luego añadió otro poco de la medicina patentada—. Bien, os lo diré, chicos. Creo que aún le queda un buen número de años entre la multitud de la Tierra. Ya conocéis a la viudas, son un poco susceptibles, eso es todo.

—Claro, mire a la esposa de Dave.

—De hecho, ella no es viuda, Charley. Dave Ojo Encarnado aún está vivo, aunque tiende a evitar la compañía de Kate —el doctor echó un poco de esencia de incienso sobre la mesa y observó disolverse el encalado.

—¿Cómo está Dave?

—No está aquí.

—¿Ah no? Vuestra madre se preocupa por vosotros cuando estáis fuera.

Johnny asintió despacio, moviendo los ojos de un lado a otro como si esperara que el médico o su hermano fueran a atacarle.

—Mamá siempre tenía un ataque cuando Dave y yo volvíamos al frente.

El médico se estremeció. Había servido con Johnny Doppler y Dave Savage Ojo Encarnado unos diez o doce años atrás. Johnny había sido el más temido francotirador de los no regulares. Su primo, en cambio, nunca había estado lo bastante sobrio para ese trabajo de precisión. La especialidad de Dave habían sido las demoliciones, gracias a su entusiasmo por hacer estallar cosas ayudado por su buena disposición para trabajar con cortocircuitos.

Los recuerdos de la guerra siempre hacían sentirse incómodo al doctor. Se puso de pie, diciendo:

—Gracias por el trago, amigos. Os enviaré más medicina mañana; entretanto, que no deje de tomar esencia de incienso.

Tocó con el dedo la etiqueta en la que aparecía la sonriente princesa india y los comentarios, uno de la propia señora de Joseph Doppler. Luego se marchó.

Charley le gritó:

—Eh, doctor, tomaré la medicina. Estaré entrenando a mi gran lagarto mañana.

Johnny frunció el ceño.

—Eres un tonto perdiendo el tiempo con eso, chiquillo.

—Le enseñaré a arrastrar el arado, ya lo verás —gimoteó Charley.

Su hermano suspiró. Charley quería ser granjero. A veces Charley podía ser muy pesado.

A cada lado de los raíles que entraban en Zak City, había huesos blanqueados de búfalos a los que habían disparado desde las ventanillas de tren pasajeros aburridos. No se había visto un solo búfalo vivo desde la época en que el tren dejó la civilización hasta aquella en que entró en Zak City a descargar sus pasajeros.

Dos de esos pasajeros se vieron en lados opuestos de la estación con suelo de madera, y fruncieron el ceño. Tenían un aspecto muy diferente de las imágenes con traje de etiqueta que se habían presentado en la reunión científica la semana anterior. Ambos medían metro setenta y cinco, el hombre gordinflón en virtud de los tacones de sus altas botas de caza (garantizadas a prueba de serpientes cascabel). Más arriba del caro calzado mostraba un aspecto intencionadamente horrible, con sombrero de fieltro, traje de pana y chaqueta de caza con el botón superior abrochado y los lados separados por su considerable vientre. Un ejemplar muy gastado de *El viajero de la pradera* asomaba por uno de los grandes bolsillos. Llevaba un par de revólveres, una carabina Sharps de calibre 50 de la caballería, y un gran cuchillo de caza; sus pequeños ojos azules, separados, estaban entrecerrados como para indicar lo duro que era. Tenía una barba rojiza, una cabeza medio calva y una cara sin aparente estructura ósea.

El otro hombre presentaba una imagen menos marcial, menos del Oeste. Era una década más joven, estaba en los primeros treinta, e iba desarmado. Su traje convencional daba la imagen de un estudioso extranjero. Tenía el rostro oval, la barba recortada y espeso cabello castaño.

Cada hombre miró al otro, diluyendo en la distancia su expresión maligna; luego recogieron sus respectivas bolsas y salieron en direcciones diferentes.

El hombre rechoncho se dirigió hacia una taberna bulliciosa. Los clientes se encontraban en la calle y estaban ocupados conversando con unas mujeres que se hallaban en el segundo piso del edificio de enfrente. El hombre se detuvo ante un soldado de caballería.

—Soy el profesor O. C. Marsh de la universidad de Yale, autorizado por el secretario del Ejército para buscar suministros y hombres de cualquier puesto avanzado del Gobierno —dio unas palmadas al bolsillo en el que llevaba cartas de presentación a los oficiales militares, funcionarios del ferrocarril, políticos y otras diversas lumbreras de la frontera—. ¿Cómo puedo localizar al ejército?

—Alístese.

—¿Dónde está su comandante?

—No lo sé. He desertado.

—Deseo contratar a un guía que me lleve a Coyote —pronunció con cuidado las tres sílabas, para demostrar que no era un novato.

La estridente multitud quedó en silencio. Por fin, alguien dijo:

—¿Está loco? ¿Coyote? Bajo tierra hay caminos más fáciles.

—Necesito un guía para ir a Coyote, donde debo reunirme con un tal señor Doppler.

El silencio se convirtió en un murmullo horrorizado, y la multitud se disolvió hasta que sólo quedaron

Marsh y otro hombre. El extraño medía más de metro ochenta, olía a whisky e iba vestido como un guardabosques de Texas: botas de tacón alto con enormes espuelas, faja rojo-brillante con un par de pistolas y sombrero de ala ancha. Preguntó:

—¿A quién quiere ver?

—Al señor Charles Doppler.

—¿Charley? —Meneó la cabeza con incredulidad—. ¿Charley? No es gran cosa.

—¿Le conoce?

—¿Que si le conoz... conozco? ¡Es mi primo! Le robé sus primeros pantalones largos.

—¿Me llevará hasta él? —Marsh le mostró un brillante dólar—. Son tres dólares al día. ¿Señor...?

—Savage. Dave Savage Ojo Encarnado. ¿Quizás ha leído alguna novela sobre mí? Puede llamarme Ojo Encarnado.

Agarró la moneda.

—Bien, Ojo Encarnado. Ahora, a ver si nos ocupamos de las provisiones —echaron a andar, y Marsh dijo—: ¿Sabe?, soy amigo personal de Búfalo Bill Cody...

Se encaminaron hacia el norte de la vías y el caballero bien vestido obtuvo una vista de casas de tablas bien cuidadas y calles vacías. Dos caballos ensillados mordisqueaban la hierba que crecía al lado de una iglesia. Un explorador de pelo largo vestido en cuero de ante y con un sombrero sobre la cara, estaba apoyado en un poste. Una mujer india estaba sentada al lado del explorador, cuidando de un bebé rechoncho que se parecía bastante al presidente Grant sin barba. El hombre se detuvo para admirar la escena antropológicamente interesante.

Sin levantar la vista, la mujer india preguntó:

—¿Puedo serle útil en algo?

Él dio un respingo, sorprendido.

—Ah, sí. ¿Conoce el camino de Coyote?

Lo pronunció con las tres sílabas utilizadas en el sudoeste y la costa del Pacífico.

—Claro que lo conozco.

Él suspiró.

—¿Cómo se va a Coyote?

La mujer sonrió con dulzura.

—La manera de salir es en un ataúd. Se entra a caballo, se sale en coche fúnebre.

Él dijo:

—Señora, un científico está preparado para hacer frente a los peligros de lo desconocido con tal de adquirir conocimientos.

El explorador se agitó y murmuró una pregunta en lakota. La mujer india escuchó y luego preguntó:

—¿Quiere decir que es usted un filósofo natural?

—He sido elegido miembro de la Academia de Ciencias Naturales de Filadelfia, la Sociedad Filosófica Americana, la Academia Nacional de Ciencias y la Asociación Americana para el Progreso de la Ciencia. Edward Drinker Cope, señora, para servirla.

Hizo una leve reverencia, congelando el momento en su memoria para poder enviar una descripción humorística de ello a su hija.

El explorador volvió a hablar en lakota. La mujer tradujo.

—¿Conoce al «hombre que recoge huesos que corren»?

—¿Frederick Hayden? Participé en su estudio.

Más murmullos.

—¿Conoce al profesor Leidy?

—Estudié con él. De hecho, estoy aquí debido a una carta que recibió.

El explorador se irguió, mostrando un rostro bronceado y lleno de cicatrices, con delicadas facciones femeninas.

—Exploré para el «hombre que recoge huesos que corren», en el sesenta y ocho.

Alargó la mano para darle un fuerte apretón.

Cope dijo, encantado:

—Entonces usted debe de ser Chokecherry Sairie, la filósofa del desierto.

Había visto novelas baratas dedicadas a sus aventuras. Las mujeres pequeñas y encorsetadas de las ilustraciones no guardaban ningún parecido con su inspiración.

La india también se presentó.

—Soy Jessie Cuchillo Curvo. Mi esposo también es profesor, el profesor Lancelot D'Arcy Daid, fabricante y propietario de la esencia de incienso, la «auténtica cura milagrosa de la Princesa India para todo lo que le aflige y también para los problemas de la mujer». Yo soy la Princesa India.

Cope hizo otra reverencia.

Sairie retorcía el fleco de su manga izquierda.

—¿Ha venido a ver el lagarto de Charley? Vamos.

Habló deprisa a Jessie en lakota; luego, colocó la bolsa de Cope detrás de la silla de montar de una yegua baya con nariz aguileña.

Jessie dijo:

—Sairie tenía que ir al sur a visitar a Frisco Flush y

169

al Buen Chico, pero ha cambiado sus planes. Siempre le ha gustado explorar para los grupos científicos. Le presto mi caballo Boadicea. Vigile, resuella cuando se le coloca la cincha. Sairie no habla muy bien inglés; fue criada por lobos.

Sairie saltó a su pequeño caballo castrado, haciendo una seña a Cope para que montara en la yegua, y salió al trote. Jessie se pasó el bebé al brazo derecho y les dijo adiós con la mano.

Mientras trotaban por la pradera, Cope se enteró de la historia del lagarto gigante, monosílabo por monosílabo. La pandilla de los Doppler había encontrado una manada de lagartos o «caballos del trueno», como los llamaba Sairie, paciendo pacíficamente en una zona desierta cerca del Foulwater. Johnny y Dave los habían dejado a todos salvo a uno para los ratoneros.

Sairie trató de describir a las bestias.

—Patas grandes. Ojos como los de un pájaro. Caderas más o menos como de pájaro, pero cuatro patas.

Hizo una pausa, frustrada, y gesticuló con los brazos.

—Creo que entiendo —dijo Cope estimulándola.

No lo consiguió.

—Muy grande. Dientes de caballo, no de lobo.

—¿Herbívoro, vegetariano?

—Sí. Como grandes huesos, pero más pequeño.

—¿Grandes...?

Levantó el brazo más de dos metros desde el suelo.

—Huesos muy grandes. Por doquier.

Los ojos de Cope se iluminaron con algo entre la avaricia y el júbilo.

Al atardecer acamparon y comieron. Cope contempló la espectacular puesta de sol y se puso a hablar de su rival.

—Marsh es conservador del museo de Yale sólo porque su tío lo construyó y le paga su sueldo. No se metería en territorio indio sin ir escoltado por el ejército.

—¿Usted?

—Sí, yo lo he hecho. Soy cuáquero. No llevo armas. Una vez pacifiqué a un grupo en pie de guerra con mi dentadura postiza...

Sairie se incorporó alegre:

—¡Dientes Mágicos!

Feliz porque su fama le hubiera precedido, Cope prosiguió:

—Marsh compra tantos fósiles, que algunos no han sido desempaquetados siquiera. No entiende de anatomía; un ejército de secuaces estudia sus muestras y le escribe los ensayos. Se les paga mal y se les prohíbe que lleven a cabo sus propias investigaciones...

No incluyó en el relato el hecho de que él había intentado incitarlos a la revolución.

—Marsh no lee las publicaciones, lo que le hace repetir trabajos efectuados por otros. Aun así, ¡le llaman científico! En 1972, Mudge intentó enviarme el «pájaro con dientes» que ha hecho famoso a Marsh. Éste se enteró de la existencia de los fósiles y convenció a Mudge de que se los diera a él. En Bridger Basin, sus hombres se llevaron mis huesos. Y ha dado instrucciones a sus recolectores de que destrocen los duplicados y otros huesos, destruir realmente fósiles, ¡para impedir que yo los consiga!

Sairie, escuchando esta diatriba a la vacilante luz de la fogata que se extinguía, murmuró:

—Que lo cuelguen.

Como una consecuencia de ese comentario, tras un sueño lleno de pesadillas en las que los originales de los fósiles le atormentaban, Cope saludó a Sairie así:

—Le deseo una agradable mañana. ¿Puedo denominar al lagarto gigantesco, en su honor, señorita Chokecherry?

—Ya le llaman *Joe*. Por Joe.

Dio unas palmadas a su caballo.

Cope dijo:

—Mmmm. *Josaurus*. ¿Por qué no? Les hará recurrir a sus léxicos griegos. En una ocasión denominé a una especie *Cophater*, y un amigo, desesperado, me preguntó qué significaba. Le dije que era en honor de los que odiaban a Cope.*

Cabalgaron hacia Coyote, comparando los conocimientos que cada uno tenía de los animales que veían. Cope proporcionaba su género y especie, así como detalles de sus adaptaciones en la evolución; Sairie indicaba sus hábitos personales y la opinión respecto a qué sabor tenían.

Cuarenta kilómetros más cerca de Zak City, Marsh también disfrutaba de la mañana. El día anterior lo había pasado comprando suministros: una carreta grande, arreos y cuatro caballos, quinientos veinte dólares; provisiones y utensilios de acampada, ciento setenta y cinco dólares; caballo de montar, setenta y cinco dólares. El caballo nuevo iba atado detrás de la carreta con *Relámpago*, el caballo castaño de Dave Savage Ojo

---

* *Cophater*, literalmente: «odiadores de Cope». (*N. de la T.*)

Encarnado. Éste conducía y su patrón llevaba una escopeta.

Marsh era un narrador hábil, con un buen surtido de excitantes anécdotas de sus anteriores expediciones al Oeste. Ojo Encarnado, sin embargo, se había gastado el adelanto la noche anterior, y no era el mejor de los públicos. De vez en cuando, tomaba un trago de esencia de incienso; le ayudaban menos las hierbas que su contenido alcohólico.

—... el coronel y sus oficiales me felicitaron por mi hazaña. Y ahora soy una leyenda en el ejército, el único hombre que ha disparado a tres búfalos desde una ambulancia. Sucedió en 1970, pero todavía es tema de... ¡Deténgase!

Ojo Encarnado tiró de las riendas y agarró una pistola.

—¿Indios?

—Chssst.

Marsh señaló a un solitario búfalo que pacía a cierta distancia. Levantando su carabina, apuntó con cuidado y disparó. El animal cayó de rodillas, emitió un mugido y murió.

—¡Que me cuelguen si no dispara como un pionero de Missouri! —exclamó Ojo Encarnado.

Marsh diseccionó la lengua del búfalo, y la envolvió en un paño.

Aquella noche se la comieron para cenar, mientras Marsh hacía inventario de sus amigos.

—Darwin. ¿Has oído hablar de Darwin? Sí, es bastante importante. Me envió su enhorabuena por carta. Huxley también admira mucho mi trabajo, especialmente mis estudios sobre la evolución de los caballos.

Dave Ojo Encarnado se sobresaltó al oír esa frase. Miró a Relámpago, que cojeaba cerca de la carreta, recelando de que en cualquier instante la bestia pudiera evolucionar, fuese lo que fuera eso. Agradeció la seguridad que le proporcionaba la botella de esencia de incienso que aferraba con fuerza.

—De hecho, mi explicación de la evolución equina me reportó alabanzas de todo el mundo. Brigham Young...

—Yo he oído su nombre —murmuró Ojo Encarnado.

—... me ha nombrado defensor de la fe. Al parecer, *El libro de los Mormones* menciona a los caballos en la antigua América, y mis estudios de fósiles, sin querer, apoyaban a su religión. Recibí una amistosa bienvenida en Salt Lake City...

Ojo Encarnado se estremeció. Salt Lake le hacía pensar en poligamia, la poligamia le hacía pensar en las esposas, y las esposas le hacían pensar en Kate, que esperaba el destino de ambos y que, sin duda alguna, tendría cosas que decirle a él. Tomó un poco más de pócima curativa.

Aquel atardecer encontró a Cope y a Sairie en el rancho de Doppler, a unos tres kilómetros de Coyote. La cabaña de troncos, la zanja de Kate Savage y el espléndido cobertizo, estaban rodeados por una empalizada de madera en un estado de conservación aceptable. La verja se había caído de sus goznes y se hallaba a un lado.

Charley estaba sentado apoyado en la mesa. Nunca se había sentido tan excitado; incluso cuando mató a su primer (y hasta entonces único) hombre durante el Hohedown Showdown no había sido tan emocionante como su conversación con todo un filósofo en persona. Cope hablaba de la carreta que necesitarían para transportar el lagarto hasta la estación de tren. Charley intervino:

—Puedo ir, mamá, de veras, ¿no?

Ma Doppler, levantando la vista de su sobado ejemplar de *El doctor eléctico de Beachs Home*, dijo:

—No sé, Charley. Eres joven para irte a Filadelfia.

—Pero alguien tiene que cuidar de Joe, y el doctor dice que me introducirá en la Academia y podría ir a estudiar.

—No molestes a tu madre, Charley —la voz de Johnny era como una lima rascando el frío metal de un arma.

Cope terminó un esbozo del perezoso prehistórico que había estado describiendo, y se lo pasó al chico. Había dibujado a Charley, reconocible incluso sin la etiqueta escrita con la ilegible letra de Cope, al lado del perezoso para mostrarle la escala. Charley se lo pasó a los demás.

—Me gustaría cazar eso —dijo Johnny—. ¿Dónde puedo encontrarlo?

—Me temo que el último murió hace muchísimos años.

—No cabía en el Arca de Noé —dijo Ma Doppler—. Recuerda la Biblia, hijo.

Cope sonrió levemente. Sus propias convicciones religiosas le habían llevado a descartar a Darwin por lamarckiano y su evolución «mecánica».

La puerta se abrió de golpe y Johnny les apuntó

con una pistola. Sairie entró con un niño, de edad y sexo indeterminados. Lo levantó para que ellos lo inspeccionaran.

—Es el pequeño Johnny, o quizá Sue —aventuró Ma.

—Soy la pequeña Kitty —protestó la niña.

Sairie dijo:

—No juegues con los caballos.

Soltó a Kitty, que aterrizó de pie y salió corriendo de la cabaña. Charley se inclinó hacia el asombrado Cope.

—Es uno de los hijos de Dave Ojo Encarnado y Kate. Hay unos doce chiquillos Savage.

—Dinopaed —murmuró el erudito. Sairie se echó a reír, sobresaltando a Cope—. ¿Entiende usted griego, señorita Chokecherry?

—Sí, un poco.

Charley dijo con admiración:

—Sairie asistió a la escuela de segunda enseñanza de San Francisco durante dos años, justo antes de que prohibieran la asistencia de las chicas.

Cope meneó la cabeza. La frontera era una fuente de sorpresas.

Con las primeras luces cabalgaron hacia la casa del doctor Watson. El homeópata preguntó:

—Ya que está aquí, ¿necesita alguna medicina?

—No, gracias —respondió Cope—. Nunca viajo sin esto.

Sostuvo en alto una práctica botella de belladona, quinina y opio.

—Bueno, si empieza a encontrarse mal...

176

El doctor tomó un trago de esencia de incienso.

Charley guió el camino a través de Watson Crick hasta un pequeño valle. Éste estaba lleno de enormes huesos fosilizados que habían sido utilizados para construir una valla y una cabaña. Charley pasó por debajo de un travesaño de la valla —un húmero suspendido entre un montón de vertebrados— y se acercó al cobertizo.

—Aquí, *Joe*, aquí, *Joe*...

Una cabeza triangular asomaba por la puerta de la cabaña. Clavó un ojo fijo en Charley, volvió la cabeza y miró fijamente con el otro. Luego *Joe* salió de la cabaña, mostrando un cuerpo como un barril, gruesas patas con pies planos y una larga cola que arrastraba, y se acercó pesadamente al chico. Asombrado, Cope contempló al muchacho darle una zanahoria al animal.

—Yo mismo las cultivo —dijo con orgullo.

—Es... alto.

—Tan alto como yo. Los grandes eran dos o tres veces más grandes. Tenga, déle una. Cuidado con los dedos.

Cope agarró la zanahoria con cautela. La cabeza de *Joe* se deslizó hacia él, le arrebató la zanahoria de los dedos y comió feliz mientras Charley ataba un cabestro de cuerda.

Sairie se apoyó en un poste de la valla.

—Está adelgazando.

Charley le pasó una mano por el pelo castaño.

—Tienes razón. Le noto las costillas. Tendré que alimentarlo más.

Cope estaba examinando los huesos de la cabaña.

—Estos fósiles son claramente de criaturas como *Joe*, sólo que más grandes. Quizá sus antepasados.

177

Cope pasó el resto de la mañana estudiando los huesos, identificándolos, señalando huesos similares en la construcción humana, demostrando las inserciones de músculo y tendón, y remitiendo luego a *Joe* para confirmarlo. Finalmente, llenos de especulaciones anatómicas, los tres regresaron hacia Coyote para tomar una bebida fresca.

Entretanto, la carreta había llegado al rancho Doppler. Mientas Dave Ojo Encarnado y su esposa mantenían una ruidosa y áspera discusión dentro de la casa, Marsh disertaba pomposamente para la docena de hijos de los Savage.

—Los indios creen que los huesos fosilizados son los restos de una raza extinguida de gigantes. A mí me consideran un hombre de gran sabiduría, y me llaman «el Hombre Medicina de los Huesos» y «Gran Jefe de los Huesos». El jefe Nube Roja es mi amigo personal, así como Búfalo Bill.

Hizo una pausa y esperó.

La hija mayor de los Savage dijo:

—El primo Johnny siempre dice que Búfalo Bill es un marica con el pelo largo y cara de bebé.

—¿Eso dice? Bueno...

—Así es —dijo Johnny, disfrutando con el escalofrío que su voz produjo.

—Claro que sólo exploró para mí un día —añadió deprisa el Gran Jefe de los Huesos—. En realidad, no pude conocerle mucho, y mis primeras impresiones pueden ser engañosas.

El viajero de la pradera aconsejaba seguir la corriente a los tipos duros de la frontera.

Dave Savage salió, temblando, de su casa. Su esposa, embarazada como de costumbre, se quedó en el umbral de la puerta mirándole con el ceño fruncido.

—Hola, Johnny. ¿Conoces al profesor Marsh? Dispara como un pionero. Podría habernos sido de utilidad en la guerra. Quiere ese animal de Charley.

—Estoy harto del animal de Charley.

—Estoy preparado para comprarlo.

Johnny esbozó una débil sonrisa que hizo sentirse al científico como un niño ante un escaparate.

—Eso suena mejor. El otro tipo no ha ofrecido nada.

—¿Otro...? ¡Más o menos así de alto... con barba...! ¡Dios mío! ¡Maldita sea! Disculpe, señora. ¡Ojalá el Señor se lo llevara! Está loco. Dudé de su cordura la primera vez que le vi: Berlín, en el 63; él estaba en Europa para escapar del reclutamiento.

Después de efectuar su diatriba, Marsh y Dave Ojo Encarnado se encaminaron hacia el valle, deteniéndose en casa del doctor Watson para recibir indicaciones. Mientras cabalgaba, Marsh no paró de hacer comentarios y dar instrucciones a su caballo, hábito que le había merecido otro apodo indio: «el Hombre del Arre So».

El doctor Watson les ofreció un poco de medicina. Marsh respondió:

—*El viajero de la pradera* dice que el aire fresco del Oeste es la mejor medicina.

—No puedo vender aire fresco.

—Por otra parte —decidió Marsh—, sería una buena adquisición para mi colección de recuerdos del Oeste —y compró dos botellas a precio exorbitante.

El complacido médico le indicó entonces el camino hasta el prado.

Joe se hallaba en su cabaña, pero Dave le hizo salir. Marsh se frotó las manos.

—Es mejor de lo que creía. Una clase de bestia desconocida para el hombre moderno.

—A mí no me recuerda nada.

Ojo Encarnado sospechaba que la educación destruía el sentido de los valores del hombre.

Después de relamerse un rato, Marsh y Ojo Encarnado volvieron a montar.

—Creo que podríamos celebrarlo, Ojo Encarnado.

Ojo Encarnado sacó una botella casi llena de la esencia de incienso.

—No, gracias.

—Hay un hotel en Coyote.

Ojo Encarnado le guió. La ciudad de Coyote era, básicamente, el hotel. Cope y Charley ya estaban en el bar de Lowland Larry, aliviando su sed con cerveza. Chokecherry Sairie secundaba sus brindis con whisky del lugar. Johnny Doppler estaba sentado solo, de espaldas a la pared; acercó su mano a la pistolera hasta que identificó a los recién llegados como su primo y el robusto novato.

—¡Cope! —exclamó Marsh.

Cope se volvió y honró al otro con una sonrisa encantadora.

—¡Ah!, el erudito profesor de Copeología en Hale, Othniel Charles Marsh —por el respingo que dio, era evidente que no le gustaban sus nombres de pila—. Únase a nosotros para brindar por el *Josaurus dakotae* Cope, Othniel.

180

—¡Jamás!

Cope miró de soslayo a sus amigos.

—¿Lo veis? Es como os lo había descrito.

Marsh dijo:

—¿Os ha contado también cómo me espiaba en mis excavaciones en el 72? Mis hombres construyeron un falso cráneo con piezas de una docena de especies, lo enterraron y lo desenterraron mientras él espiaba. Entonces él se arrastró hasta allí por la noche, lo examinó y escribió un artículo acerca de la importancia del fósil. ¡El brillante genio del doctor Cope!

El acusado se encogió de hombros.

—Errar es humano. Por supuesto, el hombre de telégrafos estaba en su nómina.

Marsh protestó.

—¿Y él le habló de esto?

Buscó en el bolsillo de la chaqueta y sacó un ejemplar delgado y arrugado de *Transactions of the American Philosophical Society*, vol. XIV. Cope se puso de pie, boquiabierto y con los ojos de par en par, transfigurado. Marsh avanzó, blandiendo la publicación ante él como un cazador de vampiros blandiendo un crucifijo. Cope retrocedió al ver el periódico, deteniéndose sólo cuando tropezó con la barra. El otro hombre se detuvo ante él, alargando el *Transactions*, tan cerca, que pudo leer la fecha.

—*Informe de un Nuevo Eralisauriano*, por Edward Drinker Cope —irradió Marsh—. La descripción de una fascinante criatura que él denominó *Elasmosaurus* por su cuello flexible y cola robusta. Tuvo que idear un nuevo orden de creación para encajarlo. Cuando me enseñó su restauración, instalada en el Museo de la

181

Academia, observé que las articulaciones del vertebrado estaban al revés.

—Demonio de hombre —dijo Cope con los dientes apretados.

—Le sugerí amablemente que lo tenía mal. Pero el profesor Leidy tuvo que demostrarle que había puesto la cola en el cuello y el cuello en la cola. Para entonces ya lo había descrito a la Asociación Americana, restaurado en el *American Naturalist* (no precisamente la publicación más privada) y en *Proceedings*, y acababa de publicar una larga descripción en *Transactions*.

—Intenté avisarles para que corrigieran el error.

—Sí, y yo le devolví uno de mis ejemplares. Pero todavía tengo otros dos.

Casi le arrojó la revista a la pálida cara del hombre. A un lado, Johnny Doppler sonreía esperando una pelea.

Chokecherry Sairie se interpuso entre los dos científicos.

—Buena charla, gran vientre.

Dave Savage Ojo Encarnado dijo:

—Yo no me acercaría a ella, profesor. Sairie es fuerte.

—¿Chokecherry Sairie? —Marsh se sintió obligado a mantener su tono pomposo y caballeroso de siempre con semejante mujer—. Eh... creo que trabajó con el general George Armstrong Custer, ¿no? Él es muy amigo mío.

—Mío, no.

El hombre se sonrojó.

—Por favor, señora, usted es una dama... una mujer...

Ella le arrebató la revista de la mano y la desgarró,

esparció los pedazos por el suelo, tomó a Cope por el codo y se marchó. Charley se acabó las dos cervezas y se apresuró tras ellos.

Marsh dijo:

—Si ella no hubiera interferido, creo que me habría atacado.

Ojo Encarnado miró el armamento del científico.

—¿Usted le habría atacado?

—¿Por qué no? Lo he hecho muchas veces por escrito, así que por qué no hacerlo con los puños, incluso con pistolas. ¡Maldita sea, quiero ese lagarto!

Johnny Doppler entrecerró los ojos con expresión de reflexión furtiva; de hecho, si Aristóteles hubiera querido imaginar una forma perfecta de reflexión furtiva, no habría podido ser más furtiva ni más pensativa que la expresión que mostraba Johnny Doppler.

Unos sesenta y seis años más tarde, en el penúltimo capítulo de un serial de los Republic Studios titulado «The Doppler Gang in the Big Range War», el *sheriff* John Doppler camina por Main Street para iniciar un tiroteo con los asesinos contratados que han estado hostigando a los pastores vascos. El porte del actor, de ojos claros y mandíbula firme, es la personificación misma de la nobleza, la determinación y el sacrificio de sí mismo. La mejor manera de visualizar la expresión de Johnny, mientras reflexionaba sobre el deseo de Marsh de poseer a *Joe*, es recordar a ese actor en el mejor momento de la pantalla, y luego hacerle dar un giro de ciento ochenta grados.

Johnny se levantó y caminó los tres metros que le separaban de Marsh y Ojo Encarnado.

—¿Hasta qué punto quiere el lagarto?

—Muchísimo. Estoy dispuesto a pagar trescientos cincuenta dólares.

Johnny respondió.

—Qué lástima. Ese astuto cuáquero le ha tomado la delantera.

Dio unas palmadas a Marsh en un hombro, hizo un guiño a Ojo Encarnado y salió de la taberna.

El hombre rechoncho dijo:

—Maldita sea. Ya me fastidia bastante no poder tener a ese animal. Pero que Cope... ¡haría lo que fuera para impedírselo!

—¿Lo haría ahora? —preguntó Ojo Encarnado—. ¡Bueno, bueno...! Le diré lo que haremos, profesor, usted esta noche se queda aquí, en Lowlife Larry. Tienen mejores camas que en el rancho, y yo vendré mañana por la mañana con buenas noticias. Eh, Larry, ocúpate de mi amigo.

Un perplejo Marsh observó marcharse de la taberna a su mercenario. Luego encargó un trago de whisky importado de Missouri y entabló conversación con el encargado del bar acerca de su mutuo conocido el general Custer.

Charley y Cope regresaron cabalgando hacia el Foulwater.

—¿Por qué se ha ido la señorita Chokecherry? ¿La he ofendido?

—No, no. Sairie... bueno, se cansa enseguida de los tipos y se va sola. No está demasiado acostumbrada a la gente, porque la criaron unos lobos.

—Ah, me alegro de que menciones eso. Me he estado preguntando...

Dejó de hablar cuando Charley hizo girar su caballo y sacó su rifle de la funda de la silla de montar.

—Déme su arma —dijo Charley.

—No llevo ninguna.

El muchacho le lanzó una mirada perpleja; luego apuntó el rifle a una nube de polvo que se acercaba a toda velocidad desde la dirección de Coyote.

Al acercarse, la nube de polvo resultó ser un solo caballo y un jinete que gritó:

—¡Eh, Charley!

El muchacho se relajó.

—Es mi hermano.

Johnny se detuvo a su lado, y se dirigieron hacia el rancho Doppler.

—Buen chico, Charley. Hace un tiempo no habrías sacado el rifle tan deprisa. Vas aprendiendo —mientras Charley disfrutaba de los elogios de su hermano, Johnny se volvió a Cope—. Lleva un bonito traje, profesor.

—Gracias.

—Caro como... Tengo malas noticias para usted. Sé que usted llegó primero, pero he vendido el animal al gordo. Por quinientos dólares.

—¡Pero Johnny!

—Ni una palabra, muchacho. He sido como un padre para ti, y espero respeto y obediencia, como dice la Biblia de Ma. Quinientos pavos servirán para comprar zapatos para los chiquillos de Dave y medicina para Ma. ¿Quieres que tu Ma tenga lumbago? O sea que no me repliques.

Se alejó, muy satisfecho de sí mismo.

—Lo siento, doctor Cope...

—No te preocupes, Charley. Entiendo lo que está

ocurriendo. Marsh ha apelado a la autoridad que mejor conoce, el frío dinero. Tu hermano espera que yo haga una oferta mejor, y la haré. De hecho, hincharé el precio al máximo, sabiendo que Marsh no podrá superar mi oferta.

Se quedó pensativo, con el único pensamiento brillante de que su plan le resultase a su enemigo —o, mejor dicho, al rico tío de su enemigo— lo más caro posible. Aquella noche informó a Johnny de que estaba dispuesto a ofrecer setecientos dólares. Johnny aceptó, y se fue a la cama con la esperanza de disfrutar de una saludable subasta al día siguiente.

Alrededor de la medianoche, una pesadilla despertó a Cope. Permaneció en la cama, contemplando la Luna, casi llena, a través de una rendija entre dos troncos, y luego se inclinó y tocó a Charley, que estaba envuelto en una manta en el suelo. El muchacho se levantó de un salto, y su segundo pensamiento fue agarrar su Smith and Wesson calibre 45.

—Soy yo, Charley. ¿Tienes dos linternas?

Cope ensilló sus caballos a la luz de la luna. Charley se unió a él en el establo.

—No he encontrado otra linterna. ¿Servirá solamente una?

La otra linterna se apoyaba sobre una pelvis fosilizada, mientras Dave Savage Ojo Encarnado, trabajaba rápidamente.

—Sí, ese petimetre de Cope no dará nada.

Tarareaba una canción, pensando en la recompensa que le daría un Marsh agradecido.

Johnny Doppler oyó que Cope y Charley se iban a caballo; despertó con el rifle en la mano. El hecho de que los perros no ladraran y de que el ruido de cascos de caballo se alejara le tranquilizó, pero no pudo volver a dormir.

Ahora podría ir a la ciudad y decirle al tipo gordo lo de la oferta de Cope.

Fue a buscar sus botas.

Marsh se quitó las gafas de leer y dejó el periódico. Había estado intentando leer un artículo sobre la anatomía de la foca; su desprecio por el conocimiento que no se ajustaba directamente a sus necesidades hacía poco interesante el artículo. El pianista de la taberna, abajo, seguía machacando el piano. Disparar parecía un destino demasiado poco severo para el músico. Pensar en semejante acción osada, vigorosa y decisiva estimuló la mente de Marsh para dar un salto desacostumbrado e imaginativo.

Rió entre dientes, se levantó y se vistió.

Ojo Encarnado buscó una cerilla en su bolsillo, y encontró un agujero en lugar de la cerilla. Murmuró unas frases poco agradables referentes a su esposa, y luego suspiró. Saltando sobre la silla de *Relámpago*, se encaminó hacia la cabaña del médico. El doctor Watson odiaba ser despertado por algo que no fuera un acontecimiento bendito o una muerte lenta, pero esto también era una especie de emergencia...

Ojo Encarnado se acercaba a la cabaña del homeópata cuando una figura silenciosa se interpuso en su camino. *Relámpago* resolló y se detuvo.

—¿Necesitas al médico? —preguntó la sombra con la voz de Chokecherry Sairie.

—No, todos están bien, Sairie. ¿Tienes una cerilla?

Sairie le dio una cajetilla y desapareció en la maleza. Ojo Encarnado hizo girar a *Relámpago* y se alejó, tarareando una canción de los días del ejército. Al fin y al cabo, había sido en aquellos días felices de guerra cuando más había aprendido acerca de explosivos.

Al encontrar vacía la habitación del hotel de Marsh, Johnny Doppler volvió a bajar la escalera y se acercó al pianista. El músico había sobrevivido hasta entonces desarrollando instintos preternaturales; cuando el hombre vestido de negro dio el primer paso, el pianista saltó y se puso detrás del piano vertical.

—Soy yo —le tranquilizó Johnny.

El pianista asomó la cabeza por arriba, decidió que no había peligro y salió. Era un joven larguirucho de veinte años con un estimable bigote y ojos inyectados en sangre, exactamente iguales que los de su padre, Dave Savage Ojo Encarnado.

—¿Cómo estás, primo Johnny?

—¿Has visto al tipo gordo? ¿Se ha ido con una chica?

—Se ha marchado a caballo. Hacia el norte. Hace unas cinco canciones.

Johnny asintió y sonrió al hijo de su primo. El muchacho se sintió orgulloso. Nunca había visto sonreír a Johnny.

Charley sostenía la linterna y el cabestro mientras Cope medía a *Joe*. Escribió la cifra al lado de su esbozo del animal.

Charley bostezó.

—¿No podemos hacerlo mañana?

Cope negó con la cabeza.

—Te lo he dicho, Charley, ese Marsh puede ofrecer más que yo, y jamás me dejará acercar a *Joe*, ni a ningún otro científico. Pero nosotros reiremos los últimos. Mientas Marsh todavía esté transportando a *Joe* a New Haven, yo estaré leyendo mi informe a la Academia, y mi artículo estará imprimiéndose.

—¿Me enviará un ejemplar?

—Charley, te suscribiré a la revista *Naturalist*. Te daré dos suscripciones si mantienes la linterna firme, ¿de acuerdo?

Charley había bajado la tapa para apagar la luz.

—Caballo. Chssst.

Hizo una seña al científico para que se escondiera debajo de un inmenso homoplato. Liberado, *Joe* se acercó a su montón de heno.

Una voluminosa figura se detuvo al borde del valle, girándose despacio como si examinara la ubicación.

—¿Ves el vientre? —susurró Cope—. Es Marsh.

De pie en el límite, Marsh observó las características principales del acceso al valle, y calculó que un grupo determinado de hombres bien pagados podría irrumpir allí y llevarse al lagarto.

—Una incursión de guerrilla —murmuró.

Después de todo, podría impedir que Cope tuviera la pieza.

—Está aquí para disfrutar de su adquisición —susurró Cope a Charley.

Marsh acababa de darse cuenta de que el lagarto podría ser demasiado joven para andar hasta el ferrocarril de Zak City. Tendrían que construir una gran carreta para transportarlo. La carreta no podría llegar al valle si un equipo no hacía un camino, y no había tiempo para eso. Así pues, tendría que llevar el lagarto hasta el camino. Marsh echó a andar hacia la cabaña de huesos, gris a la luz de la luna.

Cope saltó ante su enemigo.

—¿Admirando la Luna? —preguntó con amargura.

Marsh gruñó.

—¿No podía esperar a examinar la bestia con tranquilidad? El trabajo apresurado y las opiniones equivocadas dadas con precipitación son su sello, Cope.

El hombre delgado agitó el puño.

—Mis sentimientos hacia usted no han surgido de repente. Han sido alimentados día a día por sus trampas.

—Por Dios, ya he aguantado lo suficiente de usted —dijo Marsh—. Es usted un vil pillo y un pensador equivocado y un...

Cope le dio un derechazo en el ojo, y luego se quedó mirando la mano, sorprendido. Marsh se tambaleó hacia atrás y fue a sacar sus revólveres.

—Ya estoy harto de usted —siseó.

Un dedo de acero le tocó la espalda. Charley Doppler le quitó con la mano izquierda los revólveres y el cuchillo. Luego enfundó su propia pistola y retrocedió.

Rugiendo de frustración, Marsh atacó a su rival. Al fin podía poner en práctica las sugerencias que *El viajero de la pradera* ofrecía para el combate cuerpo a cuerpo. Pronto los científicos se hallaron rodando por el suelo, como colegiales en el patio de la escuela. Charley se quedó a un lado, asombrado.

Joe había estado comiendo durante la conversa-

SCOUTS
PROVINCIA   JALISCO

EJERCE
TU DERECHO
VOTA EL 12
DE FEBRERO

CLAN CAW GRUPO 9

ción. Cuando empezó la pelea se puso tenso, se dio media vuelta y entró en el confortable abrigo de la cabaña.

Johnny Doppler se encontró con Sairie cuando desmontaba al lado del caballo de Marsh. El hombre pálido ostentaba su más alegre sonrisa; le satisfacía que su cliente no pudiera permanecer lejos de la mercancía. Eso era buena señal.

—Buenas noches, o lo que sea, Sairie.

—Mmmm.

Ella se sentía extrañamente preocupada mientras montaba a *Shaggy Joe* al lado del hombre que iba a pie, pues el pony le proporcionaba muy poca ventaja en altura. Su preocupación se centraba en las cerillas que había dado a Ojo Encarnado e iba más allá del hecho evidente de que, en su acostumbrado estado ebrio, Dave Savage probablemente era inflamable.

Los dos se detuvieron en el camino que entraba en el valle y abrieron bien los ojos. La superficie estaba llena de las sombras de la valla y la cabaña, y entre esos objetos indistintos había una forma negra que rodaba por el suelo emitiendo gruñidos y juramentos.

Johnny sacó su revólver.

—¿Es usted, profesor?

Dos voces jadearon:

—Sí.

De pie sobre una enorme vértebra lumbar para verlo mejor, Charley dijo:

—Eh, Johnny, es una pelea.

El tacto innato le impidió añadir que era más divertido que la banda militar de Custer.

Sairie bramó:

—¡Dave!

Lejos, desde el otro lado del valle, oyeron:

—Sólo un minuto, Sair.

Dave Ojo Encarnado celebraba su brillante plan con whisky por fin consiguió encender su mecha.

El valle entró en erupción cuando el rastro de pólvora encendió manojo tras manojo de explosivos alineados en la valla, con una explosión final que destrozó la cabaña, con *Joe* en su interior. Una nube de polvo casi oscureció la roca, el suelo, los fósiles y pedazos del lagarto gigante que volaban. El caballo de Marsh, atado por las riendas a un pequeño arbusto, despegó hacia las Black Hills con un arbusto como remolque.

Marsh y Cope, ya en el suelo, se cubrieron la cabeza para protegerse del polvo y los cascotes. Charley tuvo menos suerte; estaba de pie junto a un poste de la valla minado. Sairie saltó de su caballo y corrió hacia el chico.

Ojo Encarnado se acercaba tambaleante por el valle, agitando una botella y gritando.

—¡Eh, Johnny, como en los viejos tiempos!

—¿Qué diablos has hecho?

Ojo Encarnado se detuvo junto a su primo, ansioso como un perro perdiguero mostrando a su amo un cuerpo podrido.

—El tipo gordo ha dicho que daría cualquier cosa para impedir que el otro consiguiera el animal de Charley. Así que he hecho volar en pedazos el animal. Listo, ¿eh?

—Borracho hijo de puta. Yo estaba consiguiendo sacar más dinero. Ahora lo has estropeado todo —frunció el ceño y apuntó al valle—. Bueno, tendré que conformarme con el dinero que lleven encima.

Era un disparo largo con poca luz. La bala se incrustó en el suelo pocos centímetros a la izquierda de Marsh.

Los científicos, que se habían puesto de pie y habían hecho inventario de los daños personales, se arrojaron al suelo.

—No se ofendan; son negocios —gritó Ojo Encarnado. Se sentó y se tranquilizó con un trago del elixir restaurador de la Princesa India.

Sairie gritó:

—¡Dientes Mágicos! ¡Baje la cabeza!

Cope obedeció y casi se tragó el suelo.

—Sáqueme de ésta —gritó Marsh—. ¡Le pagaré! ¡No dispare!

—Por aquí, idiota —siseó Cope, y empezó a arrastrarse para buscar refugio.

El mejor experto en reptiles de la nación hizo una buena imitación de una serpiente. Marsh era menos eficaz, pero un alumno aventajado.

Detrás del reducido refugio que les proporcionaba una escápula fosilizada, Cope susurró:

—Sólo dispara uno de ellos. Si esperamos a que haga un disparo y corremos en direcciones opuestas, uno de nosotros podrá escapar.

Marsh asintió con la cabeza.

Entretanto, la explosión había despertado al doctor Watson. Llegó en camisón y botas, con una escopeta y el equipo médico.

—Por aquí, doctor —gritó Sairie.

El hombre examinó a Charley.

—Conclusión, algunos huesos rotos... Doppler, ¿has terminado de disparar a los botes?

Johnny disparó otra vez.

—No, doctor. Todavía no han muerto.

—Mira a tu hermano. No está muy bien.

Johnny dijo en voz alta:

—¡No irán a ninguna parte, amigos! —e incitó a Dave Ojo Encarnado a situarse en posición vigilante.

Sairie se deslizó hasta donde pacían los caballos de Cope y Charley —sería necesaria más de una explosión para que un caballo de la pandilla de los Doppler dejara de comer —y emitió un silbido. Su pony se acercó a ella al trote.

El homeópata le estaba diciendo a Johnny que fuera a casa a buscar una carreta.

—En cuanto haya terminado —prometió Johnny—. Se pondrá bien, ¿verdad? —miró a su hermano menor—. A Ma le dará un ataque —murmuró, y su pálido rostro se hizo aún más pálido.

Cope observaba a Ojo Encarnado tambalearse con la brisa.

—Ahora o nunca. Corra —urgió a Marsh, quien tardó veinte segundos en empezar, o bien por ser lento de reacciones o bien para dar a Cope más oportunidad de brillar como blanco solitario.

Sairie puso a *Shaggy Joe* al galope, guiando a los otros caballos. Soltó uno junto a Marsh y el otro junto a Cope mientras corrían. En unos segundos los tres galopaban hacia el este, silbando tras de ellos las balas de revólver.

Fue un trayecto silencioso y duro hasta Zak City, pero Sairie les hizo llegar allí poco antes del atardecer, justo cuando un tren entraba en la estación.

Sairie tomó las riendas de los caballos y les hizo caminar en círculo, despacio.

—Tren hacia Denver. Váyanse.

Marsh le metió un puñado de monedas y billetes en la mano —al contar más tarde, vio que habían sido menos de cincuenta dólares— y corrió a tomar el tren.

—No puedo agradecérselo lo bastante, señorita Chokecherry —dijo Cope—. Rezaré por la recuperación de Charley; dígale que le guardaré el puesto de recolector de fósiles si todavía lo desea. Si alguna vez va a Filadelfia, le ruego me visite.

Chokecherry Sairie no era exactamente la persona ideal para presentarla a la esposa e hija de uno, pero Nube Roja y Búfalo Bill habían acaparado titulares cuando visitaron la casa de Marsh en New Haven.

Sairie miró al científico, sucio de polvo, de sangre, la ropa hecha jirones. Se encogió de hombros, soltó las riendas, agarró a Cope y le besó. Luego recogió las riendas. El hombre se retiró hacia el tren.

—Eh... sólo desearía haber podido tener el *Josaurus*. He perdido, señorita Chokecherry, pero al menos Marsh también ha perdido.

Sairie meneó la cabeza.

—En el momento en que Dave ha hecho volar en pedazos a *Joe*, usted ha perdido, el Jefe de los Grandes Huesos ha perdido, la ciencia, todo el mundo ha perdido.

Cope se sonrojó, hizo ademán de llevarse la mano a la cabeza, se dio cuenta de que había extraviado el sombrero hacía rato y se apresuró a subir al tren.

Sairie llevó los caballos hacia el sur de las huellas y encontró a Jessie Cuchillo Curvo. Los ruidos de la ceremonia de la esencia de incienso impidieron oír el silbido del tren cuando éste partió hacia Denver.

Estratos

Edward Bryant

En algunas partes del Oeste americano, hay lugares donde la roca viva ha sido profundamente restregada por la erosión, o serrada por ríos de fluir rápido, o destruida por las actividades de construcción de carreteras por parte de los humanos, y, en estos lugares, es posible viajar en sólo unos momentos a través de los estratos que han tardado millones de años en formarse, y si se sabe cómo hacerlo, se pueden leer uno a uno los restos de eones del tiempo pasado que han dejado su historia sólo en la roca.

Como sugiere el evocador relato que sigue, el tiempo también deja estratos en el corazón humano, y quizás en el tejido del propio universo; estratos que puede ser peligroso intentar leer...

Edward Bryant se convirtió en escritor en 1969, y en el transcurso de los años se ha erigido en uno de los más populares y respetados escritores de su generación. Ha ganado dos premios Nebula por sus relatos de ficción, que han aparecido en casi todas las revistas y antologías conocidas, así como en otras no dedicadas al género, como Penthouse *y* National Lampoon. *Bryant también es conocido como crítico, y sus reseñas aparecen regularmente en* Mile-High Futures, The Twilight Zone Magazine *y* Locus. *Sus libros incluyen las aclamadas colecciones de relatos cortos* Particle Theory, Cinnabar, Among the Dead; Wyoming Sun, *una versión novelada de un guión de televisión, de Harlan Ellison;* Phoenix Without Ashes; *y, como editor, la antología* 2076: The American Tricentennial.

Seiscientos millones de años en cincuenta y un kilómetros. Seiscientos millones de años en cincuenta y un minutos. Steve Mavrakis viajaba en el tiempo, cortesía del Departamento de Autopistas de Wyoming. Las épocas se enredaban entre Thermopolis y Shoshoni. El Wind River serpenteaba por su cañón con las sendas Burlington Northern 121 cortadas en las paredes occidentales, y la carretera de dos carriles, U. S. 20, cortada en el este.

Letreros oficiales colocados al borde de la autopista indicaban la situación al viajero:

FORMACIÓN DE DINWOODY
TRIÁSICO
185-225 MILLONES DE AÑOS

FORMACIÓN DE BIG HORN
ORDOVICIANO
440-500 MILLONES DE AÑOS

FORMACIÓN DE FLATHEAD
CÁMBRICO
500-600 MILLONES DE AÑOS

Los mojones se podían haber clavado en la roca del cañón bajo la presión de los milenios. Estaban puestos para los que no podían leer la piedra.

Esa noche Steve no hizo caso de los letreros. Había efectuado este viaje muchas veces. La oscuridad le rodeaba. Noviembre le arañó cuando abrió un poco la ventanilla para que saliera el humo del Camel de la cabina de la Chevy. La CB crepitaba de vez en cuando pero no captaba nada.

Hacía viento; no era nada insólito. Steve se sentía hipnotizado por el esquife de nieve que patinaba por el pavimento al resplandor de sus faros. La nieve se arremolinaba a sólo unos centímetros del suelo, y se precipitaba como una tabla de surf que se deslizara por la arena dura de la playa.

«El depredador del tiempo está a la caza.»

«Los años se dispersan ante ella como un banco de pececillos sorprendido. El ímpetu de su paso arremolina los eones. El viento barre el cañón con el bramido de las grandes olas al romper en la arena. La Luna, llena y recién salida, ejerce su fuerza de marea.»

«La luz de la Luna ilumina la cuchillada de los dientes.»

Y Steve se puso alerta, al darse cuenta de que había atravesado los cincuenta y un kilómetros, cruzado las llanuras que conducían a Shoshoni, y se acercaba a la unión con la U. S. 20. ¿Hipnosis de la carretera?, pensó. A salvo en Shoshoni, pero daba miedo. No recordaba un maldito minuto del viaje a través del cañón. Steve se frotó los ojos con la mano izquierda y buscó un café abierto.

No era la primera vez.

Todos aquellos años anteriores, ellos cuatro creían que estaban batiendo los récords. En una fría noche de junio, en lo alto de una montaña en la cadena de Wind River, elevados sobre más que una montaña de aire, los cuatro celebraron la graduación. Eran jóvenes y listos: estaban preparados para el mundo. Aquella noche sabían que no había nadie más en muchos kilómetros. Tras aprender en clase que había 3,8 seres humanos por kilómetro y medio cuadrado en Wyoming, y como ellos eran cuatro, creían que superaban las probabilidades.

Paul Onoda, dieciocho años. Era Sansei, tercera generación japonesa americana. En 1942, antes de ser concebido, sus padres fueron trasladados con otros once mil japoneses americanos de California al Centro de Reubicación de Heart Mountain en el norte de Wyoming. Doce miembros y tres generaciones de los Onoda compartieron una de las cuatrocientas sesenta y cinco barracas atestadas, durante los siguientes cuatro años. Dos murieron. Nacieron otros tres. Con sus compañeros, los Onoda ayudaron a labrar mil ochocientos acres de tierra agrícola virgen. No todos habían sido jardineros japoneses o granjeros en California, o sea que los farmacéuticos, profesores y carpinteros aprendieron agricultura. Utilizaban irrigación para hacer venir el agua. Las cosechas florecían. Los Niesi no involucrados directamente con las tareas del campo fueron despachados para convertirse en trabajadores agrícolas temporales. Más tarde, un historiador anotó, lacónicamente: «Wyoming se benefició con su presencia».

Paul recordaba los campamentos de Heart Mountain sólo por los recuerdos de sus mayores, pero eran recuerdos nítidos. Después de la guerra, la mayor parte de los Onoda se quedaron en Wyoming. Con algunas dificultades, compraron granjas. La familia invirtió el triple de esfuerzo que sus vecinos y prosperó.

Paul Onoda era excelente en clase y estrella del campo de fútbol de la Fremont High School. Una vez oyó que el presidente del consejo de la escuela le decía al entrenador:

—¡Por Dios, cuánto corre ese pequeño nipón!

Él pensó en eso y siguió corriendo aún más deprisa.

Muchos de sus compañeros de clase pensaban en secreto que lo tenía todo. Cuando llegó la época del baile de gala en su último año, no pasó inadvertido a su cerebro y a su cuerpo atlético. En todo Fremont, muchos padres preocupados advirtieron a sus hijas que se excusaran en caso de que Paul las invitara al baile.

Carroll Dale, dieciocho años. Pronto se convirtió en costumbre explicar a la gente que oía su nombre por primera vez, que llevaba dos erres y dos eles. Los dos troncos de su familia se remontaban a cuatro generaciones en esta parte del país y uno de sus legados era una madre orgullosa. Cordelia Carroll tenía orgullo, una hija, y el deseo de ver a los Hereford Carroll conservar cierta paridad con los Angus Dale. Al fin y al cabo, los Carroll habían sido granjeros en Bad Water Creek antes de John Broderick. Okie iluminaba su castillo de Lost Cabin con luces de carburo. Eso era cuando Teddy Roosevelt era presidente y cuando todo el resto de ganaderos de Wyoming, incluidos los Dale, hacían sus cuentas por la noche a la luz de linternas de queroseno.

Carroll llegó a ser muy buena con la cuerda y una amazona mejor. Su aprendizaje se intensificó después de que su hermano mayor, su único hermano, se disparara fatalmente durante la temporada del ciervo. Hirió a sus padres al no casarse con un hombre que se hiciera cargo del rancho y de ella misma.

Creció alta y delgada, con el pelo largo y como el ébano, y ojos oscuros ligeramente oblicuos. El padre de su padre, en las cenas familiares de Navidad, se pasaba con el whisky que ponía en el ponche de huevo y hacía chistes acerca de los indios hasta que la paternal abuela le decía que cerrara la boca antes de que ella le diera las buenas noches a las malas, con una hoz oxidada y las agujas de hacer punto. Eso era años antes de que Carroll supiera a qué se refería su abuela.

En la escuela, Carroll estaba segura de que era un gigante en el país de Liliput. Los chistes le dolían. Pero su madre le decía que tuviera paciencia, que las otras chicas la alcanzarían. La mayoría no lo hizo; pero en el instituto los chicos sí, aunque tendían a ser extremadamente tímidos cuando hablaban con ella.

Fue la primera chica presidenta de la National Honor Society de su escuela. Era animadora. Fue la que despidió su clase y citó con seriedad a John F. Kennedy en su discurso de graduación. Al cabo de unas semanas de la graduación, huyó con el capitán del equipo de fútbol.

Eso casi provocó un linchamiento.

Steve Mavrakis, dieciocho años. La cortesía permitía que le llamaran nativo a pesar de que nació a casi tres mil kilómetros al este. Sus padres, por otra parte, se habían establecido en el Estado después de la guerra, cuando él tenía menos de un año. Después de otra década, los jóvenes nativos podrían aceptar de mala gana sus raíces adoptadas; los de los viejos tiempos, jamás.

Los padres de Steve habían leído a Zane Grey y *El Virginiano*, y habían pasado muchos veranos en ranchos para turistas en el interior del estado de Nueva York. Encontraron un rancho perfecto en el Big Horn River y crearon un rebaño de Hereford registrados. Se arruinaron. Se refinanciaron y quisieron apuntar a un ganado de inferior calidad. Las nieves del 49 lo mataron. El padre de Steve decidió que había que dedicarse a la ovejas, con los partos dobles y triples. Muy eficaz en las inversiones. Las ovejas enfermaron, o se cayeron en riachuelos al beber o se asustaron como pavos y se ahogaron hechas un ovillo en rincones vallados. Se les ocurrió entonces a los Mavrakis que el trigo no huye precipitadamente. Todos los campos quedaron pronto destruidos por el granizo antes de que llegaran a mostrar una buena cosecha. El padre de Steve se rindió y se trasladó a la ciudad, donde puso a trabajar su título de Columbia aceptando un empleo para dirigir la sucursal del distrito de la Oficina de Administración de la Tierra.

Todo eso enseñó a Steve a ser cauto con las cosas seguras.

Y de vez en cuando se maravillaba de los sueños. Él era muy pequeño, cuando la ventisca mató al ganado. Pero, aunque no recordaba a la Guardia Nacional soltando balas de heno de los plateados C-47 para el ganado, con más de tres metros de nieve, sí recordó durante años las pesadillas de los rebaños de animales confundidos paciendo fútilmente en terreno estéril ante enormes bloques de hielo que se fundían lentamente.

La noche después de que la fumigación aérea aterrorizara a las ovejas y diecisiete murieran en paroxismos, Steve soñó con hombres marrones que chillaban, agitaban bastones y hacían huir en estampida a monstruos peludos, con colmillos, por un precipicio hasta caer en una corriente de agua poco profunda.

Las noches de verano Steve se despertaba sudando, tras soñar con reptiles que se deslizaban y cálidas olas que batían en una playa accidentada en el prado inferior. Se sentaba erguido, mirando fijamente por la ventana del dormitorio, observando los helechos gigantes oscilar y transformarse de nuevo en el álamo de Virginia y el saúco.

Los sueños acudieron con menos frecuencia y nitidez a medida que se fue haciendo mayor. Lo hacía a voluntad. Se alteraron cuando la familia se trasladó a Fremont. Al cabo de poco tiempo Steve todavía recordaba que había tenido sueños, pero la mayoría de los detalles se le olvidaban.

Al principio, los profesores del instituto de Fremont pensaron que era estúpido. Le hicieron unas pruebas y después quedó etiquetado como una persona que no desarrolla todo su potencial. Él hacía todo lo que tenía que hacer para apañárselas. Apenas si fue apto para los cursos de ingreso a la universidad, pero su padre, normalmente nada severo, le amenazó. La gente le preguntaba qué quería hacer, y él respondía con sinceridad que no lo sabía. Entonces tomó una clase de oratoria. El teatro le fascinaba y desarrolló una auténtica pasión por las obras que se representaban en el colegio. Hizo una buena interpretación en *Our Town*, *Arsenic and Old Lace* y *Harvey*. El director de la obra miró la altura media de Steve, su aspecto corriente, su pelo y ojos castaños y le sugirió en una fiesta que se hiciera actor de carácter o agente del FBI.

En aquella época, los únicos sueños que Steve recordaba eran fantasías sexuales sobre chicas a las que él ni se atrevía a pedirles una cita.

Ginger McClelland, diecisiete años. ¿Quién podía reprocharle sentirse fuera de lugar? Como había nacido en el límite establecido por las regulaciones del distrito escolar, era casi un año más joven que sus compañeros. Era bajita. Se sentía enana en un mundo de Blancanieves. No le ayudaba en nada el que su madre le dijera palabras como «petite» y adujera que los vestidos más maravillosos quedaban bien en alguien de menos de metro cincuenta y cinco. En secreto esperaba que una noche misteriosa floreciera y se hiciera fantástica, con largas piernas como Carroll Dale. Eso nunca ocurrió.

Ser exiliada en una tierra extraña tampoco le ayudaba. Aunque Carroll se había hecho amiga suya, había oído a la presidenta del club, la reina de Job's Daughters, y a la mitad de las chicas de su clase de matemáticas, referirse a ella como «la estudiante del intercambio extranjero». Pero ella nunca sería repatriada; al menos, no hasta que se graduara. Sus padres se habían cansado de vivir en Cupertino, California, y pensaron que llevar una franquicia de ferretería de costa a costa en Fremont sería un venturoso cambio. Les agradaban los espacios abiertos, las montañas y los ríos. Ginger no estaba tan segura. Cada día sentía que había penetrado en una máquina del tiempo. Toda la música de la radio era antigua. Las películas que pasaban en el único teatro de la ciudad... era mejor olvidarlo. El baile era grotesco.

Ginger McClelland fue la primera persona de Fremont —y quizá de todo Wyoming— que utilizó el adjetivo «cojonudo». Eso le supuso ser enviada a casa y provocó una confusa entrevista entre sus padres y el director.

Ginger aprendió a no confiar en la mayoría de los chicos que la invitaban a salir. Todos parecían sentir una especie de misticismo perverso respecto a las chicas de California. Pero aceptó la invitación que Steve Mavrakis le hizo a última hora para el baile de promoción. Le parecía seguro.

Como Carroll y Ginger eran amigas, los cuatro acabaron citándose en la vieja camioneta del padre de Paul que se utilizaba para arrastrar los postes de la valla y alambre a los pastos. Después del baile, cuando casi todos se encaminaban a alguna de las fiestas prohibidas que se celebraban después del baile, Steve afablemente obtuvo de un intermediario mayor que él una caja entera de Hamms frescas. Ginger y Carroll se habían llevado texanos y camisas en la bolsa y se cambiaron en el lavabo de la estación Chevron. Paul y Steve se quitaron la americana blanca y se pusieron un anorac. Luego, todos fueron en coche a Wind River Range. Cuando se terminó la carretera, fueron a pie. Era muy tarde y estaba muy oscuro. Pero encontraron un lugar en la montaña donde se acurrucaron, bebieron cerveza, charlaron y se acariciaron.

Oían la voz del viento y nada más. No vieron luces de coches ni de cabañas. El aislamiento los estimulaba. Sabían que no había nadie más en muchos kilómetros.

Era correcto.

La espuma siseaba y salpicaba cuando Paul abría las latas. A su alrededor, el viento rompía contra las rocas como las olas del mar.

—Mavrakis, tú irás a la universidad, ¿no? —dijo Paul.

Steve asintió a la débil luz de la luna y añadió:

—Supongo.

—¿Qué vas a hacer? —preguntó Ginger, acurrucándose y tomando un breve trago de su cerveza.

—No lo sé; ingeniería, supongo. Si eres chico y estás en el curso de ingreso a la universidad, acabas haciendo ingeniería. Así que supongo que lo haré.

Paul preguntó:

—¿Qué tipo?

—No lo sé. Quizás aeroespacial. Me trasladaré a Seattle y haré naves espaciales.

—Es estupendo —dijo Ginger—. Como en *The Outer Limits*. Ojalá pudiera tenerlo aquí.

—Tú deberías hacer ingeniería hidráulica —dijo Paul—. El agua será un buen negocio dentro de poco.

—Me parece que no quiero quedarme en Wyoming.

Carroll había permanecido en silencio contemplando el valle. Se volvió hacia Steve y sus ojos eran lagunas de negrura.

—¿De veras te vas a ir?

—Sí.

—¿Y nunca volverás?

—¿Por qué iba a hacerlo? —dijo Steve—. Ya estoy harto de aire fresco y espacios abiertos. ¿Sabes una cosa? Nunca he visto el océano. —«Y, sin embargo, lo había sentido.» Hizo un guiño—. Me voy.

—Yo también —dijo Ginger—. Voy a vivir con mis tíos en Los Ángeles. Creo que probablemente entraré en la escuela de periodismo de la universidad de California del Sur.

206

—¿Tienes dinero? —preguntó Paul.

—Conseguiré una beca.

—¿Tú no te vas? —preguntó Steve a Carroll.

—Quizás —respondió ella—. A veces pienso que sí, y después no estoy segura.

—Regresarás aunque te marches —aseguró Paul—. Todos regresaréis.

—¿Quién lo dice? —preguntaron Steve y Ginger casi simultáneamente.

—La tierra tira —dijo Carroll—. El padre de Paul lo dice.

—Eso es lo que dice él.

Todos percibieron la ira en la voz de Paul. Abrió otra ronda de latas. Ginger arrojó la vacía que bajó por las rocas repicando, un ruido que parecía fuera de lugar.

—No hagas eso —dijo Carroll—. Nos llevaremos las vacías en la bolsa.

—¿Qué pasa? —dijo Ginger—. Quiero decir, yo... —no terminó la frase y todos quedaron en silencio un minuto, dos minutos, tres.

—¿Y tú, Paul? —preguntó Carroll—. ¿Adónde quieres ir? ¿Qué quieres hacer?

—Hemos hablado de... —su voz de pronto pareció controlada—. Maldita sea, no lo sé. Si regreso, será cono una bomba atómica...

—¿Qué? —le interrumpió Ginger.

Paul sonrió. Al menos Steve podía ver una blanca dentadura reluciendo en la noche.

—En cuanto a lo que quiero hacer... —se inclinó hacia delante y susurró al oído de Carroll.

Ella exclamó:

—¡Jesús, Paul! Tenemos testigos.

—¿Qué? —volvió a preguntar Ginger.

—Ni siquiera preguntes, no quieras saberlo —lo dijo como una frase seguida. Sus dientes también eran visibles en la casi completa oscuridad—. Inténtalo y te daré las buenas noches a las malas.

—¿De qué habláis? —preguntó Ginger.

Paul se echó a reír.

—De su abuelo.

—Charlie Goodnight era un gran ranchero hacia finales de siglo —dijo Carroll—. Trajo mucho ganado de Texas. El problema era que muchos de sus valiosos toros no se las arreglaban tan bien. Sus testículos...

—Pelotas —intervino Paul.

—... se arrastraban por el suelo —prosiguió ella—. Los toros se hacían heridas y se les infectaban. Así que Charlie Goodnight empezó a preparar a sus toros para el viaje, practicando un poco de cirugía de aficionado. Les cortaba el escroto y les metía las pelotas. Luego cosía la bolsa y se acababan los problemas.

—Como ves —dijo Paul—, hay maneras de vencer a la tierra.

Carroll dijo:

—Se hace lo que hay que hacer. Es una cita de mi padre. Buen ejemplar de pionero.

—Pero no yo.

Paul la atrajo hacia sí y la besó.

—Quizá deberíamos explorar un poco la montaña —dijo Ginger a Steve—. ¿Quieres venir conmigo?

Se quedó mirando a Steve, que contemplaba el firmamento mientras la luz de la luna desaparecía de repente como si se apagara una lámpara.

—Oh, Dios mío.

—¿Qué pasa? —preguntó ella a la figura envuelta en sombras.

—No sé... quiero decir, nada, supongo —la Luna volvió a aparecer—. ¿Eso ha sido una nube?

—No veo ninguna nube —dijo Paul, señalando el ancho cinturón de estrellas—. Las noche es clara.

—Quizás has visto un ovni —dijo Carroll con voz ligera.

—¿Estás bien? —Ginger le tocó la cara—. Dios míos, estás temblando.

Le abrazó con fuerza.

Las palabras de Steve fueron casi inaudibles.

—Ha pasado por delante de la Luna.

—¿El qué?

—Yo también tengo frío —dijo Carroll—. Regresemos.

Nadie discutió. Ginger se acordó de meter las latas en una bolsa de papel y la ató a su cinturón con una cinta para el pelo. Steve no dijo nada más durante un rato, pero todos oían que los dientes le castañeteaban. Cuando estaban a medio camino, la Luna por fin se situó más allá del borde del valle. Más adelante, Paul tropezó con un pedazo suelto de pizarra, resbaló, profirió un juramento y empezó a caer por la cara desnuda de la roca. Carroll le agarró del brazo y le detuvo.

—Gracias, Irene.

Le temblaba un poco la voz, traicionando su tono.

—Qué divertido —dijo ella.

—No lo capto —dijo Ginger.

Paul silbó algunos acordes de la canción.

—Buenas noches —dijo Carroll—. Se hace lo que hay que hacer.

—Y te lo agradezco —Paul respiró hondo—. Vayamos al coche.

Cuando estuvieron en la serpenteante carretera de regreso a Fremont, Ginger preguntó:

—¿Qué has visto allí arriba, Steve?

—Nada. Supongo que he recordado un sueño.

—Un sueño —le tocó el hombro—. Todavía tienes frío.

Carroll dijo:

—Yo también.

Paul soltó la mano derecha del volante para cubrirle la mano.

—Todos tenemos.

—Yo me encuentro muy bien —Ginger parecía perpleja.

Hasta que llegaron a la ciudad, Steve sintió que se había ahogado.

La taberna Amble Inn, de Thermopolis, había sido construida en la sombra de la Round Top Mountain. En la ladera sobre la taberna, enormes letras formadas por piedras encaladas proclamaban: LA MAYOR FUENTE TERMAL DEL MUNDO. De noche o con luna, la inscripción recordaba invariablemente a Steve el letrero de Hollywood. Poco después de su regreso de California, comprendió la futilidad de saltar desde la D. Las piedras estaban niveladas con la empinada pendiente del suelo. Los suicidas sólo podían rodar por la colina hasta que chocaban con la pared de tronco de la taberna.

Los viernes y sábados por la noche, el aparcamiento de la Amble Inn estaba lleno casi exclusivamente de vehículos de cuatro ruedas y furgonetas convencionales. La mayoría de ellas llevaba porta-armas en la ventanilla trasera, detrás del asiento. La Chevy de Steve llevaba uno, pero era porque había comprado la camioneta de segunda mano. Había pensado en comprarse un rifle de juguete, que disparara dardos de goma o algo así, en una venta por catálogo de Penney en Navidad. Pero, igual que otros muchos proyectos, nunca lo había hecho.

Esa noche era el primer sábado por la noche de junio y Steve tenía dinero en el bolsillo porque había cobrado. No tenía ningún motivo para celebrar nada; pero tampoco tenía motivo para no hacerlo. Así que poco después de las nueve fue a la Amble Inn para beber tequila y escuchar música.

La taberna estaba muy llena de gente para lo temprano de la hora, pero Steve consiguió una mesita cerca de la pista de baile cuando un tipo vomitó y su chica tuvo que llevarle a casa. Parejas que bailaban ocupaban la pista aunque la atracción principal, Mountain Flyer, no aparecería hasta las once. El grupo telonero era una banda de Montana llamada los Great Falls Dead. Tenían más entusiasmo que talento, pero había mucha gente bailando.

Steve bebió, chupó limas, lamió la sal, y de vez en cuando golpeaba con la mano en la mesa siguiendo el ritmo; se sentía vagamente melancólico. El humo llenaba el lugar, casi tan espeso como la niebla de efectos especiales de una mala película de terror. La pista de baile de la taberna se hallaba en una habitación con cúpula, oscura, revestida de pino.

De pronto se quedó mirando fijamente, perplejo por

211

un destello de casi reconocimiento. Había estado observando a una chica en particular, una mujer alta con el cabello rizado de un negro reluciente, que había bailado con unos cuantos vaqueros. Cuando le miró la cara, creyó ver a alguien conocido. Cuando le miró el cuerpo, se preguntó si llevaba ropa interior bajo el vestido rojo de punto.

Los Great Falls Dead se lanzaron a cantar *Good Hearted Woman* y la pista se llenó al instante de gente que bailaba. Al otro lado de la habitación, alguien gritó:

—¡Willie!

Esta vez la mujer de rojo bailaba muy cerca de la mesa de Steve. Sus altos pómulos le resultaban muy familiares. Su cabello, pensó él. Si fuera más largo... Sus ojos se tropezaron con los de ella y ella le sonrió.

Terminó la canción y su pareja se fue hacia el bar, pero ella permaneció al lado de la mesa de Steve.

—¿Carroll? —preguntó él—. ¿Carroll?

Se quedó sonriéndole, con una mano en la cadera.

—Me preguntaba cuándo te darías cuenta.

Steve apartó la silla y se levantó. Ella se acercó para abrazarle.

—Hace tanto tiempo.

—Mucho.

—¿Catorce años? ¿Quince?

—Algo así.

Él le pidió que se sentara a su mesa, y ella aceptó. Tomó un Campari con tónica mientras hablaban. Él bebió cerveza. Los años se fueron devanando. Los Great Falls Dead cantaban detrás de ellos.

—... nunca debí casarme, Steve. Yo no era para Paul. Él no era para mí.

—... pensé en casarme. Conocí a muchas mujeres en Hollywood, pero nunca nada pareció...

—... todas las razones erróneas...

—... acabé en unas cuantas películas para la televisión. Malas. Siempre me hacían ayudante del director en una escena de atraco, o me mataban hombres lobos en los primeros minutos. Creo que el noventa por ciento de todos los actores se encuentran sin empleo en algún momento u otro, así que dije...

—¿De veras regresaste aquí? ¿Cuánto tiempo hace de ello?

—... que se vaya al diablo...

—¿Cuánto hace?

—... y más o menos volví cabizbajo a Wyoming. No sé. Hace varios años. ¿Cuánto estuviste casada, por cierto?

—... un año, más o menos. ¿Qué haces aquí?

—... cerveza se está calentando. Creo que encargaré una jarra...

—¿Qué haces aquí?

—... mejor fría. No mucho. Voy tirando. Tú...

—... viví en Taos por un tiempo. Luego en Santa Fe. Vagabundeé por el sudoeste. Un amigo me introdujo en la fotografía. Luego me cansé y entonces intenté la pintura...

—¿... paisajes de los tetones para vender a los turistas?

—Apenas. Muchos paisajes, pero campos de caravanas y pozos de petróleo y vistas de perspectiva de la I-80 al otro lado del desierto Rojo...

—Una vez intenté sacar fotografías... siempre olvidaba cargar la cámara.

213

—... y luego acabé como medio propietaria de una galería llamada Good Stuff.

—... debe de ser peligroso...

—... situada en Main Street, en Lander...

—... creo que puedo haberla visto...

—¿Qué haces aquí?

El silencio comparativo pareció hacerse eco del grupo, que terminó su canción.

—Poca cosa —dijo Steve—. Trabajé un tiempo como operario en Two Bar. Después trabajé en los campos de Búfalo. Tengo una camioneta; hago transportes a corta distancia para los hombres de negocios locales que no quieren contratar a un camionero. Básicamente, hago lo que encuentro. Ya sabes.

—Sí —dijo Carroll—, lo sé.

El silencio se alargó entre ellos. Finalmente, ella preguntó:

—¿Por qué volviste? ¿Fue porque...?

—¿... porque había fracasado? —dijo Steve, respondiendo a la vacilación de ella. La miró fijamente—. Pensé en ello mucho tiempo. Decidí que podía fracasar en cualquier parte, así que volví aquí —se encogió de hombros—. Me gusta. Me gusta el espacio.

—Muchos hemos vuelto —dijo Carroll—. Ginger y Paul están aquí.

Steve se sobresaltó. Miró hacia las mesas que los rodeaban.

—No esta noche —dijo Carroll—. Nos veremos mañana. Quieren verte.

—¿Tú y Paul...? —empezó a decir él.

Ella le interrumpió levantando la mano.

—Apenas. No estamos exactamente en la misma

longitud de onda. Eso es algo que no ha cambiado. Acabó siendo lo que tú pensabas que sería.

Steve no lo recordaba.

—Paul fue a la Escuela de Minas de Colorado. Ahora es el geólogo explorador en jefe para Enerco.

—No está mal —dijo Steve.

—No es bueno —dijo Carroll—. Pasó diez años en Suramérica y en Oriente Medio. Ahora ha vuelto a casa. Quiere destripar el Estado como si fuera una pez.

—¿Carbón?

—Y petróleo. Y uranio. Y gas. Enerco tiene el pulgar en muchos agujeros —había bajado la voz, parecía enojada—. De todos modos, mañana tenemos reunión. Y Ginger estará allí.

Steve se terminó la cerveza.

—Creía que estaba en California.

—Nunca fue —dijo Carroll—. Las becas fracasaron. Sus padres dijeron que no la mantendrían si volvía a la Costa Oeste; ya sabes cómo son los inmigrantes. Así que Ginger fue a la escuela de Laramie y acabó con un título de educación primaria. Se casó con un estudiante de periodismo. Después de su divorcio, cinco o seis años más tarde, le cedió a él la custodia del niño.

Steve dijo:

—O sea que Ginger no llegó a ser una periodista de primera.

—Oh, sí. Ahora es la mejor escritora que tiene el *Salt Creek Gazette's*. Ginger es la musa de los grupos ecologistas y la ruina de la industria energética.

—¡Córcholis! —exclamó.

Sin querer, volcó el vaso con el brazo. Al alargar la mano para recogerlo, tumbó la botella vacía.

—Me parece que estás cansado —dijo Carroll.

—Creo que tienes razón.

—Deberías irte a casa y acostarte.

Él asintió.

—No me gustaría conducir hasta Lander esta noche —dijo Carroll—. ¿Tienes sitio para mí?

Cuando llegaron a la casita que Steve tenía alquilada junto a la autopista 170, Carroll hizo una mueca al ver los montones de ropa sucia que había en la sala de estar.

—Arreglaré un poco el sofá —dijo—. Tengo un saco de dormir en mi coche.

Steve vaciló varios segundos y le tocó ligeramente los hombros.

—No tienes que dormir en el sofá a menos que quieras hacerlo. Todos esos años atrás... ¿Sabes que durante todo el tiempo en el instituto estuve enamorado de ti? Era demasiado tímido para decir nada.

Ella sonrió y permitió que las manos de Steve se quedaran donde estaban.

—Yo también te encontraba muy agradable. Un poco tímido, pero me gustabas. En definitiva, no desarrollabas todo tu potencial.

Permanecieron de pie, las caras a pocos centímetros de distancia, un rato más.

—¿Y bien? —dijo él.

—De eso hace ya muchos años —dijo Carroll—. Dormiré en el sofá.

Steve dijo, decepcionado:

—¿Ni siquiera por caridad?

—Especialmente no por caridad —sonrió—. Pero no lo descartes en el futuro.

Le besó suavemente en los labios.

Steve durmió profundamente aquella noche. Soñó que se deslizaba de modo interminable por una corriente fluida y cálida. No fue una pesadilla. Ni siquiera cuando se dio cuenta de que tenía aletas en lugar de manos y pies.

La mañana trajo lluvia.

Cuando despertó, lo primero que Steve oyó fue el constante repiqueteo de la lluvia sobre el tejado. La luz fuera de la ventana era gris, filtrada por las láminas de agua que resbalaban por el cristal. Steve se inclinó fuera de la cama y recogió su reloj del suelo, pero estaba parado. Oyó los ruidos que hacía alguien en la sala de estar y llamó:

—¿Carroll? ¿Estás levantada?

Su voz fue suave, de contralto.

—Sí.

—¿Qué horas es?

—Poco más de las ocho.

Steve salió de la cama, pero gruñó y se agarró la cabeza con ambas manos. Carroll se hallaba de pie en el umbral de la puerta y parecía comprensiva.

—¿A qué hora es la reunión? —preguntó él.

—Cuando lleguemos. He llamado a Paul hace un rato. Él está comprometido con cierta reunión en Casper hasta última hora de la tarde. Quiere que nos reunamos con él en Shoshoni.

—¿Y Ginger?

Los dos oyeron llamar a la puerta principal. Carroll volvió la cabeza y luego miró de nuevo a Steve.

—En punto —dijo Carroll—. Ella no quería esperar hasta la noche. —Se dirigió hacia la puerta y dijo por encima del hombro—: Bien podrías ponerte algo de ropa.

Steve se puso sus vaqueros menos sucios y una camiseta con la inscripción AMAX TOWN-LEAGUE VOLLEYBALL en el pecho. Oyó que la puerta de la calle se abría y se cerraba, y palabras murmuradas en la sala de estar. Cuando salió del dormitorio encontró a Carroll hablando en el sofá con una rubia, baja y extraña, que sólo se parecía ligeramente a la imagen que había conservado en su mente. La chica llevaba el pelo largo y recogido en una trenza. Su mirada era más directa y más inquisitiva de lo que él recordaba.

Ella le miró y dijo:

—Me gusta el bigote. Estás mucho mejor ahora de lo que nunca estuviste.

—Excepto por lo del bigote —dijo Steve—, yo podría decir lo mismo.

Las dos mujeres parecieron sorprendidas cuando Steve pasó a la zona de desastre que era la cocina y sacó huevos y verduras chinas del frigorífico. Sirvió la enorme tortilla con tostadas y café recién hecho en la sala de estar. Todos comieron con los platos en equilibrio sobre el regazo.

—¿Alguna vez lees el *Gazoo*? —preguntó Ginger.

—¿*Gazoo*?

—El *Salt Creek Gazette* —insistió Carroll.

Steve dijo:

—No leo ningún periódico.

—Acabo de terminar un artículo acerca de la empresa de Paul —dijo Ginger.

—¿Enerco?

Steve volvió a llenar las tazas.

Ginger meneó la cabeza.

—Una subsidiaria que le pertenece por entero llamada Native American Resources. Bastante listo, ¿no? —Steve parecía no comprender—. Ni un pobre indio en toda la operación. El nombre es estrictamente falso mientras que la compañía ha estado recogiendo un número increíble de contratos de arrendamiento de minerales en la reserva. Paul se ha concentrado en un enorme campo de carbón del que sus equipos han trazado mapas. Representa una considerable proporción de las mejores tierras de la reserva.

—Incluidos algunos lugares sagrados —puntualizó Carroll.

—Casi un millón de acres —dijo Ginger—. Son más de mil seiscientos kilómetros cuadrados.

—La tierra nunca vuelve a ser la misma —dijo Carroll—, no importa cuánto se reclame, no importa lo rigurosos que la EPA diga que son.

Steve miraba a una y a otra.

—Es posible que yo no lea los periódicos —dijo—, pero nadie les está apuntando a la cabeza con una pistola.

—Podría ser —dijo Ginger—. Si el trato de la Native American Resources sigue adelante, los pagos de royalties a las tribus subirán mucho.

Steve abrió las palmas.

—¿Eso no es bueno?

Ginger meneó la cabeza con vehemencia.

—Es chantaje económico para impedir que las tribus desarrollen sus propios recursos por sí mismas.

—Eslóganes —dijo Steve—. El país necesita esa

energía. Si las tribus no tienen capital para invertir...

—Lo tendrían si no les compraran con pagos de royalties individuales.

—Las tribus pueden elegir...

—... con la perspectiva de un beneficio inmediato que la NAR les pone delante.

—Sé que es domingo —dijo Steve—, aunque no haya cruzado la puerta de una iglesia en quince años.

—Si pensaras un poco —intervino Ginger—, nadie tendría que darte explicaciones.

Steve sonrió.

—No pienso con el culo.

—Mirad —dijo Carroll—. Está dejando de llover.

Ginger miró a Steve. Él aprovechó la distracción de Carroll y preguntó:

—¿Alguien quiere ir a dar un paseo?

El aire en la calle era fresco. Calmaba el mal genio. El trío caminó en la fresca mañana junto al riachuelo flanqueado por álamos. Los pájaros cantaban. La lluvia se había trasladado hacia el este; el resto del cielo era de un brillante azul.

—Maldito país —exclamó Steve.

—No por mucho más si... —empezó a decir Ginger.

—Gin —amonestó Carroll.

Pasearon durante otra hora, dirigiéndose hacia el sur, donde vieron las colinas suaves como dobleces de manta. Los senderos flanqueados por árboles serpenteaban como venas verdes por las laderas de las colinas. La tierra, pensó Steve, parecía amontonada, expectante de algún modo.

—¿Cómo se encuentra Danny? —preguntó Carroll a Ginger.

—Fantástico. Quiere ser astronauta —una sonrisa iluminó su rostro—. Bob me lo deja tener en agosto.

—Mirad eso —dijo Steve, señalando.

Las mujeres miraron.

—No veo nada —dijo Ginger.

—Al sudeste —dijo Steve—. Justo por encima de la cabeza del cañón.

—Allí... no estoy segura —Carroll se protegió los ojos—. Me ha parecido ver algo, pero sólo ha sido una sombra.

—Allí no hay nada —dijo Ginger.

—¿Sois ciegas las dos? —preguntó Steve, asombrado—. Había algo en el aire. Oscuro y en forma de cigarro. Estaba allí, donde yo señalaba.

—Lo siento —dijo Ginger—, no he visto nada.

—Bueno, estaba allí —dijo Steve, disgustado.

Carroll siguió mirando.

—Yo también lo he visto, pero sólo un segundo. No he visto adónde ha ido.

—Maldita cosa. No creo que fuera un avión. Parecía pasar despacio y luego ha desaparecido.

—Sólo he visto algo borroso —dijo Carroll—. Tal vez era un ovni.

—Oh, chicos —dijo Ginger con aire de comprensión—, igual que la noche del baile de promoción, ¿no? Sólo una broma.

Steve meneó la cabeza despacio.

—Realmente vi algo entonces, y he visto algo ahora. Esta vez, Carroll también lo ha visto.

Ella asintió, mostrándose de acuerdo. Él tenía un sabor salado en la boca.

Empezó a soplar viento del norte, levantando las

hierbas de primavera que ya habían muerto y empezaban a secarse.

—Estoy empezando a tener frío —dijo Ginger—.
Volvamos a casa.

—Steve —dijo Carroll—, estás temblando.

Se apresuraron a regresar a casa.

FORMACIÓN FOSFÓRICA
PERMIANO
225-270 MILLONES DE AÑOS

Descansaron un rato en casa; bebieron café y ha-
blaron del pasado, de lo que había ocurrido y de lo que
no. Entonces Carroll sugirió que se marcharan para ir a
la reunión. Tras un poco de confusión, Ginger subió las
ventanillas y cerró su Saab y Carroll cerró su Pinto.

—Detesto hacer esto —dijo Carroll.

—Ya no se puede elegir —dijo Steve—. Ahora hay
demasiada gente que no conoce las reglas.

Los tres subieron a la camioneta de Steve. En sólo
quince minutos habían atravesado el ángulo de la U. S.
20 a través de Thermopolis y cruzado el Big Horn River. Pasaron el enorme aparcamiento de relucientes caravanas y remolques.

El ardiente sol de junio se derramaba sobre ellos
mientras pasaban entre los riscos gemelos, rojos por el
hierro, y descendieron a los kilómetros y años del
cañón.

FORMACIÓN DE TENSLEEP
PENSILVANIANO
270-310 MILLONES DE AÑOS

A ambos lados del cañón, las capas de roca se amontonaban como secciones de una máquina cortadora de carne. En la cabina de la camioneta, los pájaros habían estado escuchando las noticias de la KTWO. A medida que el cañón se hacía más profundo, la recepción empeoró hasta que sólo se oía la estática. Carroll apagó la radio.

—Están locos —dijo Ginger.

—No necesariamente —Carroll miraba por la ventanilla las pendientes de flores del mismo color que los riscos—. La BIA todavía tiene causas judiciales. Habrá otra votación tribal.

Ginger volvió a decir:

—Están locos. El dinero no sólo habla, hace llamadas telefónicas obscenas, ¿lo sabéis? Paul se ha apropiado del resto. Ya conocéis a Paul... yo le conozco bien. Es un hijo de puta.

—Lamento que no haya música —dijo Steve—. El *cassette* se estropeó hace tiempo y no lo he mandado arreglar.

Ellas le hicieron caso omiso.

—Maldita sea —exclamó Ginger—. He tardado casi quince años, pero he aprendido a amar este país.

—Lo sé —dijo Carroll.

Nadie dijo nada durante un rato. Steve miró a su derecha y vio que las lágrimas resbalaban por las mejillas de Ginger. Ella le miró fijamente con aire desafiante.

—Hay *kleenex* en la guantera —dijo él.

FORMACIÓN DE MADISON
MISISIPIANO
310-350 MILLONES DE AÑOS

Las vertientes del cañón se hicieron más pobladas de árboles. Las paredes eran de tonos verdes, verde más oscuro donde el escurrimiento había encontrado canales. Steve sentía que el tiempo se reunía en la gran hendidura de la tierra, que presionaba hacia dentro.

—Yo no tengo tanto calor —dijo Ginger.

—¿Quieres parar un minuto?

Ella asintió y se llevó la mano a la boca.

Steve desvió la camioneta hacia un lado. La Chevy se deslizó despacio hasta que se detuvo. Steve apagó el contacto y en el repentino silencio sólo oyeron el ligero viento y los ruidos del motor al enfriarse.

—Disculpadme —dijo Ginger.

Todos bajaron de la camioneta. Ginger se alejó rápidamente a través de los arbustos y hacia los árboles que había más allá. Steve y Carroll la oyeron vomitar.

—Tuvo un asunto amoroso con Paul —dijo Carroll con indiferencia—. No hace mucho. Él es extremadamente atractivo —Steve no dijo nada—. Ginger lo terminó. Todavía sufre la tensión —Carroll se acercó a los arbustos y se agachó—. Mira esto.

Steve se dio cuenta de lo compleja que era la vida que cubría la tierra. Al igual que los riscos de roca, estaba formada por capas. En un primer momento, a través de los girasoles y dientes de león muertos, sólo vio los guisantes dulces silvestres con sus capullos azules como espadas con los bordes curvados hacia dentro.

—Mira más de cerca —dijo Carroll.

Steve vio los cientos de diminutas mariposas color púrpura que revoloteaban a pocos centímetros del suelo. Las criaturas eran del mismo color que los capullos púrpura que no sabía identificar. Mezclados, había capullos blancos en forma de campana con hojas que parecían helechos primitivos.

—Es como retroceder en el tiempo —dijo Carroll—. Es un mundo casi invisible que nunca vemos.

La sombra cruzó por delante de ellos casi como un destello subliminal, pero los dos levantaron la vista. Entre ellos y el sol se habían interpuesto las alas de un gran pájaro. Daba vueltas en una órbita tensa, ladeándose cuando se acercó a la pared del cañón. El vientre de la criatura era de color blanco sucio, convirtiéndose en casi negro en la espalda. A Steve le pareció que el ojo de la criatura estaba fijo en ellos. El ojo era de un negro apagado, como obsidiana sin pulir.

—Nunca había visto ninguno igual —dijo Carroll—. ¿Qué es?

—No lo sé. Las alas abiertas deben de medir tres metros. Las marcas son extrañas. ¿Quizás es un halcón? ¿Un águila?

El pico del ave era grueso y romo, ligeramente curvado. Mientras volaba en círculos, apenas flexionando las alas, el pájaro permaneció silencioso, pelágico, como un pez.

—¿Qué hace? —preguntó Carroll.

—¿Nos está observando? —preguntó Steve.

Dio un brinco cuando una mano le tocó el hombro.

—Lo siento —musitó Ginger—. Ahora me encuentro mejor —echó la cabeza hacia atrás para mirar al gran pájaro—. Tengo la sensación de que nuestro amigo quiere que nos marchemos.

Se marcharon. La autopista serpenteaba alrededor de una maciza cortina de piedra en la que el rojo salpicaba los estratos como sangre de dinosaurio. Al doblar la curva, Steve giró el volante para no chocar con un ciervo muerto en el pavimento; más bien, medio ciervo. El cuerpo del animal había sido truncado limpiamente justo por sus ancas.

—Dios mío —exclamó Ginger—. ¿Qué ha podido hacerle eso?

—Tiene que haber sido un camión —dijo Steve—. Un vehículo de dieciocho ruedas puede partir las cosas cuando circula.

Carroll se volvió a mirar el cuerpo y el cielo.

—Quizás era eso lo que nuestro amigo protegía.

FORMACIÓN DE GROS VENTRE
CÁMBRICO
500-600 MILLONES DE AÑOS

—En otra época todo estuvo bajo el agua —explicó Steve. Le respondió sólo el silencio—. Casi todo Wyoming estaba cubierto por un antiguo mar. Eso explica que haya tanto cañón —nadie dijo nada—. Creo que se llamaba mar Sundance. Como en el Sundance Kid. Un geólogo de Exxon me lo contó en un bar.

Se volvió y miró a las dos mujeres. Y fijó su mirada en ellas. Y volvió a mirar hacia la carretera. Y luego otra vez las miró a ellas. Le parecía a Steve que estaba mirando una doble exposición, o una triple exposición, o... Podía contar todas las capas. Iba a decir algo, pero no pudo. Existía en un silencio que también era éxtasis, la muerte de todo movimiento. Sólo podía ver.

Carroll y Ginger miraban hacia delante. Tenían el mismo aspecto que habían tenido por la tarde. También tenían el aspecto de quince años atrás. Steve vio el pro-

226

ceso, las arrugas confusas. Y Steve vio que de la piel salían plumas, y luego escamas. Vio aparecer agallas, desvanecerse, reaparecer en cuellos texturados.

Y entonces las dos se volvieron y le miraron. Sus cabezas giraron lenta y suavemente. Cuatro ojos de reptil le miraban, sin parpadear y curiosos.

Steve quería mirar a otra parte.

Los neumáticos de la Chevy rechinaron sobre la superficie lisa. El letrero decía:

ZONA DE VELOCIDAD
52 KPH

—¿Estás despierto? —preguntó Ginger.

Steve meneó la cabeza para aclarársela.

—Claro —dijo—. ¿Sabes esa ensoñación que a veces te entra cuando conduces? ¿Cuando conduces mucho rato sin pensar conscientemente en ello, y entonces, de repente, te das cuenta de lo que ha ocurrido?

Ginger asintió.

—Es lo que me ha sucedido.

La carretera pasó entre modestas casas, gasolineras, moteles. Entraron en Shoshoni.

Había un flamante cartel que decía BIEN VENIDO A SHOSHONI, todavía sin agujeros de bala. El número de habitantes había vuelto a aumentar.

—¿Queréis apostar cuándo rompen otros mil? —dijo Carroll.

Ginger negó con la cabeza en silencio.

Steve se detuvo en la señal de stop.

—¿Hacia dónde?

Carroll dijo:

—A la izquierda.

—Creo que ya lo tengo —Steve vio el camión de media tonelada con la pegatina de Enerco y la inscripción NATIVE AMERICAN RESOURCES DIVISION debajo, en la puerta. Estaba aparcado frente al Yellowstone Drugstore—. El hogar de los mejores batidos y maltas —dijo Steve—. Vamos.

El interior del Yellowstone siempre le había recordado a una anticuada farmacia mezclada con el interior del café de *Bad Day at Black Rock*. Encontraron a Paul en una mesa del fondo. Tomaba un chocolate malteado.

Levantó la vista, sonrió y dijo:

—Esta tarde he engordado dos kilos. Si hubierais tardado más, probablemente me hubiera vuelto diabético.

Paul parecía mucho más viejo de lo que Steve esperaba. Ginger y Carroll parecían mucho mayores que una década y media atrás, pero Paul parecía haber envejecido treinta años en quince. El físico de estrella se había deteriorado. Tenía el rostro lleno de arrugas resaltadas por la piel endurecida debido a la exposición durante años al viento y al sol. El pelo de Paul, negro como el carbón, estaba veteado por firmes líneas de un blanco glacial. Sus ojos, pensó Steve, parecían tremendamente viejos.

Saludó a Steve con un cálido apretón de manos. Carroll recibió un suave abrazo y un beso en la mejilla. Ginger obtuvo una cálida sonrisa y un hola. Los cuatro se sentaron y el camarero se acercó.

—¿Chocolate para todos? —preguntó Paul.

—Batido de vainilla —dijo Ginger.

Steve percibió la tensión en la mesa que parecía ir más allá de los matrimonios disueltos y las aventuras terminadas. No estaba seguro de qué decir después de tantos años, pero Paul le ahorró la molestia. Sonriendo y hablando con suavidad, Paul le interrogó amablemente.

Entonces, ¿qué has estado haciendo?

¿De veras?

¿Cómo resultó eso?

¿Y después?

¿Y regresaste?

¿Y desde entonces?

¿Qué haces ahora?

Paul se recostó en la silla, sin dejar de sonreír, jugueteando con la pajita de plástico. Hacía nudos en la paja y luego los deshacía.

—¿Sabes —dijo Paul— que esta complicada reunión de los cuatro no es simple casualidad?

Steve examinó al otro hombre. La sonrisa de Paul se desvaneció y su cara se quedó impasible.

—No estoy tan paranoico —dijo Steve—. No se me ha ocurrido.

—Es un plan.

Steve pensó en ello en silencio.

—Me lo pensé mucho —dijo Paul con voz irónica—. No sé cuál es la política oficial de la compañía respecto a semejante conducta irracional, pero parecía correcto en circunstancias extraordinarias. Le dije a Carroll dónde era probable encontrarte y dejé que ella hallara la forma de contactar contigo.

Las dos mujeres esperaban y observaban en silencio. La expresión de Carroll era, pensó Steve, de preocupación. Ginger parecía aprensiva.

—¿De qué se trata? —preguntó él—. ¿En qué clase de juego estoy?

—No es ningún juego —dijo Carroll deprisa—. Te necesitamos.

—¿Sabes lo que he pensado siempre, desde que te conocí en la clase de la señorita Gorman? —preguntó Paul—. No eres ningún perdedor. Sólo que has necesitado... que te dirigieran.

Steve dijo con impaciencia:

—Vamos.

—Es cierto —Paul dejó la pajita—. Te necesitamos porque, al parecer, tú ves cosas que los demás no vemos.

«El depredador del tiempo está a la caza.»

«Los años se dispersan ante ella como un banco de pececillos sorprendido. El ímpetu de su paso arremolina los eones. El viento barre el cañón con el bramido de las grandes olas al romper en la arena. La Luna, llena y recién salida, ejerce su fuerza en la marea.»

«La luz de la luna ilumina la cuchillada de los dientes.»

«Ella va por la superficie no por decisión racional. Todo el poder encarnado en el movimiento lento, ella simplemente es lo que es.»

Steve no decía nada. Por fin dijo vagamente:

—Cosas.

—Eso es. Ves cosas. Es una habilidad.

—No sé...

—Nosotros creemos que sí. Todos recordamos aquella noche después del baile de promoción. Y hubo otras veces, en la escuela. Ninguno de nosotros te ha visto desde hace tiempo, pero he tenido medios, a través de la corporación, de efectuar algunas comproba-

230

ciones. El tema no se planteó hasta hace poco. El mes pasado. He leído tu informe académico, Steve. He leído tu historial psiquiátrico.

—Eso ha debido de crearte problemas —dijo Steve—. ¿Debería sentirme adulado?

—Díselo —dijo Ginger—. Dile de qué va.

—Sí —afirmó Steve—. Dímelo.

Por primera vez en la conversación, Paul vaciló.

—Está bien —asintió por fin—. Estamos persiguiendo a un fantasma en el cañón de Wind River.

—Dilo otra vez.

—Quizá no sea la terminología adecuada —Paul parecía incómodo—. Pero buscamos una presencia, una especie de fenómeno sobrenatural.

—Fantasma es una palabra perfectamente válida —dijo Carroll.

—Será mejor que empieces por el principio —dijo Steve.

Como Paul no respondía de inmediato, Carroll indicó:

—Sé que no lees los periódicos. ¿Alguna vez escuchas la radio?

Steve meneó la cabeza.

—No mucho.

—Hace un mes aproximadamente, un grupo de investigación de Enerco tuvo un gran susto en el Wind River.

—No digas lo que vieron —dijo Paul—. Me gustaría mantener un punto de control.

—No fue sólo la gente de Enerco. Otros lo han visto, indios y anglosajones. La coincidencia en los relatos de los testigos ha sido considerable. Si no has oído

231

nada de esto en los bares, Steve, debes de haber estado durmiendo.

—He estado una buena temporada bastante solo —dijo Steve—. Oí que alguien trataba de asustar a los del petróleo y el carbón para echarlos de la reserva.

—No alguien —dijo Paul—. Algo. Ahora estoy convencido de ello.

—Un fantasma —dijo Steve.

—Una presencia.

—Corren rumores —dijo Carroll— de que las tribus han vuelto a bailar la danza del fantasma...

—Sólo unos extremistas —dijo Paul.

—... para conjurar a un vengador del pasado que echará a todos los blancos del país.

Steve conocía la danza del fantasma, había leído acerca del místico Paiute Wovoka que, en 1888, había proclamado que, en una visión, los espíritus habían prometido el regreso del búfalo y la recuperación de las tierras ancestrales de los indios. Las tribus plains bailaban la danza del fantasma asiduamente para asegurarse de ello. Luego, en 1890, el gobierno de los EE.UU. sofocó el alzamiento final de los sioux y, a excepción de unos incidentes aislados, se acabó. Desacreditado, Wovoka sobrevivió hasta morir en plena Gran Depresión.

—Sé de buena tinta —dijo Paul— que la danza del fantasma se volvió a practicar después de que la presencia aterrorizara al equipo de investigación.

—Pero eso, realmente, no importa —dijo Carroll—. ¿Recuerdas la noche del baile de promoción? He revisado las hemerotecas de Fremont, Lander y Riverton. Hubo extraños avistamientos durante más de un siglo.

—Eso fue —dijo Paul—. El problema ahora es que

las tribus son infinitamente más inquietas, y mi gente está empezando a tener miedo de ir al campo —su voz adquirió un tono aturdido—. No podían hacerlo terroristas árabes, las guerras civiles no les importan, pero un maldito fantasma los asusta muchísimo.

—Es una pena —dijo Ginger.

No parecía lamentarlo.

Steve miró a los tres amigos reunidos en torno a la mesa. Sabía que no comprendía todos los detalles y matices del amor y el odio, la confianza y los afectos rotos.

—Entiendo la preocupación de Paul —dijo—. Pero ¿por qué vosotras?

Las mujeres se miraron.

—De una manera u otra —dijo Carroll—, todos estamos vinculados. Creo que eso te incluye a ti, Steve.

—Tal vez —dijo Ginger con seriedad—. Tal vez no. Él es artista. Yo soy periodista. Todos tenemos nuestras razones para querer saber más de lo que ocurre allí.

—En los últimos años —dijo Carroll—, he captado muchas cosas de Wyoming en mis cuadros. Ahora también quiero captar eso.

La conversación languideció. El encargado de la barra parecía dudar en ofrecerles otra ronda de malteados.

—¿Y ahora qué? —preguntó Steve.

—Si estás de acuerdo —dijo Paul—, vamos a introducirnos en el cañón de Wind River para investigar.

—¿Y yo qué soy? ¿Una especie de maldito contador Geiger oculto?

Ginger dijo:

—Es una frase más bonita que llamarte cebo.

—Dios mío —exclamó Steve—. Eso no me tranquiliza mucho —miró a uno y a otro—. Factor de control o no, dame alguna pista de lo que vamos a buscar.

Todos miraron a Paul. Él se encogió de hombros y dijo:

—¿Sabes los letreros del Departamento de Autopistas que hay en el cañón? ¿El tiempo geológico por el que viajas cuando vas por la U. S. 20?

Steve asintió.

—Estamos buscando algún vestigio del antiguo mar interior.

Cuando el sol se hubo hundido en el oeste, condujeron hacia el norte y contemplaron el crepúsculo desplegarse en el esplendor del cielo nocturno.

—Siempre me maravillaré ante esto —dijo Paul—. ¿Sabéis que se pueden ver tres veces más estrellas en el cielo aquí que en cualquier otra ciudad?

—Eso a veces asusta a los turistas —dijo Carroll.

Ginger concluyó:

—No ocurrirá cuando se hayan construido algunas plantas generadoras de carbón más.

Paul reprimió la risa, sin humor.

—Creía que eran preferibles a tu justo castigo, la bomba atómica.

Ginger iba sentada con Steve en el asiento posterior del camión de Enerco. Sus palabras eran controladas y regulares.

—Hay alternativas para ambas cosas.

—Trata de suministrar energía al resto del país con ellas antes del próximo siglo —dijo Paul.

Frenó de pronto cuando un conejo saltó a los brillantes conos de luz. El conejo cruzó la carretera.

—Nadie necesita realmente acondicionadores de aire —dijo Ginger.

—No discutiré ese punto —dijo Paul—. Tendrás que discutir con la realidad de toda la gente que cree que sí los necesita.

Ginger se quedó callada. Carroll dijo:

—Supongo que deberías felicitarte por la votación del consejo tribal de hoy. Lo hemos oído en las noticias.

—No es obligatorio —dijo Paul—. Cuando por fin sea aprobado, esperamos que reducirá el cincuenta por ciento de los parados que hay en la reserva.

—¡Está clarísimo que no será así! —estalló Ginger—. Los royalties más elevados por el mineral significan un mayor incentivo para no tener una carrera.

Paul se echó a reír.

—¿Me acusas a mí de ser la gallina, o el huevo?

Nadie le respondió.

—No soy un monstruo —dijo.

—No creo que lo seas —dijo Steve.

—Sé que eso me coloca en una trampa lógica, pero creo que estoy haciendo lo correcto.

—Está bien —dijo Ginger—. No sacaré conclusiones fáciles. Al menos, lo intentaré.

Desde el asiento posterior, Steve miró a sus inquietos aliados y esperó que alguien llevara aspirina. Carroll tenía aspirinas en su bolso y Steve se tomó una con cerveza de la nevera de Paul.

GRANITO
PRECÁMBRICO
600 + MILLONES DE AÑOS

La Luna se había elevado ya, un disco lleno, glacial. La autopista se curvaba en torno a una formación que parecía un gran pastel de cumpleaños con varias capas. Los cedros resultaban velas espectrales.

—Nunca he creído en fantasmas —dijo Steve.

Captó el parpadeo de Paul por el espejo retrovisor y supo que el geólogo le estaba mirando.

—Hay fantasmas —dijo Paul— y fantasmas. En espectroscopia, los fantasmas son lecturas falsas. En televisión, las imágenes fantasma...

—¿Y los que rondan por las casas encantadas?

—En la televisión —prosiguió Paul—, un fantasma es una imagen electrónica reflejada que llega a la antena después de la onda deseada.

—¿Y llevan cadenas y gimen?

—Algunas personas son mejores antenas que otras, Steve.

Steve permanecía callado.

—Existe la teoría —dijo Paul— de que las estructuras moleculares, sea cual fuere la alteración que sufran, retienen una especie de «memoria» de su forma original.

—Fantasmas.

—Si quieres —miró al frente y dijo, como si pensara en voz alta—: Cuando un organismo antiguo se fosiliza, incluso las pautas del ADN que determinan su estructura se conservan en la piedra.

FORMACIÓN GALLATIN
CÁMBRICO
500-600 MILLONES DE AÑOS

Puso una marcha más lenta cuando el camión empezó a ascender una de las largas pendientes. Soltando humo negro y rugiendo como un gran saurio que avanzara hacia la extinción, un camión de dieciocho ruedas con equipo para el yacimiento petrolífero les adelantó, obligando a Paul a apartarse del camino y a colocarse en el arcén. El camión desapareció por el primero de tres cortos túneles excavados en la roca, dejando como estela el sonar de su bocina.

—¿Uno de los tuyos? —preguntó Ginger.

—No.

—Quizá se estrelle y arda.

—Estoy seguro de que sólo trata de ganarse la vida —dijo Paul con suavidad.

—¿Destruir la Tierra es ganarse la vida? —dijo Ginger—. ¿Canibalizar el pasado es ganarse la vida?

—Cállate, Gin. —Carroll, con voz suave, dijo—: Wyoming no le ha hecho nada a tu familia, Paul. Lo que se hizo, lo hizo gente.

—La tierra afecta a las personas —dijo Paul.

—No es lo único que las define.

—Esta discusión siempre ha sido infructuosa —dijo Paul—. Es un pasado muerto.

—Si el pasado está muerto —dijo Steve—, ¿por qué vamos por este extraño cañón?

FORMACIÓN AMSDEN
PENSILVANIANO
270-310 MILLONES DE AÑOS

El depósito Boysen se extendía a su izquierda; la superficie rizada brillaba a la luz de la luna. La carretera abrazaba el borde oriental. Después de que las luces traseras del camión del yacimiento petrolífero desaparecieran a lo lejos, no encontraron ningún otro vehículo.

—¿Vamos a pasarnos la noche yendo de arriba abajo de la Veinte? —preguntó Steve—. ¿Quién ideó el plan?

No se sentía bromista, pero tenía que decir algo. Sentía la carga del tiempo.

—Iremos al sitio donde el equipo de investigación vio la presencia —dio Paul—. Está a unos kilómetros de aquí.

—¿Y después?

—Después caminaremos. Debería ser al menos tan interesante como nuestro paseo la noche del baile de promoción.

Steve percibió que, en ese punto, cada uno de ellos decía muchas cosas.

Entonces no sabía...

Yo tampoco lo sé seguro todavía...

Estoy buscando... ¿Qué?

El tiempo ha pasado. Quiero saber adónde dirigirlo ahora, finalmente.

—¿Quién habría pensado...? —empezó Ginger.

Fuera lo que fuese lo que había pensado, no dijo nada más.

Los faros iluminaron el cartel verde y blanco del Departamento de Autopistas.

—Hemos llegado —dijo Paul—. En algún sitio a la derecha debería haber un camino de acceso sin asfaltar.

FORMACIÓN DE SHARKTOOH
CRETÁCEO
100 MILLONES DE AÑOS

—¿Vamos a utilizar una red? —preguntó Steve—. ¿Dardos tranquilizantes? ¿Qué?

—No creo que podamos atrapar a un fantasma con una red —contestó Carroll—. Los fantasmas se atrapan con el alma.

Una débil sonrisa curvó los labios de Paul.

—Piensa en esto como en el viejo Oeste. No somos más que un grupo explorador. Una vez hayamos visto lo que hay allí, pensaremos cómo deshacernos de ello.

—Eso no será posible —dijo Carroll.

—¿Por qué dices eso?

—No sé —dijo ella—. Sólo lo percibo.

—¿Intuición femenina?

—Mi intuición.

—Todo es posible.

—Si realmente creyéramos que puedes destruirlo —dijo Ginger—, dudo que ninguno de nosotros estuviera aquí contigo.

Paul había detenido el camión para bloquear los cubos delanteros y poner el mecanismo de transmisión de cuatro ruedas. Ahora el vehículo rechinaba y daba tumbos por las rocas y los baches erosionados por la lluvia de primavera. La carretera serpenteaba tortuosamente por una serie de montañas rusas apenas graduadas. Ya habían ascendido cientos de metros por encima del suelo del cañón. No se veía ninguna luz abajo.

—Muy teatral —dijo Steve.

Si hubiera querido, habría podido sacar la mano por la ventanilla del lado del pasajero y tocar la roca porosa. Las ramas de los pinos susurraban a la izquierda.

—Gracias a la Native American Resources —dijo Ginger—, así es cómo se volverá el país.

239

—Por el amor de Dios —dijo Paul, que al final parecía enfadado—. No soy el Anticristo.

—Lo sé —la voz de Ginger se suavizó—. Te amé, ¿lo recuerdas? Probablemente todavía te amo. ¿No hay manera?

El geólogo no respondió.

—¿Paul?

—Estamos llegando —dijo.

La inclinación se moderó y cambió de marcha.

—Paul...

Steve no estaba seguro de si realmente dijo la palabra o no. Cerró los ojos y vio fuegos relucientes, los abrió de nuevo y no estaba seguro de lo que vio. Sintió el pasado, vasto y primitivo, inundarle como una marea. Le llenó la nariz y la boca, los pulmones, el cerebro.

—¡Oh, Dios mío!

Alguien gritó.

—¡Vámonos!

Los rayos de los faros dieron una sacudida brusca cuando el camión resbaló hacia el borde de un negro precipicio. Paul y Carroll lucharon para agarrar el volante. Por un instante, Steve se preguntó si los dos o, en realidad, alguno de ellos intentaba apartar el camión de la oscuridad.

Entonces vio la forma grande, voluminosa y aerodinámica que se deslizaba hacia ellos. Tuvo la impresión de un poder suave, inmenso e inexorable. La mirada muerta de unos ojos negros planos, a pocos centímetros uno del otro, los dejó inmóviles como insectos en ámbar.

—¡Paul!

Steve oyó su propia voz. Oyó que la palabra resonaba y luego fue tragada por las olas que se estrellaban. Sintió un terror irracional, pero, más que eso, sentía... pavor y respeto. Lo que contemplaba estaba yuxtapuesto en este cañón del oeste, pero no obstante no estaba fuera de lugar. *Genius loci*, guardián, las palabras sisearon como el oleaje.

Nadó hacia ellos, deslizándose de modo imposible con poderosas aletas gris negruzcas.

Los frenos chirriaron. Y un neumático explotó como un disparo.

Steve contempló sus mandíbulas abiertas frente al parabrisas; moviendo el hocico de arriba abajo, proyectando hacia delante la mandíbula inferior. En el buche le habría podido caber una vaquilla. Los blancos dientes relucían con el reflejo de la luz, blancos con bordes afilados. Sus dientes eran grandes como la hoja de una pala de cavar.

—¡Paul!

El camión de la Enerco coleó una vez más, y luego volcó en la oscuridad. Cayó, chocó violentamente contra algo macizo e invisible y empezó a rodar.

Steve tuvo tiempo para un pensamiento: «¿Dolerá?».

Cuando el camión se detuvo, estaba en posición vertical. Steve palpó hacia la ventana y notó que había corteza en lugar de cristal. Se habían estrellado contra un pino.

El silencio le asombró. Que no hubiera fuego le asombró. Que estuviera vivo...

—¿Carroll? —preguntó—. ¿Ginger? ¿Paul?

Por un momento nadie contestó.

—Estoy aquí —dijo Carroll con voz apagada desde

la parte delantera del camión—. Paul está encima de mí. O alguien. No sé quién.

—Oh, Dios míos, me duele —dijo Ginger al lado de Steve—. Me duele el hombro.

—¿Puedes mover el brazo? —le preguntó Steve.

—Un poco, pero me duele.

—Está bien.

Steve se inclinó sobre el asiento delantero. Le pareció que no tenía nada roto. Sus dedos tocaron carne. Parte de ella tenía un fluido pegajoso. Con suavidad apartó a alguien, que supuso era Paul, de Carroll. Ella gimió y con un esfuerzo se irguió.

—En la guantera debe de haber una linterna —dijo Steve.

La oscuridad era casi total. Steve sólo podía ver sombras vagas en el camión. Cuando Carroll encendió la linterna, se dieron cuenta de que el camión estaba enterrado en una espesa y resistente maleza. Carroll y Ginger le miraron. Ginger parecía sufrir conmoción. Paul se desplomó en el asiento delantero. El ángulo de su cuello no era correcto.

Abrió los ojos y trató de enfocarlos. Luego dijo algo. No pudieron entenderle. Paul volvió a intentarlo. Entendieron:

—Buenas noches, Irene. —Luego dijo—: Haz lo que tengas...

Sus ojos permanecieron abiertos, pero todo halo de vida salió de él.

Steve y las mujeres se miraron los unos a los otros como si fueran cómplices. El momento cristalizó y se quebró. Steve reunió todas sus fuerzas y dio una patada con los dos pies a la puerta trasera. La maleza permitió que la puerta se abriera un palmo, luego otro. Carroll había abierto su puerta casi al mismo tiempo. Tardaron unos minutos en sacar a Ginger. Dejaron a Paul en el camión.

Se acurrucaron en una repisa natural a medio camino entre la cima y el suelo del cañón. Se oyó un rugido y se vieron luces brillantes durante unos minutos, cuando un camión pasó por el otro lado del río. No habría servido de nada gritar y agitar los brazos, por eso no lo hicieron.

No parecía que nadie se hubiera roto ningún hueso. El hombro de Ginger, al parecer, se había dislocado. A Carroll le sangraba la nariz. Steve notaba la cabeza como si la hubieran golpeado con fuerza.

—No hace frío —dijo—. Si tenemos que hacerlo, podemos quedarnos en el camión. No podemos bajar de noche. Por la mañana podremos hacer señales a los que pasen por la carretera.

Ginger se echó a llorar y los dos la abrazaron.

—He visto algo —dijo—. No podría decir... ¿qué ha sido?

Steve vaciló. Le costaba separar sus sueños de la teoría de Paul. Las dos cosas ahora no parecían excluirse mutuamente. Todavía oía el resonante trueno de los antiguos golfos.

—Supongo que es algo que vivió aquí hace cientos de millones de años —dijo por fin—. Vivió en el mar interior y murió aquí. El mar desapareció, pero él no.

—Un nativo... —dijo Ginger sin terminar la frase. Steve le tocó la frente; parecía tener fiebre—. Por fin he visto —dijo ella—. Ahora formo parte de ello —y con voz más débil—: Paul —como despertando de una pesadilla—: ¿Paul?

—Él... ahora está bien —dijo Carroll, su tono informal claramente forzado.

—No, no lo está —rebatió Ginger—. No lo está —quedó callada un rato—. Está muerto —las lágrimas le resbalaban por la cara—. Eso no detendrá los contratos de arrendamiento del carbón, ¿verdad?

—Probablemente no.

—Política —dijo Ginger con tristeza—. Política y muerte. ¿Qué demonios importa ahora nada de eso?

Nadie respondió.

Steve se volvió hacia el camión incrustado en la maleza. De repente recordó que en su infancia esperaba que todo al que conocía, todo al que amaba, viviría para siempre. No había querido que eso cambiara. No había querido reconocer el tiempo. Recordaba la imagen instantánea de Paul y Carroll luchando por controlar el volante.

—La tierra —dijo, sintiendo pesar— no perdona.

—Eso no es cierto —Carroll meneó la cabeza lentamente—. La tierra simplemente está. A la tierra no le importa.

—A mí sí —dijo Steve.

Cosa extraordinaria, Ginger se puso a dormir. La acostaron con suavidad en el precipicio, tapada con la chaqueta de Steve, y le mecieron la cabeza y le acariciaron el pelo.

—Mira —dijo Carroll—. Mira.

La Luna iluminaba el brillante mar.

Muy abajo, una aleta quebró la oscura superficie del bosque.

La flecha del tiempo

Arthur C. Clarke

Arthur C. Clarke es quizás el escritor moderno de ciencia ficción más famoso del mundo; sólo rivaliza en este sentido con Isaac Asimov y el fallecido Robert A. Heinlein. Aunque Clarke es más conocido por su trabajo con Stanley Kubrick en la película 2001: Odisea en el espacio, *también es famoso como novelista, autor de relatos cortos y escritor de obras divulgativas, por lo general de temas científicos relativos a vuelos espaciales. Ha ganado tres premios Nebula, y tres premios Hugo, el British Science Fiction Award, el John W. Campbell Memorial Award, y un Grandmaster Nebula for Life Achievement. Sus libros más conocidos incluyen* Fin de la infancia, The City and the Stars, The Deep Range, Cita con Rama, A Fall of Moondust *y* The Fountains of Paradise, *y las colecciones* The Nine Billions Names of God, Realtos de diez mundos *y* The Sentinel. *Nacido en Somerset, Inglaterra, Clarke vive en la actualidad en Sri Lanka.*

Es conocido por sus obras futuristas, pero aquí se centra en un grupo de científicos preocupados por hechos ocurridos milenios atrás.

El río estaba muerto y el lago ya agonizaba cuando el monstruo bajó al curso de agua seco y volvió a las desoladas llanuras de barro. No existían muchos lugares donde se pudiera caminar sin peligro, e incluso donde el terreno era más duro, sus grandes patas se hundían treinta centímetros por el peso que soportaban. A veces se paraba, vigilando el paisaje con rápidos movimientos de la cabeza. Luego se hundió aún más en el terreno que cedía, de manera que, cincuenta millones de años más tarde, los hombres pudieron juzgar con cierta exactitud el intervalo de sus paradas.

Porque las aguas jamás regresaron, y el sofocante sol convirtió el barro en roca. Más tarde aún, el desierto se extendió por toda esta tierra, sellándola bajo capas protectoras de arena. Y más tarde, muchísimo más tarde, llegó el hombre.

—¿Tú crees —gritó Barton por encima del estruendo que se oía— que el profesor Fowler se hizo paleontólogo porque le gusta jugar con taladros neumáticos? ¿O esta afición le vino luego?

—¡No te oigo! —gritó Davis, apoyándose en su pala de la manera más profesional. Se miró el reloj—. ¿Le digo que es la hora del almuerzo? No lleva reloj cuando perfora, o sea que no sabrá qué hora es.

—Dudo de que salga bien —gritó a su vez Barton—. Nos conoce y siempre añade otros diez minutos. Pero variaremos este infernal trabajo de excavación.

Con perceptible entusiasmo, los dos geólogos dejaron las herramientas y echaron a andar hacia su jefe. Mientras se acercaban, él paró el taladro y se hizo un relativo silencio, quebrado sólo por el latir del compresor al fondo.

—¿A qué hora regresamos al campamento, profesor? —preguntó Davis, manteniendo con gesto informal el reloj a la espalda—. Ya sabe lo que dice el cocinero si llegamos tarde.

El profesor Fowler, M. A., F. R. S., F. G. S., se sacudió un poco, no todo, el polvo ocre de la frente. En cualquier parte habría pasado por un típico peón caminero, y los visitantes que de vez en cuando llegaban al lugar pocas veces reconocían al vicepresidente de la Sociedad Geológica en el fornido y medio desnudo obrero que se encorvaba sobre su querido taladro neumático.

Habían tardado casi un mes en sacar la piedra arenisca hasta llegar a la superficie de las llanuras de barro petrificadas. En ese tiempo habían dejado al descubierto varios metros cuadrados, exponiendo una instantánea congelada del pasado que era, probablemente, la mejor que la paleontología había descubierto. Una veintena de aves y reptiles habían acudido allí en busca del agua que escaseaba, y dejaron sus huellas como monumento perpetuo eras después de que sus cuerpos hubieran perecido. La mayor parte de las huellas habían sido identificadas, pero una, la más grande de todas ellas, era nueva para la ciencia. Pertenecía a una bestia que debía de haber pesado veinte o treinta toneladas. El profesor Fowler estaba siguiendo el rastro de cincuenta millones de años con todas las emociones de un cazador de caza mayor al seguirle el rastro a su presa. Incluso había esperanzas de sobrepasarlo; el terreno debía de ser traidor cuando el monstruo desconocido pasó por allí y sus huesos podrían estar cerca, señalando el lugar donde había quedado atrapado como tantas otras criaturas de su tiempo.

A pesar de las ayudas mecánicas de que disponían, el trabajo era muy aburrido. Sólo se podían extraer las capas superiores con la ayuda de herramientas eléctricas, y el trabajo final se tenía que hacer a mano con el mayor cuidado. El profesor Fowler tenía buenas razones para insistir en efectuar él solo la excavación preliminar, pues un simple resbalón podría causar un daño irreparable.

Los tres hombres se hallaban a medio camino de regreso al campamento principal, traqueteando sobre la tosca carretera en el destartalado jeep de la expedición, cuando Davis planteó la cuestión que había estado intrigando a los hombres más jóvenes desde que comenzó el trabajo.

—Tengo la impresión —dijo— de que a nuestros vecinos de abajo, en el valle, no les gustamos, aunque no puedo imaginar por qué. No interferimos en su trabajo y, al menos, podrían tener la decencia de invitarnos.

—A menos, claro está, que se trate de una planta de investigación para la guerra —añadió Barton, exponiendo una teoría generalmente aceptada.

—No lo creo —dijo el profesor Fowler con suavidad—. Porque resulta que yo acabo de recibir una invitación. Voy a ir mañana.

Si su bomba no tuvo los resultados esperados, fue gracias al eficiente sistema de espionaje de su personal. Por un momento Davis reflexionó sobre la confirmación de sus sospechas; luego prosiguió, con una leve tos:

—Entonces, ¿no han invitado a nadie más?

El profesor sonrió al oír su aguda sugerencia.

—No —dijo—. Es una invitación estrictamente personal. Sé que os morís de curiosidad pero, francamente, no sé más que vosotros acerca del lugar. Si mañana me entero de algo, os lo contaré. Pero al menos hemos averiguado quién dirige el establecimiento.

Sus ayudantes aguzaron el oído.

—¿Quién es? —preguntó Barton—. Yo he pensado que se trata del Departamento de Física Nuclear.

—Puede que estés en lo cierto —dijo el profesor—. De todos modos, Henderson y Barnes están a cargo.

Esta vez la bomba explotó; y de tal forma, que Davis estuvo a punto de salirse de la carretera con el jeep, aunque no importaba mucho, dado el estado del camino.

—¿Henderson y Barnes? ¿En este agujero dejado de la mano de Dios?

—Eso es —dijo el profesor, alegre—. En realidad la invitación procede de Barnes. Se ha disculpado por no ponerse en contacto con nosotros antes, ha dado las excusas de costumbre, y me ha preguntado si podría pasarme por allí para charlar.

—¿Le ha dicho lo que hacen?

—No, ni una pista.

—Barnes y Henderson —repitió Barton pensativo—. No sé gran cosa de ellos, salvo que son físicos. ¿Cuál es su especialidad?

—Son expertos en física de baja temperatura —respondió Davis—. Henderson fue director del Cavendish durante años. Escribió muchas cartas a *Nature* no hace mucho. Si recuerdo bien, todas eran acerca del Helio II.

Barton, a quien no le gustaba la física, y lo decía siempre que tenía ocasión, no se impresionó.

—Ni siquiera sé lo que es el Helio II —dijo con cierta satisfacción—. Es más, no estoy seguro de que quiera saberlo.

Esto iba por Davis, que hacía tiempo se había graduado en física en, como él decía, un momento de debilidad. El «momento» había durado varios años antes de dedicarse a la geología siguiendo una ruta bastante tortuosa, y siempre volvía a su primer amor.

—Es una forma de helio líquido que sólo existe a unos grados bajo cero absoluto. Posee las propiedades más extraordinarias, pero, que yo entienda, ninguna de ellas puede explicar la presencia de dos importantes físicos en este rincón del mundo.

Habían llegado al campamento, y Davis detuvo el coche bruscamente como siempre en el espacio reservado para aparcar. Meneó la cabeza molesto cuando golpeó el camión que tenía delante con un poquito más de violencia de lo normal.

—Estos neumáticos están del todo desgastados. ¿Han llegado los nuevos?

—Han llegado esta mañana en el helicóptero, con una nota de Andrews, que espera que esta vez los hagas durar quince días.

—¡Bien! Esta noche los cambiaré.

El profesor se había adelantado un poco; ahora volvió para reunirse con sus ayudantes.

—No era necesario darse prisa —dijo con aire sombrío—. Vuelve a haber carne de vaca enlatada.

Sería injusto decir que Barton y Davis trabajaban menos porque el profesor estaba fuera. Probablemente trabajaban mucho más de lo usual, ya que la supervisión de los trabajadores nativos requería el doble de tiempo en ausencia del jefe. Pero no cabía duda de que se las arreglaban para encontrar tiempo para charlar.

Desde que se habían unido al profesor Fowler, los dos jóvenes geólogos estaban intrigados por el extraño establecimiento que había a unos ocho kilómetros en el valle. Era evidente que se trataba de una organización de investigación de algún tipo, y Davis había identificado las altas chimeneas de una unidad de energía atómica. Eso, por supuesto, no daba ninguna pista en cuanto al trabajo que se estaba realizando, pero indicaba su importancia. Sólo había unos pocos turborreactores nucleares en el mundo, y todos estaban reservados para proyectos importantes.

Existían docenas de razones por las que dos grandes científicos podían haberse escondido en este lugar: la mayor parte de la investigación nuclear más peligrosa se llevaba a cabo lo más lejos posible de la civilización, e incluso algunos proyectos se habían abandonado hasta que se establecieran laboratorios en el espacio. No obstante, parecía extraño que este trabajo, fuera cual fuese, se realizara tan cerca de lo que se había convertido en el centro de investigación geológica más importante del mundo. Por supuesto, podría tratarse de mera coincidencia; era cierto que los físicos jamás habían demostrado ningún interés por sus compatriotas cercanos.

Davis estaba picando con gran cuidado alrededor de una de las grandes huellas, mientras Barton vertía plexiglás líquido en las que ya estaban al descubierto para preservarlas del deterioro en el plástico transparente. Trabajaban de un modo algo distraído, pues cada uno escuchaba de manera inconsciente el ruido del jeep. El profesor Fowler les había prometido recogerlos cuando regresara de su visita, pues los otros vehículos estaban siendo utilizados en otra parte y no les alegraba la idea de recorrer a pie los tres kilómetros que los separaban del campamento bajo el sol abrasador. Además, querían conocer las noticias lo antes posible.

—¿Cuánta gente —preguntó de pronto Barton— crees que hay allí abajo?

Davis se irguió.

—A juzgar por los edificios, unas doce personas, más o menos.

—Entonces se podría tratar de un asunto privado, no de un proyecto de la ADA.

—Quizás, aunque debe de contar con un apoyo considerable. Por supuesto, Henderson y Barnes podrían conseguirlo sólo por su reputación.

—En eso los físicos tienen ventaja —dijo Barton—. Sólo han de convencer a algún departamento de guerra de que están tras la pista de una nueva arma, y pueden conseguir un par de millones sin ningún problema.

Habló con cierta amargura, porque, al igual que la mayoría de científicos, tenía una opinión definida sobre este tema. La de Barton, en verdad, era aún más clara de lo corriente, pues era cuáquero y había pasado el último año de la guerra discutiendo con tribunales no indiferentes.

La conversación fue interrumpida por el rugido y el estruendo del jeep, y los dos hombres corrieron a encontrarse con el profesor.

—¿Qué? —preguntaron al mismo tiempo.

El profesor Fowler los miró pensativo, sin que su

expresión revelara en lo más mínimo lo que tenía en la mente.

—¿Habéis tenido un buen día? —preguntó al fin.

—¡Vamos, jefe! —protestó Davis—. Díganos lo que ha descubierto.

El profesor bajó del coche y se sacudió el polvo.

—Lo siento, muchachos —dijo con cierta turbación—. No puedo deciros nada, y no hay más de que hablar.

Profirieron dos lamentos de protesta al unísono, pero él les hizo un gesto para que se callaran.

—El día ha sido muy interesante, pero he tenido que prometer que no diría nada al respecto. Ni siquiera ahora sé exactamente lo que pasa, pero es algo bastante revolucionario, tan revolucionario, quizá, como la energía atómica. Pero el doctor Henderson vendrá aquí mañana. A ver qué podéis sonsacarle.

Por un momento, Barton y Davis estuvieron tan abrumados por la sensación de anticlímax que ninguno de los dos dijo nada. Barton fue el primero en recuperarse.

—Bien, seguro que hay un motivo para este repentino interés por nuestras actividades.

El profesor pensó en esto un momento.

—Sí, no ha sido sólo una visita de cortesía —admitió—. Ellos creen que tal vez pueda ayudarlos. Ahora, basta de preguntas, ¡a menos que queráis regresar a pie al campamento!

El doctor Henderson llegó al yacimiento a media tarde. Era un hombre robusto, de edad, vestido de un modo bastante incongruente con una bata de un blanco deslumbrante y poco más. Aunque el atuendo parecía excéntrico, era eminentemente práctico en un clima tan cálido.

Davis y Barton se mantuvieron un poco distantes cuando el profesor Fowler los presentó; todavía se sentían desairados y estaban decididos a que su visitante comprendiera sus sentimientos. Pero Henderson estaba tan evidentemente interesado en el trabajo de ambos, que pronto cedieron, y el profesor les dejó que le mostraran las excavaciones mientras él iba a supervisar a los nativos.

El físico quedó sumamente impresionado por el retrato del pasado remoto del mundo que yacía expuesto ante sus ojos. Durante casi una hora los dos geólogos le mostraron los trabajos metro a metro, hablando de las criaturas que habían pasado por aquel camino y especulando acerca de futuros descubrimientos. La pista que el profesor Fowler seguía ahora se hallaba en una ancha zanja alejada de la excavación principal, pues lo había dejado todo para investigarla. En su extremo la zanja ya no era continua: para ahorrar tiempo, el profesor había empezado a hacer hoyos a lo largo de la hilera de huellas. El último había fallado, y la posterior excavación demostró que el gran reptil había efectuado un repentino cambio de rumbo.

—Ésta es la parte más interesante —dijo Barton al físico—. ¿Recuerda esos lugares anteriores en que se detuvo un momento para echar un vistazo a su alrededor? Bueno, aquí parece haber localizado algo y se ha ido corriendo en una nueva dirección, como se puede ver por el espaciado.

—Jamás habría dicho que una bestia así pudiera correr.

—Bueno, probablemente era un esfuerzo bastante torpe, pero se puede avanzar bastante con un paso de más de cuatro metros. Vamos a seguirlo hasta donde podamos. Incluso es posible que encontremos lo que estaba persiguiendo. Creo que el profesor tiene esperanzas de descubrir un campo de batalla pisoteado con los huesos de la víctima aún ahí. Eso haría que todo el mundo prestara atención.

El doctor Henderson sonrió.

—Gracias a Walt Disney puedo imaginarme la escena bastante bien.

Davis no se mostró muy alentador.

—Probablemente sólo era la parienta que hizo sonar el gong para la cena —dijo—. La parte más irritante de nuestro trabajo es que todo puede quedar en agua de borrajas cuando te hallas en el momento más excitante. Los estratos han sido arrastrados por el agua, o hubo un terremoto, o, peor aún, algún idiota destruyó la evidencia porque no reconoció su valor.

Henderson hizo un gesto afirmativo.

—Puedo comprenderlos —declaró—. En eso tiene ventaja el físico. Sabe que al final obtendrá la respuesta, si la hay.

Hizo una pausa con timidez, como si sopesara sus palabras con gran cuidado.

—Les ahorraría muchos problemas poder ver realmente lo que tuvo lugar en el pasado, sin tener que inferirlo mediante estos métodos laboriosos e inciertos. Llevan un par de meses siguiendo estas huellas en cien metros, y puede que no les conduzcan a ninguna parte.

Hubo un largo silencio. Luego Barton habló con voz muy pensativa.

—Como es natural, doctor, sentimos bastante curiosidad respecto a su trabajo —empezó a decir—. Como el señor Fowler no nos ha dicho nada, hemos especulado mucho. ¿Quiere usted decir realmente que...?

El físico le interrumpió con bastante brusquedad.

—No piensen más en ello —continuó—. Sólo soñaba despierto. En cuanto a nuestro trabajo, está muy lejos de su finalización, pero se enterarán de ello a su debido tiempo. No trabajamos en secreto, pero, como todo el que trabaja en un campo nuevo, no queremos decir nada hasta que estemos seguros de los resultados. ¡Si cualquier otro paleontólogo se acercara aquí, apuesto a que el profesor Fowler le perseguiría con un zapapico!

—Eso no es del todo cierto —sonrió Davis—. Es más probable que le pusiera a trabajar. Pero comprendo su punto de vista; espero que no tengamos que aguardar demasiado.

Aquella noche, se quemaron las cejas en el campamento principal. Barton se mostraba francamente escéptico, pero Davis ya había elaborado una complicada superestructura teórica en torno a las observaciones de su visitante.

—Eso explicaría tantas cosas —dijo—. En primer lugar, su presencia aquí, que de lo contrario no tiene ningún sentido. Conocemos al dedillo la situación que hubo en este lugar durante los últimos cien millones de años, y podemos fechar cada acontecimiento con una exactitud de más del uno por ciento. No existe un lugar en la Tierra que tenga su pasado elaborado con tanto detalle; ¡es el lugar adecuado para un experimento de ese tipo!

—¿Pero crees que en teoría es posible construir

una máquina que nos permita contemplar el pasado?

—No puedo imaginar cómo podría hacerse. Pero no me atrevería a decir que es imposible, especialmente para hombres como Henderson y Barnes.

—Mmmm. No es un argumento muy convincente. ¿Existe alguna manera por la que podamos esperar probarlo? ¿Qué hay de aquellas cartas a *Nature*?

—Las he pedido a la biblioteca de la universidad; deberíamos tenerlas a finales de semana. Siempre hay cierta continuidad en el trabajo de un científico, y pueden proporcionarnos algunas pistas valiosas.

Pero al principio quedaron decepcionados; en realidad, las cartas de Henderson sólo aumentaron la confusión. Como Davis había recordado, casi todas ellas trataban de las extraordinarias propiedades del Helio II.

—Es un material realmente fantástico —dijo Davis—. Si un líquido se comportara así a temperaturas normales, todo el mundo se volvería loco. En primer lugar, no posee viscosidad. Sir George Darwin dijo en una ocasión que, si existiera un océano de Helio II, los barcos podrían navegar en él sin motores. Se les daría un empujoncito al principio de su travesía y seguirían hasta el otro lado. Habría un inconveniente; mucho antes de que eso ocurriera, el material habría subido por el casco y el barco se habría hundido...

—Muy divertido —dijo Barton—, pero ¿qué demonios tiene esto que ver con tu preciosa teoría?

—No mucho —admitió Davis—. Sin embargo, habrá más. Es posible tener dos corrientes de Helio II fluyendo en direcciones opuestas en el mismo tubo: una corriente a través de la otra, en realidad.

—Eso debe tener alguna explicación; es casi tan

imposible como que un objeto se mueva en dos direcciones al mismo tiempo. Supongo que existe una explicación, algo relacionado con la relatividad, imagino.

Davis leía con atención.

—La explicación —dijo despacio— es muy complicada y no pretendo comprenderla del todo. Pero depende del hecho de que el helio líquido puede tener entropía negativa en ciertas condiciones.

—Como nunca entendí lo que es la entropía positiva, no soy mucho más sabio.

—La entropía es una medida de la distribución del calor del Universo. Al principio de los tiempos, cuando toda la energía estaba concentrada en los soles, la entropía era mínima. Alcanzará su máximo cuando todo esté a una temperatura uniforme y el Universo haya muerto. Todavía habrá mucho calor, pero no utilizable.

—¿Por qué no?

—Bien, toda el agua de un océano perfectamente plano no haría funcionar una planta hidroeléctrica; pero un pequeño lago en las colinas sí. Tiene que haber una diferencia de nivel.

—Capto la idea. Ahora que lo pienso, ¿no llamó alguien a la entropía «la flecha del tiempo»?

—Sí, Eddington, creo. Cualquier clase de reloj que quieras mencionar, un péndulo, por ejemplo, podría funcionar hacia delante y hacia atrás. Pero la entropía es estrictamente unidireccional; siempre aumenta con el paso del tiempo. De ahí la expresión «la flecha del tiempo».

—Entonces, la entropía negativa... ¡Dios mío!

Por un momento los dos hombres se miraron. Luego, Barton preguntó con voz apagada:

—¿Qué dice Henderson de ello?

—Citaré su última carta: «El descubrimiento de la entropía negativa introduce conceptos nuevos y revolucionarios en el cuadro del mundo físico. Algunos de ellos serán examinados en un artículo posterior».

—¿Y lo hace?

—Ahí está la pega: no hay ningún «artículo posterior». De ello se pueden adivinar dos alternativas. Primera, el editor de *Nature* puede que declinara publicar la carta. Creo que podemos descartarla. Segunda, las consecuencias pueden haber sido tan revolucionarias, que Henderson no escribió ningún otro artículo.

—Entropía negativa, tiempo negativo —murmuró Barton—. Parece fantástico; sin embargo, podría ser teóricamente posible construir algún artilugio que pudiera ver el pasado...

—Sé lo que haremos —dijo Davis de súbito—. Abordaremos al profesor respecto a esto y observaremos sus reacciones. Ahora me voy a la cama, antes de que me entre fiebre en el cerebro.

Aquella noche Davis no durmió bien. Soñó que caminaba por una carretera que se extendía en ambas direcciones hasta donde llegaba la vista. Llevaba kilómetros recorridos antes de llegar a un poste indicador, y cuando llegó a él, lo encontró roto y los dos brazos giraban al viento. Mientras giraban, pudo leer las palabras escritas en ellos. Uno decía simplemente: AL FUTURO; y el otro: AL PASADO.

No se enteraron de nada por el profesor Fowler, lo que no era de extrañar; después del decano, era el mejor jugador de póquer de la universidad. Contempló a sus ayudantes, ligeramente inquietos, sin asomo de emoción cuando Davis le planteó su teoría.

Cuando el joven hubo terminado, dijo con calma:

—Mañana volveré a ir, y le hablaré a Henderson de vuestro trabajo detectivesco. Quizá se apiade de vosotros; tal vez me cuente algo más. Ahora, vamos a trabajar.

A Davis y Barton les resultaba cada vez más difícil tomarse mucho interés por su trabajo, mientras su mente estaba ocupada por el enigma que tenían tan cerca. No obstante, continuaron trabajando a conciencia, aunque de vez en cuando se paraban para preguntarse si toda su labor no sería en vano. Si lo fuera, ellos serían los primeros en regocijarse. ¡Pensar que se pudiera ver el pasado y contemplar la historia desarrollarse, remontándose al principio de los tiempos! Todos los grandes secretos del pasado se revelarían: se podría observar el nacimiento de la vida en la Tierra, y toda la historia de la evolución desde las amebas hasta el hombre.

No; era demasiado bonito para ser cierto. Después de llegar a esta conclusión volvían a excavar y a rascar durante otra media hora hasta que se les ocurría la idea: pero ¿y si fuera cierto? Y el ciclo entero comenzaba de nuevo.

Cuanto el profesor Fowler regresó de su segunda visita, se había transformado en un hombre manso y evidentemente impresionado. La única satisfacción que sus ayudantes pudieron obtener de él fue la declaración de que Henderson había escuchado su teoría y les felicitaba por sus poderes de deducción.

Eso fue todo; pero a los ojos de Davis el asunto estaba resuelto, aunque Barton aún dudaba. En las semanas que siguieron, él también empezó a vacilar, hasta que al fin los dos estuvieron convencidos de que la teoría era correcta. El profesor Fowler pasaba cada vez más tiempo con Henderson y Barnes; tanto, que a veces transcurrían días sin que le vieran. Casi había perdido interés por las excavaciones, y había delegado toda la responsabilidad en Barton, que ahora podía utilizar el taladro neumático para su gran satisfacción.

Ponían al descubierto varios metros de huellas al día, y la separación demostraba que el monstruo había alcanzado ahora su máxima velocidad y avanzaba a grandes saltos como si se aproximara a su víctima. En pocos días podrían demostrar alguna tragedia ocurrida eones atrás, conservada por un milagro y durante eras para que el hombre la observara. No obstante, esto ahora parecía muy poco importante, pues era evidente, a juzgar por las sugerencias del profesor y su aire distraído, que la investigación secreta se acercaba a su punto culminante. Eso les dijo, prometiéndoles que al cabo de muy pocos días, si todo iba bien, su espera finalizaría. Pero, aparte de esto, no dijo nada más.

Una o dos veces los había visitado Henderson, y pudieron ver que trabajaba bajo una tensión considerable. Era evidente que quería hablar de su trabajo, pero no iba a hacerlo hasta haber completado las pruebas finales. Lo único que ellos podían hacer era admirar el control que de sí mismo tenía aquel hombre y desear que se desmoronara. A Davis le parecía que el esquivo Barnes era el principal responsable de la actitud reservada; era famoso por no publicar ningún trabajo hasta haberlo comprobado una y otra vez. Si estos experimentos eran tan importantes como creían, su precaución era comprensible, aunque irritante.

Henderson había llegado temprano aquella mañana para recoger al profesor, y tuvo la mala suerte de que se le estropeara el coche en la primitiva carretera. Esto resultaba lamentable para Davis y Barton, que tendrían que regresar al campamento a pie para almorzar, ya que el profesor Fowler iba a llevar a Henderson en el jeep. Estaban preparados para tolerarlo si su espera realmente estaba a punto de terminar, como los otros habían más que medio sugerido.

Habían estado hablando un rato junto al jeep antes de que los dos científicos de más edad se marcharan. Fue una partida bastante tensa, pues cada lado sabía lo que el otro pensaba. Por fin, Barton, como de costumbre el más hablador, observó:

—Bueno, doctor, si esto es *Der Tag**, espero que todo vaya bien. Me gustaría tener una fotografía de un brontosaurio como recuerdo.

Habían hecho a Henderson esta clase de broma tantas veces, que ahora él la dio por supuesta. Sonrió sin gran alegría y replicó:

—No prometo nada. Puede que sea el mayor de los fracasos.

Malhumorado, Davis comprobó la presión de un neumático con la punta de su bota. Se fijó en que era un nuevo modelo, con un extraño dibujo en zigzag que nunca había visto.

—Pase lo que pase, esperamos que nos lo diga. Si no, irrumpiremos allí una noche y descubriremos lo que hacen.

Henderson se echó a reír.

* El día. *(N. de la T.)*

—Seréis un par de genios si podéis enteraros de algo tal como tenemos las cosas ahora. Pero, si todo va bien, puede que lo celebremos un poco esta noche.

—¿A qué hora espera regresar, jefe?

—Hacia las cuatro. No quiero que tengáis que ir a pie a la hora del té.

—Está bien. ¡En marcha!

La máquina desapareció tras una nube de polvo, dejando a los dos geólogos muy pensativos de pie junto al camino. Barton se encogió de hombros.

—Cuanto más trabajemos —dijo—, más rápido pasará el tiempo. ¡Vamos!

El final de la zanja, donde Barton trabajaba con el taladro eléctrico, se hallaba ahora a más de cien metros de la excavación principal. Davis daba los toques finales a las últimas huellas que había que poner al descubierto. Ahora eran muy profundas y estaban muy separadas, y al mirarlas, se podía ver con bastante claridad dónde el gran reptil había cambiado su rumbo y había empezado primero a correr, y después a saltar como un enorme canguro. Barton se preguntaba qué se debía sentir al ver acercarse semejante criatura a la velocidad de un expreso; luego se dio cuenta de que, si su suposición era cierta, eso era exactamente lo que pronto podrían ver.

Hacia media tarde había puesto al descubierto una gran cantidad de huellas. La tierra se había hecho más blanda, y Barton avanzaba tan rápidamente, que casi se había olvidado de sus otras preocupaciones. Había dejado a Davis muy atrás, y los dos hombres estaban tan ocupados, que sólo las punzadas del hambre les recordaron que era hora de terminar. Davis fue el primero en advertir que era más tarde de lo que esperaban, y avanzó para hablar con su amigo.

—¡Son casi las cuatro y media! —dijo cuando el ruido del taladro hubo cesado—. El jefe se retrasa; me pondré furioso si ha tomado el té antes de recogernos.

—Déjale otra media hora —dijo Barton—. Puedo adivinar lo que ha pasado. Se les han fundido los plomos o algo así y eso les ha trastocado su esquema.

Davis no quiso calmarse.

—Me fastidiaría mucho tener que volver otra vez al campamento a pie. Bien, voy a subir a la colina para ver si hay alguna señal de él.

Dejó a Barton abriéndose paso a través de la roca blanda, y subió a la baja colina que había al lado del antiguo lecho del río. Desde allí se obtenía una buena vista del valle, y las chimeneas gemelas del laboratorio de Henderson y Barnes eran claramente visibles en el paisaje gris. Pero no se veía ninguna nube de polvo en movimiento que siguiera al jeep: el profesor todavía no había iniciado su regreso a casa.

Davis soltó un bufido de disgusto. Les esperaba una caminata de unos tres kilómetros, después de un día particularmente agotador, y, para empeorar las cosas, ahora llegarían tarde para el té. Decidió no esperar más, y ya bajaba la colina para volver a reunirse con Barton cuando algo le llamó la atención y se paró para mirar hacia el valle.

Alrededor de las dos chimeneas, que eran lo único que podía ver del laboratorio, se veía una curiosa bruma no diferente al desvanecimiento producido por el calor. Tenía que hacer calor, lo sabía, pero no tanto. Miró con más atención y, para su sorpresa, vio que la bruma cubría un hemisferio que debía de tener casi cuatrocientos metros.

Y, de repente, explotó. No hubo luz, no hubo un cegador destello; sólo una onda que se extendió bruscamente por el cielo y luego desapareció. La bruma se había desvanecido, y también las dos grandes chimeneas de la central eléctrica.

Davis sintió como si las piernas se le hubieran convertido en agua, bajó a trompicones la colina y miró, boquiabierto, hacia el valle. Una sensación de desastre abrumador acudió a su mente; como en un sueño, esperó que la explosión le llegara a los oídos.

No fue impresionante, cuando llegó; sólo un apagado y largo buuuuuuum que desapareció rápidamente en el aire tranquilo. Medio inconscientemente, Davis se fijó en que el ruido del taladro había cesado; la explosión debía de haber sido más fuerte de lo que creía y Barton también la había oído.

El silencio era absoluto. No se movía nada en todo lo que abarcaba su vista en aquel paisaje vacío. Esperó hasta que recuperó las fuerzas; luego, casi corriendo, bajó con paso inseguro la colina para reunirse con su amigo.

Barton estaba medio sentado en la zanja con la cabeza escondida entre las manos. Levantó la vista cuando Davis se acercó; y, aunque sus facciones estaban oscurecidas por el polvo y la arena, el otro se sorprendió al ver la expresión de sus ojos.

—¡Tú también lo has oído! —dijo Davis—. Creo que todo el laboratorio ha explotado. ¡Ven, por el amor de Dios!

—¿Si he oído qué? —preguntó Barton con voz apagada.

Davis le miró fijamente, perplejo. Entonces se dio cuenta de que Barton no podía haber oído ningún ruido mientas estaba trabajando con el taladro. La sensación de desastre se agudizó; se sentía como un personaje de alguna tragedia griega, indefenso ante un destino implacable.

Barton se puso de pie. Su rostro tenía una expresión extraña, y Davis vio que se hallaba al borde del colapso. Aun así, cuando habló, sus palabras fueron sorprendentemente calmadas:

—¡Qué tontos hemos sido! —dijo—. ¡Cómo debió de reírse Henderson cuando le dijimos que estaba intentando ver el pasado!

De forma mecánica, Davis se acercó a la zanja y contempló la roca que veía la luz del día por primera vez en cincuenta millones de años. Sin gran emoción ahora, trazó de nuevo el dibujo en zigzag que pocas horas antes había observado por primera vez. Se había hundido sólo un poquito en el barro, como si se hubiera formado cuando el jeep viajaba a su máxima velocidad.

Sin duda había sido así; porque en un lugar las señales poco profundas del neumático habían sido borradas por completo por las huellas del monstruo. Ahora eran muy profundas, como si el gran reptil estuviera a punto de efectuar su salto final sobre su presa desesperadamente veloz.

Un cambio de tiempo

Jack Dann y Gardner Dozois

Pensándolo bien, quizá deberíamos alegrarnos de que los dinosaurios se extinguieran...

Parecía que iba a llover otra vez, pero Michael salió de todos modos a dar su paseo.

El parque estaba reluciente y vacío, nada más que una plaza de cemento definida por cuatro bancos de metal. Montones de basura empapada por la lluvia que se disolvía lentamente sobre el cemento.

Murmurando, el anciano ahuyentó a un pterodáctilo de su banco favorito, que aún estaba mojado por la lluvia de la tarde, se sentó y trató de leer su periódico. Pero enseguida su banco fue rodeado por los carroñeros: medio agitaron sus alas de aspecto metálico, ladearon la cabeza por el extremo de su cuello, como de serpiente, para mirarle con sus aceitosos ojos verdes, emitieron gritos lastimeros y por fin empezaron a tironearle la ropa con el pico, esperando encontrar migas de pan o de palomitas de maíz. Al fin, exasperado, de repente se puso en pie —apartándose de él los pterodáctilos, graznando alarmados— e intentó asustarlos arrojándoles su periódico. Se lo comieron, y le miraron esperando más. Empezó una fina llovizna que caía del cielo gris.

Disgustado, el hombre se fue por el parque, donde se vio empujado y casi arrollado por una presurosa pequeña manada de dromaeosaurios de dos patas que se dirigían hacia el puesto de perritos calientes de la calle Dieciséis. Ahora la lluvia le empapaba la ropa, y a pesar del calor de la tarde, empezaba a sentir frío. Esperaba que el tiempo no se volviera frío; el combustible se estaba poniendo realmente caro, y su cheque de la seguridad social volvía a retrasarse. Un anquilosaurio se detuvo frente a él, gruñendo y sorbiendo mientras masticaba viejas botellas de cocacola y latas de cerveza de una papelera de cemento. Le dio un golpe con su bastón, impaciente, y el animal lentamente se apartó de su camino, eructando con un ruido como de una cadena de ancla al ser arrojada por un agujero.

Había brontosauros moviéndose pesadamente en Broadway, utilizando como siempre el centro de la calle, con manadas más ágiles de hadrosaurios con picos de pato graznando, entrando y saliendo de los carriles entre ellos, y un ocasional carnosaurio pisando fuerte junto a la acera, meneando su gran cabeza hacia atrás y hacia delante y siseando para sí. Antes, aquí se podía tomar el autobús, y, sin necesidad siquiera de hacer trasbordo, llegar a una manzana de casas, pero ahora, con tanta competencia por el espacio de la carretera, iban muy despacio si es que iban; otro buen ejemplo de cómo el mundo se iba a pique. El hombre esquivó a un braquiosaurio y a un stegosauro, cruzó Broadway y torció hacia la Avenida A.

Los triceratopos daban cabezadas en la avenida A; llegaron juntos con un estruendo como el de locomotoras al chocar que atronó desde las fachadas de los edificios e hizo vibrar las ventanas de toda la calle. Nadie en el vecindario dormiría mucho esa noche. Michael se abrió paso por la escalera de su casa de piedra caliza, pasando por encima de los dimetrodones que holgazaneaban en el umbral. Al otro lado de la calle, vio al cartero tratando de despertar a patadas a un iguanodonte para poder pasar y entrar en el vestíbulo de otra casa de piedra caliza. No era de extrañar que sus cheques se retrasaran.

Arriba, su esposa le puso el plato delante sin decir una palabra, y él se detuvo sólo para quitarse la chaqueta mojada antes de sentarse a comer. Otra vez atún estofado, advirtió sin entusiasmo. Comieron en lúgubre silencio hasta que de pronto la habitación se iluminó con el resplandor de un relámpago, seguido de un atronador trueno. Mientras se desvanecían los ecos del trueno, oyeron una creciente cacofonía de golpes, gritos y un gran estrépito, incluso por encima del ruido de la ahora torrencial lluvia.

—Maldita sea —exclamó la esposa de Michael—, ya vuelve a ocurrir.

El anciano se levantó y miró por la ventana, hacia un panorama de patios traseros llenos de maleza y basura. Literalmente llovían dinosaurios allí fuera; mientras él observaba cayeron del cielo a miles, retorciéndose en el aire, rebotando en el pavimento, cayendo pesadamente y bramando en la calle.

—Bien —dijo el anciano, sombrío, corriendo las cortinas y apartándose de la ventana—, al menos ha dejado de llover gatos y perros.

El saurio que surgió en la noche

James Tiptree, Jr.

Como muchos de ustedes probablemente saben,
James Tiptree, Jr. era en realidad el seudónimo de la
difunta doctora Alice Sheldon, psicóloga experimen-
tal semirretirada que también escribía a veces bajo el
nombre de Raccoona Sheldon. La trágica muerte de la
doctora Sheldon en 1987 puso fin a la carrera de «am-
bos autores», pero no antes de haber ganado dos pre-
mios Nebula y dos premios Hugo como Tiptree, ga-
nó otro premio Nebula bajo el nombre de Raccoona
Sheldon, y se estableció, bajo cualquiera de sus nom-
bres, como una de las mejores escritoras de ciencia fic-
ción. Como Tiptree, la doctora Sheldon publicó dos no-
velas, Up the Walls of the World *y* Brigtness Falls
from the Air, *y ocho colecciones de relatos cortos,* Ten
Thousand Light Years From Home, Warm Worlds
and Otherwise, Starsongs of an Old Primate, Out of
the Everywhere, Tales of the Quintana Roo, Byte
Beau-tiful, The Starry Rift *y la obra póstuma* Crown
of Stars.

En la guasona y perversamente incisiva historia que
sigue, la autora demuestra que, si se encuentra contra la

pared, el administrador con recursos siempre puede hallar alguna manera de seguir adelante en una crisis.

Ah, ahora podemos relajarnos. Nada de ensalada, jamás la tomo. Y llévate también esa fruta, deja sólo el queso. Sí, Pier, demasiado tiempo. Los baches de uno se hacen más profundos. Son las malditas cositas sin importancia lo que te hace perder el tiempo. Como el tipo de los coprolitos esta tarde; al museo en realidad no le resultan útiles estas cosas, aunque sean auténticas. Y confieso que a mí me producen horror.

¿Qué? Oh, no tengo aprensión, Pier, no soy remilgado. Sólo para demostrártelo, ¿qué te parece un poco más de ese *aquavit*? Es maravilloso que lo hayas recordado. Por tu éxito; siempre creí que lo lograrías.

¿La ciencia? Oh, pero tú no lo harías. Casi todo es trabajo pesado y aburrido. Parece mucho mejor desde fuera, como casi todo. Por supuesto que he sido afortunado. Para un arqueólogo, haber visto la llegada de los viajes en el tiempo... un milagro, realmente... Ah, sí, yo tenía razón al principio, cuando ellos creían que era un juguete inútil. ¡Y el coste! Nadie sabe cuán cerca estuvo de ser destruido, Pier. De no haber sido por... las cosas que uno hace por la ciencia... ¿Mi experiencia más memorable en el tiempo? Oh, mi... Sí, sólo un poquito más, aunque en verdad no debería.

Oh, vaya. Los coprolitos. Mmm. Bien, Pier, viejo amigo, si guardar el secreto... Pero no me lo reproches si te decepciona.

Fue en el primer viaje del equipo. Cuando volvimos a la zona de Olduvai Gorge a buscar al hombre de

Leakey. No te aburriré con nuestras desgracias iniciales. El hombre de Leakey no se encontraba allí, pero sí otro sorprendente homínido. En realidad, el que denominaron con mi nombre. Pero, cuando lo encontramos, los fondos de nuestra beca ya casi se habían agotado. Costaba una suma fantástica entonces mantenernos en el tejido temporal, y los EE.UU. pagaban casi toda la factura. Y no por altruismo, pero no hablaremos de ello ahora.

Éramos seis. Los dos MacGregor, de los que has oído hablar, y la delegación soviética, Peshkov y Rasmussen. Y yo mismo y una tal doctora Priscilla Owen. La mujer más gorda que jamás he visto, que al final resultó ser importante. Más el ingeniero temporal, como se los llamaba entonces, Jerry Fitz. Un tipo robusto, como del paleolítico superior, lleno de entusiasmo. Era nuestro guardián general y también nuestra niñera, y un hombre muy agradable para ser ingeniero. Joven, desde luego. Todos éramos muy jóvenes.

Bueno, acabábamos de instalarnos y habíamos enviado a Fitz de regreso con nuestros primeros informes, cuando estalló la bomba. Entonces los mensajes se tenían que llevar en persona, mediante un esquema preestablecido. Lo único que podíamos hacer por medio de señales era un simple «adelante» o «no adelante». Fitz regresó muy solemne y nos dijo que la beca no iba a ser renovada y que al mes siguiente regresaríamos para siempre.

Bueno, puedes imaginar que quedamos conmocionados. Desolados. Aquella noche la cena fue un funeral. Fitz parecía estar tan triste como nosotros y la botella fue pasando una y otra vez... Oh, gracias.

De repente vimos que Fitz nos miraba con un brillo en los ojos.

—¡Damas y caballeros! —Tenía esta actitud rococó, aunque todos éramos de la misma edad—. La desesperación es prematura. Tengo que hacerles una confesión. La sobrina de la esposa de mi tío trabaja para el senador que es presidente del Comité de Fondos. Así que fui a verla por mi cuenta. ¿Qué podíamos perder? —Y todavía veo a Fitz sonreír—. Lo intenté todo, le hablé de muchas cosas. De la aparición del hombre, de conquistas inapreciables para la ciencia. Nada. Hasta que descubrí que era un cazador fanático.

»Bien, ya saben que yo también soy muy aficionado, y estuvimos hablando. Él se lamentaba de que no había nada que cazar allí y yo le dije que esto era un paraíso para el cazador. Y, para abreviar, vendrá a inspeccionar el lugar y, si le gusta, a cazar. No cabe duda de que recibirán ustedes el dinero. ¿Qué les parece?

Vítores generales. Peshkov empezó a enumerar lo que el senador podría llevarse.

—Varios ungulados grandes y, por supuesto, los mandriles y ese carnívoro que cazó usted, Fitz. Y posiblemente un tapir...

—Oh, no —dijo Fitz—. Monos, ciervos y cerdos, no se trata de eso, sino de algo espectacular.

—Los homínidos tienden a evitar las zonas de mucha rapiña —observó MacGregor—. Incluso los mamuts están lejos, hacia el este.

—La realidad es —dijo Fitz— que le dije que podría cazar un dinosaurio.

—¡Un dinosaurio! —exclamamos todos.

—Pero Fitz —recordó la menuda Jeanne MacGregor—. Ya no quedan dinosaurios. Están extinguidos.

—¿Lo están? —Fitz quedó confuso—. No lo sabía. El senador tampoco. Seguro que podremos encontrarle alguno. Quizá todo sea un error, como nuestro hombrecito.

—Bueno, existe una especie de iguana —dijo Rasmussen.

Fitz meneó la cabeza.

—Le prometí la bestia más grande. Vendrá a cazar un... ¿cómo se llama? Un bronco... algo.

—¿Un brontosauro? —Todos nos sobresaltamos—. ¡Pero si se encuentran en el cretáceo! Ochenta millones de años...

—Fitz, ¿cómo pudo hacerlo?

—Le dije que los rugidos no nos dejaban dormir por las noches.

Bien, al día siguiente seguíamos sombríos. Fitz se había ido por el barranco a tratar de reparar su equipo de campaña. Por entonces eran cosas enormemente frágiles. Habíamos construido una barraca para nosotros y trasladábamos nuestro campo permanente por el barranco donde se hallaban los homínidos. Era una ascensión difícil, arriba y abajo por el pantano; entonces era exuberante, no el barranco seco que es hoy. Y por supuesto estaba lleno de animales y fruta. Disculpa, creo que voy a tomar un poco más.

Fitz regresó una vez para interrogar a Rasmussen acerca de los brontosauros y se marchó de nuevo. A la hora de la cena estuvo canturreando. Luego nos miró solemnemente... Dios mío, qué jóvenes éramos.

—Damas y caballeros, la ciencia no morirá. Conseguiré el dinosaurio para el senador.

—¿Cómo?

—Tengo un amigo allí (siempre llamábamos «allí» al presente) que me proporcionará un poco más de energía. La suficiente para hacerme ir a mí y un montacargas a la época de las grandes bestias, al menos un día.

Todos pusimos objeciones, aunque queríamos creerlo. ¿Cómo encontraría su brontosauro? ¿Cómo lo mataría? Y estaría muerto. Sería demasiado grande. Y así sucesivamente.

Pero Fitz tenía respuestas y nosotros estábamos bebidos en el pleistoceno y al final el insensato plan quedó establecido. Fitz mataría el reptil más grande que pudiera encontrar y nos haría una señal para hacerla, regresar cuando lo hubiera colocado en el transportador. Luego, cuando el senador estuviera a punto de disparar, daríamos un tirón al cadáver del animal a través de ochenta millones de años y lo dejaríamos cerca de la barraca. Una locura. Pero Fitz influyó en todos nosotros, aunque admitió que la fuerza de más que utilizaríamos acortaría nuestra estancia. Y allá se fue al siguiente amanecer.

Una vez se hubo ido empezamos a darnos cuenta de lo que seis prometedores jóvenes científicos habían hecho. Le haríamos creer a un poderoso senador de los Estados Unidos que había cazado una criatura que había muerto ochenta millones de años atrás.

—¡No podemos hacerlo!

—Tenemos que hacerlo.

—Será el fin para los viajes en el tiempo cuando lo descubran.

Rasmussen gruñó:

—Será el fin de todos nosotros.

—Malversación de recursos del Gobierno —dijo MacGregor—. Procesable.

—¿Dónde teníamos la cabeza?

—Creo —murmuró Jeanne MacGregor— que Fitz está tan ansioso por cazar un dinosaurio como lo está el senador.

—Y ese acuerdo con su amigo —añadió Peshkov pensativo—. Eso no lo hizo desde aquí. Me pregunto...

—Hemos sido engañados.

—La cuestión es —dijo MacGregor— que este senador Dogsbody vendrá, esperando cazar un dinosaurio. Nuestra única esperanza es reproducir algunas huellas y persuadirle de que la criatura se ha ido.

Afortunadamente se nos había ocurrido decirle a Fitz que trajera huellas de lo que consiguiera matar. Y Rasmussen tuvo la idea de grabar sus bramidos.

—Son como hipopótamos. Habrá muchos en el agua. Podemos pisotear un poco por ahí antes de que Fitz regrese.

—Ha arriesgado su vida —dijo la pequeña Jeanne—. ¿Y si la señal no funciona?

Bien, efectuamos algunas huellas desde el río y luego nuestros simios tuvieron una batalla con los mandriles y estuvimos demasiado ocupados tomando muestras de sangre y de tejido para preocuparnos. Y llegó la señal y allí estaba Fitz, cubierto de barro y con una amplia sonrisa.

—Una belleza —nos dijo—. Y más grande que la casa de Dios —en realidad había cazado un braquiosaurio, previamente desconocido—. Sólo hace tres horas que ha muerto. Está listo para ir a buscarlo —sacó un plástico lleno de barro—. Aquí está la huella. Y una marca de la cola. Podemos arrastrar una bolsa de rocas para eso.

Puso la grabadora en marcha, y el bramido fue suficiente para hacernos retroceder.

—Esto lo hace una cosa como una gran rana, el nuestro sólo emite un pequeño graznido. El honorable jamás notará la diferencia. ¡Ahora mirad!

Nos mostró un bulto que tenía junto a los pies.

—Tocadlo. Es un huevo vivo.

—¡Santo Dios! —exclamamos todos—. ¿Y si se lo lleva y sale del cascarón en Bethesda?

—Podría inyectarle algo de acción lenta —sugirió MacGregor—. Mantener el corazón latiendo un tiempo. ¿Un desequilibrio de enzimas?

—Ahora los rastros —dijo Fitz. Desplegó una aleta ensangrentada—. Marcan los árboles con esto. Y hacen un nido de juncos mojados; nuestra zona pantanosa de allí está bien. Pero hay una cosa.

Se sacó barro del vello del pecho, mirando con los ojos entrecerrados a Jeanne MacGregor.

—El rastro —dijo—. No son sólo huellas. Ellos... bueno, comen mucho y... ¿han visto alguna vez correr un alce? Esos rastros están llenos de estiércol.

Hubo una pausa que se convirtió en silencio.

—En realidad, esa idea... —dijo Priscilla Owen, la mujer gorda.

Resultó que a todos se nos había cruzado por la mente.

—Bueno, por cuestión de realismo, estoy seguro de que podemos hacer algo —sonrió Peshkov—. Un detalle ofrecido a nuestro Gobierno, ¿no?

—Él es cazador —dijo Rasmussen—. Tendrá en cuenta estas cosas.

Fitz gruñó incómodo.

—Hay otra cosa. Olvidé hablarles del sobrino del senador. Se las da de naturalista aficionado. En realidad, intentó decirle al senador que aquí no había dinosaurios. Entonces fue cuando dije lo de los rugidos por las noches.

—Bien, pero...

—Y el sobrino también vendrá, con el senador. Quizá debería haberlo mencionado. Es listo y tiene buen ojo. Por eso he traído el huevo y todo. Es mejor que las cosas sean realistas.

Hubo un silencio absoluto. Peshkov explotó el primero.

—¿Hay alguna otra cosa que convenientemente olvidara decirnos?

—¡Usted quería ir a cazar dinosaurios! —vociferó Priscilla Owen—. ¡Planeó esto! ¡Sin importarle lo que le cueste a la ciencia, sin importarle lo que nos suceda a nosotros! Utilizó todo este...

—¡La cárcel! —bramó Rasmussen—. Utilización ilegal de fondos del Gobierno...

—Un momento —la seca voz de MacGregor nos detuvo a todos—. Discutir no servirá de nada. En primer lugar, Jerry Fitz, ¿vendrá un senador o eso también formaba parte del juego?

—Vendrá —dijo Fitz.

—Bien, entonces —dijo Mac—, lo haremos. Tenemos que hacerlo bien. ¡Realismo total!

Rasmussen tomó el toro por los cuernos.

—¿Cuánto?

—Bueno, mucho —dijo Fitz—. Montones.

—¿Montones?

Fitz extendió la mano.

—No es malo —se arrancó más barro—. Te acostumbras. Son herbívoros.

—¿Cuánto tiempo tenemos?

—Tres semanas.

Tres semanas... Tomaré un poco más de ese *aquavit*, Pier. El recuerdo de aquellas semanas lo tengo muy fresco, muy verde... Verdura, claro, toda clase de verdura. Y fruta. Dios mío, nos pusimos enfermos.

Los MacGregor sucumbieron primero. Cólico; jamás ha sentido usted calambres semejantes. Yo los tuve. Todos los tuvieron, incluso Fitz. Nos encargamos de que cumpliera con su parte, se lo aseguro. Fue una pesadilla.

Entonces fue cuando empezamos a apreciar a Priscilla Owen. ¿Comer? Cielo santo, cómo podía comer aquella mujer. Todos nos estábamos muriendo, pero ella aguantaba. Mangos, llantenes, raíces de mandioca silvestre, corazones de palmera, apio... cualquier cosa y todo. ¡Cuánto la animábamos! Apenas podíamos arrastrarnos, pero realmente competíamos en llevarle comida, en acompañarla al pantano. Se convirtió en una obsesión. Ella nos estaba salvando. Y a la ciencia. Un completo cambio de valores, Pier. Desde el punto de vista de la producción de excrementos, aquella mujer era una santa.

Rasmussen la idolatraba.

—Diez mil dinares no pagarían el pollo que se ha comido —decía en voz baja—. Los persas sabían lo que hacían.

Entonces vomitaba y se iba, tambaleándose. Creo que después consiguió para ella la Orden de Lenin, aunque su trabajo científico era bastante trivial.

Lo curioso fue que empezó a perder peso. Toda aquella sustancia celulósica en lugar de la comida grasa que solía comer. Su aspecto cambió mucho. En realidad, traté de insinuarme a ella. En el pantano. Por fortuna me mareé. Oh, gracias, Pier... Por supuesto, más adelante recuperó su peso.

Bueno, cuando el senador y su sobrino llegaron, estábamos tan enfermos de cólico y disentería, y tan obsesionados con el rastro, que apenas nos importaba lo que ocurriera con nuestro proyecto.

Llegaron por la tarde, y Fitz los llevó al pantano e hizo que encontraran el huevo. Eso calmó un poco al sobrino, pero nos dimos cuenta de que le había irritado demostrar que estaba equivocado y ponía pegas a todo. El senador simplemente era un maníaco. La pequeña Jeanne consiguió que bebieran mucho licor, con el pretexto de evitar la disentería. ¡Ah!, gracias.

Afortunadamente, en el ecuador a las seis ya es oscuro.

Un par de horas antes del amanecer, Fitz se escabulló de la cabaña y materializó su cadáver de braquiosaurio. Fresco del pantano del cretáceo superior que había existido allí ochenta millones de años atrás. Incluso ahora resultaba difícil de creer; y nosotros en el pleistoceno. Entonces se escondió en la oscuridad y el bramido grabado se oyó tal como estaba planeado.

El senador y su sobrino salieron precipitados, desnudos, y Fitz les dijo dónde colocarse y los ayudó a apuntar la artillería. Y la gran cabeza asomó por encima de los árboles y el senador disparó.

Ésa era en realidad la parte más peligrosa de todo el asunto. Yo me encontraba debajo de aquella cabeza con el montacargas y estuvo a punto de darme a mí.

Por supuesto, el senador no estaba en forma física para caminar por el barranco —aunque es sorprendente lo que la voluntad puede hacer—, así que Fitz fue enviado a traernos el animal. En cuanto el senador tocó aquel horrendo hocico, no podía esperar a llevárselo a casa. Eso fastidió a Fitz; dudo que se hubiera dado cuenta de que perdería su trofeo. Pero salvó los viajes en el tiempo. Creo que al final le concedieron una condecoración escocesa. Sea como fuere, el sobrino no tuvo ocasión de entrometerse y a la hora del almuerzo todo el asunto había terminado. Casi. Increíble, en realidad...

Oh, sí, nos concedieron los fondos. Y todo lo demás siguió. Pero aún teníamos un problema... ¿Estás seguro de que no quieres un sorbo? Hoy en día ya no se encuentra lo auténtico, Pier, viejo amigo, es agradable reunirse de nuevo.

Verás, al senador le gustó tanto, que decidió volver y traerse a sus amigotes. Sí. Un asunto muy difícil, Pier, hasta que nuestra concesión de fondos por fin se estabilizó. ¿Te extraña que no pueda soportar ver ensalada desde entonces? Y los coprolitos...

¿Qué? Oh, eso significa excrementos fósiles. Los paleobotánicos tenían antes mucho trabajo con ello. Ahora no tiene sentido, ya que podemos volver allí... Y, de todos modos, ¿quién puede decir lo auténticos que son?

Dinosaurio

Steve Rasnic Tem

Steve Rasnic Tem ha vendido más de un centenar de relatos cortos y casi otros tantos poemas, y ha aparecido en casi todas las revistas y antologías del género. Está especialmente bien considerado en el campo de la literatura de terror y fantástica, y ha sido nominado para el World Fantasy Award y el British Fantasy Award por sus cuentos de ficción. Su primera novela, Excavations, *fue publicada hace algunos años, y, según los últimos informes, está trabajando en otras obras. Tem y su esposa, la escritora Melanie Tem, viven con su familia en Denver, Colorado.*

En la tranquila, elocuente y agridulce historia que sigue, examina el mandato bíblico de que «existe un momento para todo».

Pero ¿qué ocurre cuando ese momento se encuentra en el pasado?

«¿Adónde fueron los dinosaurios?»

Los niños bajaron la vista a los pupitres. Un cambio de clima, la era glacial, las orugas se comieron su comida, la enfermedad, los mamíferos se comieron sus huevos... Freddy Barnhil pensaba estas respuestas pero era demasiado tímido para alzar la mano. El profesor esperó. Pero nadie está realmente seguro, pensó Freddy. Nadie lo sabe.

A veces pensaba que podían estar perdidos en algún lugar. No podían encontrar el camino. No podían seguir el paso de los demás, tal como el mundo iba cambiando. Y se quedaron atrás. Fueron abandonados.

Veinte años más tarde, Freddy conducía los casi cien kilómetros que había entre Meeker y Rangely dos veces al día, pensando en su padre y pensando en los dinosaurios. Sólo alguna que otra vez cambiaba de tema, aunque cabría esperar que los dos ya estuvieran agotados. La gente podía llamarle obsesionado; diantre, la gente decía que estaba loco.

Por la carretera 64 de Colorado, interminables extensiones de hierba amarillenta pasaban raudas por su lado, amenazándole en cada socavón y arroyo con enviarle a la cuneta. Casi en el momento en que la furgoneta se metía en la carretera, él empezaba a ver las enormes manos de su padre presionando hacia abajo desde la barra. De pronto sentía miedo de la inestabilidad de su padre y corría a esconderse debajo de la mesa. Entonces oía el repentino golpe de la enorme cabeza de su padre sobre la mesa cuando perdía el conocimiento. Un ruido interminable; la cabeza de su padre golpeaba la dura madera una y otra vez en los casi cien kilómetros que había entre Meeker y Rangely.

Parecía haber poca vida en las torrenteras y colinas bajas. Tierra árida con la que había que luchar, que se tragaba todo intento fallido. Los primeros colonizadores habían bautizado esta tierra con sus lamentos: la Tumba del Diablo, Riachuelo Amargo, Campamento Miseria, Ciudad de las Chinches, Barranco de la Pobreza. Casas en decadencia en torno a matas de plantas, que se erguían en la falda de las colinas como gargantas viejas, derrumbándose sus muros. Los dedos rotos de los viejos molinos de viento se alargaban hacia un cielo vacío.

Una vez llegaba a Rangely, la sensación de falta de vida era aún más pronunciada: piedra arenisca gris, lunar, y terreno llano en todo lo que abarcaba la vista. Un paisaje azotado por el viento y poca cosa más. La reserva de las compañías petrolíferas: torres de perforación nuevas y viejas, cabañas abandonadas. Su padre pasó casi toda su vida de adulto allí, trabajando para una organización u otra.

Mel Barnhil en un principio había sido vaquero. Un vago. Luego, cuando las cosas empezaron a cambiar con los pozos de petróleo, él también cambió. Había sido mecánico, obrero de la construcción, de todo. Freddy recordaba haberle visto trabajar con uno de los primeros equipos, incluso con algunas de las primeras excavadoras accionadas por vapor. Enormes manos morenas trabajando con toscas llaves inglesas. Sonriendo, cantando; siempre había sido feliz manejando maquinaria. Freddy le había ayudado, como cualquier niño pequeño podría ayudar a su padre en su trabajo. Pero esa época había pasado. Como la vida del vaquero.

A su padre le gustaba considerarse un proscrito.

—No necesito leyes ni mujeres que me aten. Me gusta hacer lo que quiero.

Freddy recordaba seguir a su padre por la calle después de haber estado bebiendo. El contoneo de su paso, pensaba ahora, le recordaba a Butch Cassidy o al asesino profesional Tom Horn, que solía esconderse no lejos de allí. En aquella época todavía robaban el ganado, y Freddy recordaba más de una ocasión en que su padre había sugerido que había intervenido en algún robo de ésos. A veces hacía un guiño a Freddy cuando decía esto, pero Freddy nunca sabía si ello significaba que bromeaba, o si realmente había cometido aquellas cosas, y esperaba que Freddy estuviera muy orgulloso. La primera vez que Freddy vio una película de John Wayne, pensó que era su padre quien aparecía en la pantalla. La manera de andar era la misma. Al cabo de un tiempo empezó a preguntarse si su padre lo practicaba.

Los veteranos del lugar parecían hacer muchos de estos gestos, de una manera de vivir que desaparecía.

Cuando ahora pensaba en ello, Freddy creía que su padre había sabido que la vida se volvía obsoleta rápidamente, y que el vaquero y el ranchero se extinguirían. Era el fin de una era. Poco después de la muerte de su padre, construyeron aquella nueva planta de energía en Craig, y los veteranos de repente dejaron de reconocer todas las caras cuando iban a la ciudad. La gente tenía que cerrar la puerta con llave.

—¡Malditos vaqueros! ¡Estúpidos brutos!

El padre de Freddy estaba borracho, hablando a gritos groseramente en un corral fuera de un bar de Rangely. Freddy recordaba el incidente de un modo vago; sólo lo había visto en parte a través de la ventana del bar. Pero cada vez que se encontraba con alguno de los viejos amigos de su padre, se lo recordaba.

Su padre había bebido con algunos amigos vaqueros; se produjo una discusión. Acusaban a Mel de haberles vuelto la espalda, de haberse convertido en un chico de ciudad, porque trabajaba para las compañías petrolíferas.

El pequeño Freddy se estremeció tras la ventana. Su padre sacó a rastras una vaca del cobertizo. Antes de que nadie pudiera hacer nada, le disparó. El gran animal marrón se derrumbó como a cámara lenta, su cabeza golpeó el duro suelo produciendo un ruido seco. Una de las camareras había abrazado a Freddy tan fuerte que le asustó, pero le había calmado.

Éste era el paisaje que Mel Barnhil había legado a su hijo. Proporcionaba el telón de fondo de casi todos los sueños de Freddy. Y era en las afueras de Rangely donde, cada día, Freddy empezaba a pensar en los dinosaurios.

A veintidós kilómetros al norte de Rangely se hallaba la pequeña ciudad de Dinosaurio. Y a cuarenta y tres kilómetros de allí, justo al otro lado de la frontera de Utah y por encima de Jensen, se hallaba la gran Cantera del Dinosaurio del Monumento Nacional al Dinosaurio. Una de las mayores fuentes de fósiles de estos animales del mundo. Tierra primitiva, o el aspecto que podría tener la Tierra después de alguna catástrofe. Freddy ya no iba. Allí de pie, contemplando los cañones, donde la meseta de Colorado se juntaba con la cordillera de Uinta, era como si la vida entera pudiera desaparecer algún día, arrastrada hacia el vacío.

En la ciudad de Dinosaurio, en cada placa de las calles había un dibujo de un stegosauro. Las calles tenían nombres como Brontosauro, Pterodactyl, Tyrannosaurus Rex. La ciudad parecía vieja, casi tan vieja como la tierra que la rodeaba, con chabolas de papel embreado de vez en cuando y toscas casas de madera. Antes de que el Departamento del Interior montara el parque, se llamaba Artesia.

Pero casi todos los turistas iban a Utha, a Jensen y Vernal. Dinosaurio no era más que un lugar por el que la gente pasaba de camino a otro lugar; no había restaurante, ni siquiera una gasolinera medio decente. La población sólo era de unos cientos; nunca había habido mucha gente. El rojo en los dinosaurios de las placas se parecía mucho a herrumbre.

Freddy trabajaba en Rangely, igual que había hecho su padre, pero vivía en Meeker. Le gustaba Meeker, aunque la mayoría de hombres de su edad se quejaba de que no había nada que hacer. Era una ciudad tranquila, no había demasiados vaqueros, ni las construcciones de Rangely ni los trabajadores de los pozos de petróleo. Freddy se sentía aliviado.

La furgoneta resbaló en la grava, y Freddy la enderezó con esfuerzo. Había que conducir con cuidado por aquellas carreteras; te adormecían, te hacían ser descuidado. La camioneta parecía tan fácil de conducir, tenía tanta potencia, que a veces te olvidabas de lo peligroso que podría ser un resbalón. Uno de los inconvenientes de la tecnología avanzada y la evolución. Te hacía ser irreflexivo; era demasiado fácil perder el control de la potencia. Y esa potencia podía dejarte boca abajo en un terraplén.

Nuevamente, la enorme cabeza de su padre se estrelló contra la mesa. Los vasos cayeron en una lluvia de relucientes añicos. La boca informe de su padre se abrió para dejar al descubierto una dentadura rota, desigual.

Los dinosaurios solían caminar por estas colinas,

pero entonces había sido diferente. Freddy pensaba mucho en ello, en cómo las cosas eran tan diferentes. Y cómo podrían ser diferentes aún, con nuevos monstruos paseando por la tierra estéril: ratas gigantescas y conejos carroñeros, pero quizá conejos que nadie había visto antes: largas garras y patas traseras tan fuertes como para desgarrar a otro animal. Justo antes de que llegaran los dinosaurios, un desierto llano entonces, a principios del período jurásico. Ningún animal. Grandes dunas de arena con más de doscientos metros de altura, retorciéndose y resbalando como sueños primitivos. Desvaneciéndose, muriendo a lo lejos.

El primer hogar que Freddy recordaba era una pensión a unos cientos de metros de las primeras torres petrolíferas. Una cabaña encalada, en realidad, con varias habitaciones como cajones. Él y su padre compartían una. No podía recordar a su madre, excepto como una presencia sutil, más como un fantasma, algo muerto y no muerto. No creía que jamás hubiera vivido con ellos en la casa de huéspedes, pero no podía estar seguro. Le molestaba recordar tan poco de ella; un poco de luz, un olor, eso era todo. Ella se había desvanecido. Nos dejó, nos dejó, se corregía él. Su padre siempre le había dicho eso, pero era difícil de creer.

La tierra se hundía. Se formó un mar ártico. Transcurrieron millones de años, y a finales del jurásico todo volvió a emerger. Los dinosaurios se acercaban; la tierra se estaba preparando.

A veces se preguntaba si realmente había conocido a su madre. Quizá sus recuerdos eran falsos. Quizás ella murió al nacer él. Quizá se había marchado para morir, acabado su tiempo una vez le hubo dado vida a él.

La tierra que procedía del mar era mucho más húmeda. Lisas llanuras. Pantanosas. Grandes y lentas corrientes cargadas de sedimento discurrían desde las tierras altas hasta el oeste para alimentar los pantanos y lagos. El polvo flotaba desde los volcanes que había más allá de las tierras altas. Pinos araucarios se alzaban cuarenta y cinco metros por encima del suelo del bosque, las copas de los *ginkgos*, helechos y cícadas bajo ellos. Los pterosaurios, como murciélagos gigantescos, batían sus alas contra el cielo, manteniendo el equilibrio con sus largas colas de punta plana. Los cocodrilos tomaban el sol junto al pantano.

Y, sin embargo, se acordaba de que su padre se quejaba de ella: nunca limpiaba, nunca les ayudaba en nada. Él tenía la imagen mental de su padre echándola de casa. Ella gritaba y lloraba, alargando los brazos.

—¡Quiero a mi bebé, mi bebé!

Freddy no podía estar seguro.

El apatosauro levanta su gran cabeza por encima de las plantas. Cuarenta toneladas, herbívoro. Ojos fríos.

En Rangely, Freddy amaba a una mujer. Por ella los viernes se quedaba toda la noche. Pero le asustaba amar a alguien así. Ella podría irse. Podría desaparecer. Y no le gustaba despertarse en Rangely; lo primero que se veía eran aquellas blancas colinas desnudas.

La amaba. De eso estaba seguro. Su amor le llenaba, y formaba una de las tres anclas de su vida, junto con los recuerdos de su padre y los pensamientos sobre dinosaurios. Pero últimamente le parecía que faltaba algo. Alguna crisis, algún drama. Amarla no parecía ser suficiente.

No estaba seguro de por qué no se habían casado. Nunca les había parecido el momento adecuado para hacerlo, pero al cabo de un tiempo él se dio cuenta de que nunca les parecería bien. Una vez ella iba a tener un bebé de él, pero tuvo un aborto. Nadie más lo supo. No era el momento para ello, supuso él; su tiempo había pasado. No creía en Dios ni en el cielo, pero a veces se preguntaba si el bebé podía estar en alguna parte. Escondiéndose de él. O aguardándole.

Siempre era lo mismo. Tenían amigos —amantes y parejas casadas— pero, al parecer, todos estaban separándose. Todavía se amaban, pero eran incapaces de permanecer juntos.

A veces, iba de Meeker a Rangely especialmente para ver a Melinda, pero casi nunca pensaba en ella durante el viaje. Pensaba en su padre, y en los dinosaurios.

Freddy miró por la ventanilla lateral de la furgoneta. Llanos con artemisa, cerros de piedra arenisca, lechos de riachuelos convertidos en arena. Viejos naufragios en los campos. Antes de los hombres del petróleo, había habido vaqueros, algunos granjeros. Antes, los proscritos que se ocultaban.

Antes de los proscritos, comerciantes en pieles que comerciaban por los cañones.

Antes, los dinosaurios vagando por las cálidas y húmedas tierras bajas.

Freddy había observado a su padre quedarse poco a poco incapacitado para trabajar, sin las cosas que sabía hacer, sin sitios donde vivir. La bebida le había ido empeorando; su padre había ido de trabajo en trabajo, se habían trasladado de chabola en chabola...

La enorme cabeza de su padre, su enorme cuerpo cayendo con estrépito sobre la madera. Freddy escapando a gatas del bulto que descendía rápidamente...

Y luego su padre se marchó, desapareció. Freddy tenía diecisiete años. Conservaba un vago recuerdo de su padre alejándose a pie, a través de la llanura en el aire lleno de polvo. Era muy pronto por la mañana; Freddy había intentado despertarse, pero no lo consiguió, y se había vuelto a meter en la cama. Había sido abandonado.

Freddy hizo trabajos legales poco importantes para las compañías de petróleo. Tareas fáciles, ocuparse de los terratenientes locales sobre los derechos de paso, alquiler, a veces las quejas de un empleado especialmente disgustado. La mayor parte del tiempo lo pasaba sentado detrás de su escritorio en Rangely, leyendo un libro o soñando despierto. En la oficina tenía una biblioteca llena de libros sobre dinosaurios y otras especies y razas desaparecidas misteriosamente. Muchos días no veía a nadie, y almorzaba en su escritorio.

Hoy era viernes, y se quedaría en casa de Melinda. Melinda daba clases a cierta distancia de Rangely —sobre todo a hijos de rancheros— y Freddy a menudo se preguntaba por qué no vivía más cerca de su trabajo. Pero ella decía que le gustaba Rangely.

El fin de semana visitaban la tumba del padre de Melinda, en Douglas Mountain. Su padre había fallecido tras una larga enfermedad. Ella había permanecido junto a su cama casi todo el tiempo, esperando que la dejara, pero sin creerlo cuando por fin la abandonó, cerrando los ojos.

Freddy se sentía un poco culpable, pero tenía que admitir que lo esperaba con ganas. Los caballos salvajes a los que llamaban *broomies* vagaban por Douglas Mountain, una de las últimas manadas que quedaban en el oeste. Aquello era una tierra montañosa, seca y rocosa de unos setenta y dos kilómetros cuadrados. Hacía más de cien años que aquella manada estaba allí; había empezado con los caballos que se habían escapado de las granjas y ranchos y se habían vuelto salvajes. Eran hermosos, salvajes, vivos. El padre de Melinda había capturado algunos, trabajó con ellos. Luego murió.

El viejo Dodge de Melinda ya se encontraba frente a su casa. Algo iba mal; normalmente ella llegaba una hora después que él. Entró; ella estaba de pie ante el anticuado fregadero, de espaldas a él.

—Van a cerrar la escuela —dijo ella con voz suave, sin molestarse en darse la vuelta.

—¿Por qué?

Ahora se volvió, con expresión levemente sorprendida.

—¿Qué quiere decir «por qué»? Podía ocurrir en cualquier momento, lo sabes. Se han marchado muchos rancheros... ahora no hay suficientes para mantenerla. Uno de los rancheros la ha comprado; he oído que la convertirá en un establo.

Él se sintió estúpido.

—¿Cuándo se supone que será?

—Al finalizar el trimestre. Tres semanas —levantó la mirada hacia él—. Me iré, Fred. He pasado demasiado tiempo aquí; he agotado todas las posibilidades. Yo... —le miró con aire triste—, aquí ya no puedo conseguir lo que necesito.

Él no podía mirarle a los ojos. Paseó por la cocina despacio, mirando las cosas. Sabía que era un hábito que a ella la irritaba, pero no podía evitarlo.

—Yo... no quiero que te vayas —dijo finalmente.

Luego intentó mirarle directamente, mostrarle que lo decía en serio. No lo consiguió, pero le pareció que casi lo había hecho. Quizás ella no percibiría la diferencia—. No me dejes —dijo en dirección a ella—. Te quiero.

—Yo también te quiero, Fred. De veras. Pero en la actualidad eso no es suficiente.

—Debería serlo, pero no lo es. No estoy seguro de por qué.

—Yo tampoco lo sé; las cosas están cambiando. En todas partes.

Él la abrazó, pero sabía que era un simple gesto. Un último gesto no tan dramático para algún tipo de final.

De todos modos, fueron a ver la tumba de su padre. Era un tosco recorrido por terreno accidentado, y por mucho que Freddy lo intentaba, le resultaba imposible pensar en Melinda, en perderla. Aunque le preocupaba, se encontraba de nuevo pensando en los dinosaurios, imaginando largos cuellos asomando por encima de las colinas. Volvió a enumerar las maneras en que habrían podido morir.

Algunos creían que las convulsiones que formaron las montañas al final del cretáceo debían de haberlos matado. Pero ¿por qué no habían desaparecido los otros animales? Una teoría muy aceptada solía ser la de que las enfermedades, una serie de plagas, los exterminaron. O la vejez de la raza. Algunas personas proclamaban que fue la ira de Dios.

La teoría más popular sostenía que fueron exterminados porque el mundo se convirtió en un lugar más frío, quizá cuando un meteorito gigante chocó contra la Tierra, por lo que la nube de polvo resultante oscureció el Sol.

Pero ninguna de ellas parecía ser la adecuada para explicar una extinción tan completa y extensa.

Quizá sabían que era su hora. Quizás algo dentro de sus cuerpos o dentro de su sueño primitivo y repti-líneo les dijo que su era había terminado. No habían tenido más remedio que aceptar. Los otros los habían dejado atrás. Él los imaginó yendo a algún sitio a morir, amontonándose sus grandes cuerpos. Y el mundo había continuado sin ellos.

La gran cabeza de su padre golpeando el suelo, su gran peso estremeciendo al pequeño Freddy cuando estaba escondido debajo de la mesa. Los grandes ojos en blanco, la boca floja e informe, gimiendo...

Fueron a la tumba del padre de Melinda tomados de la mano, sin decir nada. Douglas Mountain era bonito, el terreno accidentado parecía resuelto, estéticamente agradable en su forma por los campos de salvia gris verdosa. No había nadie que los molestara; realmente era un lugar remoto.

La tumba estaba bien cuidada; habían pasado mucho tiempo en la montaña durante su noviazgo, y con frecuencia paseaban cerca de la tumba y su monumento. Un viejo árbol curvaba sus ramas sobre la losa, y de él colgaban los estribos de su padre, el lazo, algunas de sus herramientas de trabajar el cuero y un hierro de marcar de su primer empleo. Como un pequeño museo. Objetos que ya parecían antiguos y casi olvidados.

Se levantó viento y despeinó el rubio cabello de Melinda.

—Se avecina tormenta —susurró ella.

Freddy creyó oír un caballo, varios, relinchando y pateando en el polvo, detrás de ellos. Se giró nervioso y no vio nada más que una nube de polvo gris que se arremolinaba con el aire. Su padre solía decir que siempre había «señales» y que había que saber interpretarlas. La naturaleza tiene mensajes secretos. Se podía saber lo que se avecinaba si se sabía qué mirar. Freddy imaginó a su padre en el polvo con los caballos largo tiempo perdidos, dinosaurios todos, escondido, observándole.

—¿Dónde están los caballos? —le preguntó a ella.

—Por ahí. Estos días están un poco tímidos.

Freddy sintió un escalofrío y se acercó a ella. Miró hacia atrás por encima del hombro. Una pequeña columna de polvo se asentaba, pero por un momento pareció una pata de caballo, doblándose y golpeando el suelo. Oyó un aire fiero forzado a través de grandes ollares. Sonidos fantasmagóricos, pensó. Luego, todo fue silencio de nuevo, el ambiente se despejó, y Freddy pudo ver a varios kilómetros a la redonda. Nada de polvo, nada que perturbara las pendientes de las áridas llanuras barridas por el viento. Nada que indicara vida.

—Creo que se han ido —le dijo a Melinda, mirando por encima de las desnudas pendientes—. Dios mío, creo que por fin se han ido.

Ella le miró, pero no dijo nada.

—El amor no nos salvará —dijo Freddy.

Nuevamente la enorme cabeza cayó en la inconsciencia.

Horas más tarde, Freddy encargaba otra cerveza, mirando al vaquero dormido de la mesa de al lado. No había estado en ningún bar de Rangely desde que su padre desapareció. Hacía años que no se emborrachaba.

El bar estaba iluminado con unas cuantas luces amarillas. Vaqueros y trabajadores del petróleo cambiaban de sitio en la oscuridad, cada uno transformándose en el otro, perdiendo resolución. La oscuridad del bar absorbía casi todas sus vagas sombras, pero aquellos a los que Freddy podía ver, parecían demasiado voluminosos. Gritaban, casi aullando, con la boca abierta, cavernosa, y le dolía en los oídos.

Se dio cuenta de que estaba examinando la encimera de la mesa. Tanto más cerca cuanto más bebía. Lo que allí vio, por fin, grabado en la superficie, parecía ser algún tipo de pictograma. Escritura con dibujos. Kokopelli, el flautista. Los indios Fremont, ¿cuándo fue... el año 1000? Freddy miró en las sombras, tratando de encontrar a alguien que pudiera haberlo grabado. Le pareció ver una cara más oscura que las otras, una cara pintada, pero luego el área pareció oscurecerse del todo, dos vaqueros moviéndose en el espacio. Repasó el grabado con el dedo, suavemente... Estaba viejo, gastado. Por la zona del riachuelo del Cachorro, Freddy había visto a algunos. De adolescente, él y otros chicos solían acampar allí, y disparaban a los dibujos. Ahora sentía vergüenza al pensar en ello, e incluso a la sazón le había parecido que hacía algo sucio. Los Fremont se habían marchado hacia el año 1150. Habían desaparecido en las montañas. Nadie sabía por qué.

—Era su hora —murmuró para sí—. Sus corazones ya no estaban en ello.

Las sombras del bar se movían, danzando en las paredes. Caballos atronando en la oscuridad. Indios Fremont. Los vaqueros y los obreros del petróleo parecían danzar con ellos. Y detrás de todos, el bulto imponente de un antiguo reptil, ladeándose, cayendo...

—¡Eh, chico, parece que has cabalgado mucho y estás calado! —Un vaquero dio una palmada a Freddy en la espalda. Él parpadeó y le miró. El vaquero le sonrió—. ¿Te invito a un trago?

—Sí, claro —dijo Freddy con ojos legañosos. Le resultaba difícil mantener enfocado al tipo.

El vaquero se sentó.

—He estado cazando coyotes en el río Blanco, y he pensado venir a la ciudad y quedarme con el ganado seco —Freddy le miraba sin verle—. Pasar una noche en la ciudad, ya sabes —el vaquero miró a su alrededor—. Hace demasiado tiempo. Anoche las pasé canutas, amigo, bebí demasiado, sospecho, y todo lo que había eran viejas... tuve que pelear con uno de esos del petróleo, un jovenzuelo; le tumbé hasta que salió arrastrándose diciéndome que saliera a la calle. ¡Fue una buena paliza! ¡Pero, Dios mío, hoy estoy molido!

Miró a Freddy y guiñó un ojo.

—¿Tú... cazas coyotes? ¿Te puedes ganar la vida haciendo eso?

—Hago lo que puedo —dijo—. Diantre, es una manera de vivir.

—Una manera de vivir... —dijo Freddy con tristeza, engullendo cerveza—. No queda mucho...

—¡Eso es un hecho! Una manera de vivir muy dura, pero una manera de vivir. Cuando me haya ido, nadie sabrá qué ocurrió, nadie sabrá cómo viví.

Freddy miraba fijamente la dentadura manchada de tabaco. La sonrisa que se hacía más amplia, que se expandía, que se hacía desproporcionada, el enorme rostro que caía, caía...

Pero fue la cara de Freddy lo que cayó con estrépito sobre la mesa de madera.

Freddy despertó el lunes con el sol que le daba en la cara. Se frotó la piel seca, temeroso de abrir los ojos, seguro de que alguien le había sacado a rastras del bar de Rangely y le había dejado tumbado en el desierto. Luego el suelo pareció ablandarse un poco bajo él, abrió un ojo y se encontró en su cama, en Meeker, con la ropa puesta.

—¿Cómo...? —murmuró, y entonces comprendió que el viejo vaquero debía de haberle llevado a casa.

Freddy se levantó de la cama tambaleándose y recorrió la casa, pero el hombre no estaba. La furgoneta de Freddy se hallaba aparcada en el jardín delantero. El vaquero debía de haber regresado a Rangely haciendo autostop. O haberse ido a las montañas o a la pradera, a esconderse. Desvanecerse. Morir.

Se sentó en el borde de la cama y se frotó el cuello. El reloj de la mesilla de noche marcaba las dos. Ya no valía la pena ir a trabajar, pero suponía que debía hacerlo. No tenía ninguna cita, así que dudaba de que le echaran en falta.

Las casas parecían insólitamente tranquilas. Una ligera brisa agitaba las cortinas de la ventana abierta, y no se oía nada en el exterior. Ni motores de coche, ni niños jugando. Freddy se sintió vagamente agitado. Una súbita ansiedad se apoderó de él. Se le erizó el cabello de la nuca. Una sensación extraña.

Su gata, negra como el carbón, entró en la habitación. De repente se detuvo, volvió la cabeza y le miró fijamente. Él la vio tensarse, enarcando el lomo. Le inmovilizó con los ojos, quieta. Se acercó a ella, pero salió corriendo profiriendo un agudo grito. Freddy no podía entenderlo. Era casi como si la gata no hubiera esperado verle.

El viento que entraba por la ventana pareció arreciar y la temperatura bajar, de modo que de repente notó las ráfagas frías que penetraban casi de un modo rítmico. Se acercó a la ventana para cerrarla, pero se detuvo y asomó la cabeza. La posición era demasiado difícil para ver gran cosa, pero, por mucho que estirara el cuello hacia un lado o hacia el otro, no veía a nadie, no oía a nadie. Unos perros caminaban tranquilos por las calles. Había coches aparcados, vacíos.

Sólo tardó unos minutos en lavarse un poco la cara y prepararse para ir a trabajar. No se molestó en ducharse. Se metió en la furgoneta, puso el motor en marcha y salió hacia la calle principal de Meeker, esperando a que las imágenes de su padre volvieran a él.

Se detuvo después de recorrer dos manzanas. Bajó de la furgoneta.

Había coches y camiones mal aparcados a ambos lados de la calle, en los callejones, en dirección contraria, sobre la acera, demasiado apartados del bordillo. Los motores estaban apagados y las puertas cerradas con firmeza, pero parecía como si a los conductores no les hubiera importado realmente dónde los dejaban. Quizá no importara dónde los dejaran.

No se veía a nadie. Freddy caminó por la zona principal de la ciudad; dos perros se fueron corriendo cuando le vieron. Las puertas de las tiendas y los cafés estaban abiertas. Había comida en las mesas, pero las parrillas y las cafeteras estaban apagadas. Alguien había dejado la radio encendida, pero sólo se oían los parásitos atmosféricos*, en todos los canales.

—¿Dónde os escondéis? —susurró suavemente.

Freddy corrió a la furgoneta y la puso en marcha. Se detuvo, tomó aliento, y se dirigió hacia Rangely.

A lo lejos, una alta figura con un desvencijado sombrero y descoloridos pantalones tejados caminaba hacia las montañas.

—¡Eh! ¡Eh! —gritó Freddy, pero la figura no se volvió.

Las ruedas tomaban las curvas por el canto, los arroyos le atraían, los socavones le llamaban. Le dolía el cuerpo conduciendo por el terreno accidentado, pero aun así pisaba a fondo el acelerador haciendo girar el volante. Pero la figura que se alejaba siempre estaba demasiado lejos, y la carretera no se dirigía hacia allí.

—¡Eh! ¡Vaquero! —gritó Freddy.

El vaquero no se volvió; siguió alejándose y desapareció.

Freddy rebasó otros vehículos abandonados junto a la carretera. No vio en las colinas a nadie más que algún que otro conejo.

Por primera vez que él recordara, la imagen de su padre no acudió a él.

Algunos kilómetros después —había perdido la noción del tiempo— se detuvo en los límites de la ciudad de Rangely, incapaz de seguir conduciendo. Un viento frío llenaba las calles de polvo. No había luz en los edi-

* Ruidos de origen natural que perturban las audiciones de radio. *(N. de la T.)*

ficios, aunque el cielo estaba encapotado. Una puerta daba golpes continuamente. En la periferia de su visión percibía los pozos de petróleo bombeando, sin que nadie los vigilara, sin que nadie se ocupara de ellos.

No iría a casa de Melinda para encontrarse con que se había marchado. No miraría sus cosas, las reliquias que habría dejado.

Era ya pasado el anochecer cuando Freddy llegó a lo alto de Douglas Mountain. No había visto a ningún ser humano en todo el camino. Tampoco lo había esperado.

«¿Adónde se fueron los dinosaurios?», volvió a preguntar el profesor. Se habían dado casi todas las respuestas corrientes. La niñita de delante de Freddy, de la que éste estaba tan enamorado, dijo que Dios lo había hecho, y varios de la clase estuvieron de acuerdo. Freddy dio la respuesta de la plaga de orugas. Le gustaban las orugas. Permaneció de pie junto a la tumba del viejo domador de caballos. La tumba del padre de Melinda. Ella no tendría una tumba. Ninguno de ellos la tendría. No quedaría nadie para enterrarlos. Pero quizás habría una cantera llena de huesos, y lo que hubiera en los tiempos venideros los desenterraría y los colocaría en vitrinas y dioramas.

El fuerte viento hacía entrechocar con estruendo las reliquias de metal del árbol. Abajo era de noche, pero Freddy creyó ver sombras moviéndose. Reflejos de sí mismo, quizá, sombras inversas. Estaba seguro de que oía atronar los caballos salvajes, los indios Fremont que los llamaban, los tramperos, los proscritos, ¿o quizás era el rostro de su padre en la oscuridad? Quizás era allí adonde había ido... todos aquellos años...

—Realmente soy el más ignorante de los dinosaurios —susurró a las sombras—. Estamos extinguidos, y aquí estoy, hablando a la oscuridad. Aquí estoy, nuevamente el único al que han dejado.

Se agachó y se inclinó hacia delante, aguzando la vista. Nada.

—¡No me dejéis! —gritó—. ¡No me abandonéis! —Se tocó la cabeza suavemente, luego se rascó las mejillas. No oyó ningún eco—. Te quiero... —susurró, pero había perdido los nombres.

El viento pareció arreciar, más frío, pero él comprendió que era un viento en su interior, y se lo imaginó comenzando en algún sitio cerca de la base de su columna vertebral, subiendo por los intestinos, el hígado, el corazón, recogiendo células de carne y hueso al avanzar, llevando viejos recuerdos al cerebro...

—Llevadme con vosotros... —susurró.

Y notó que la cabeza empezaba a caerle, como desde una gran altura. Arrastrándole a algún lugar.

Dinosaurios

Geoffrey A. Landis

*He aquí otra manera en que los dinosaurios podrían
haber muerto; ésta quizá sea la más extraña de todas...
Geoffrey A. Landis tiene el título de Ph. D. en física
experimental de estado sólido por la Brown University,
y es científico investigador en el NASA Lewis Research
Center de Cleveland, Ohio, donde trabaja para aumentar la eficacia de las células solares. Publicó por primera vez, en 1984 en* Analog, *una historia llamada*
Elemental *que fue finalista del premio Hugo aquel año.
Desde entonces se ha convertido en frecuente colaborador de* Analog, Isaac Asimov's Science Fiction Magazine, Pulphouse *y otras muchas publicaciones. Su relato*
Ripples in the Dirac Sea *fue finalista de los premios Nebula y Hugo el año pasado.*

Cuando llegó la llamada a las dos de la madrugada,
no me sorprendí. Timmy me había advertido que se
acercaba.

—Hoy o mañana, señor Sanderson —había dicho—.
Hoy o mañana seguro.

Su voz era seria, demasiado seria para su edad. He aprendido a aceptar sus pronósticos, al menos cuando está seguro, así que hice preparar a mi gente. Cuando el coronel llamó, yo ya estaba repasando lo que podríamos hacer.

Timmy está dotado para trascender el tiempo. A veces puede ver el futuro, y también algunos días en el pasado. Quizá debido a este talento particular siente pasión por la paleontología. Posee una buena colección de fósiles: trilobites y helechos fosilizados e incluso un cráneo de dinosaurio casi intacto. Tiene un interés particular por los dinosaurios, pero quizá no sea algo tan insólito. Al fin y al cabo, Timmy sólo tenía once años.

También posee otro talento. Y yo esperaba que no tuviéramos que depender de él.

Encontré a Timmy en su habitación. Ya estaba despierto, y pasaba el tiempo clasificando sus colecciones de fósiles. «Pronto formaremos parte de ellos —pensé—. Quizá dentro de un millón de años la próxima especie desenterrará nuestros huesos y se preguntará qué nos hizo extinguirnos.» Fuimos en silencio a la sala de conferencias. Sarah y January ya se encontraban allí. Sarah iba en albornoz y zapatillas, y tomaba café en una taza de Styrofoam. Jan había conseguido ponerse un par de vaqueros ajustados y una descolorida camiseta de Coors. Un momento más tarde llegó Jason, nuestro hipnotizador. No hubo necesidad de darles instrucciones. Ya las conocían.

Sarah era mi talento número dos. La descubrimos cuando hacíamos pruebas a gente que decía que podía localizar aguas subterráneas. No encontramos nada, pero la encontramos a ella. Ha sido uno de los controles. La instrumentación para el grupo de control había fallado mucho más que para los sujetos sometidos a prueba. Quizás otro equipo no habría hecho caso de ello, pero yo había dado instrucciones a mi equipo para investigar lo inexplicable, de cualquier clase. Así que investigamos los controles y por fin hallamos la causa: Sarah. Era una animada ama de casa divorciada, de cuarenta años, que poseía el talento de Murphy, capacidad de estropear los equipos complejos. Después de un poco de entrenamiento, incluso podía controlarlo. Un poco.

Mi tercer talento era January. Había demostrado tener capacidad para aumentar la proporción en que las cosas se quemaban. Con un poco más de entrenamiento, podría ser la más peligrosa de todas. Pero ahora no era más que una estudiante de universidad con una inteligencia sin entrenar.

Yo tenía a otras personas, con talentos diversos. Pero nada que pudiera ser útil contra lo que se avecinaba.

—Sarah, ¿cómo te encuentras?

—Agotada, Danny, agotada. Nunca he servido para mucho después de medianoche.

—Eso está mal. Trabajas mejor si estás bien despierta. ¿Y tú, Jan?

—Creo que sería mejor que me hipnotizara, Dan. Estoy demasiado nerviosa para hacer nada despierta.

—Bien —hice una seña afirmativa a Jason y él la puso a dormir—. ¿Y tú, Timmy? ¿Estás preparado?

—Sí, señor.

—¿Cómo te sientes?

—Me siento realmente bien esta noche, señor Sanderson —me sonrió—. Muy bien.

Si era así, era el único.

Una vez pensé que ser designado para el proyecto Popgun era la última parada de un viaje de una sola dirección a la oscuridad. Pero, aunque fuera relegado a un proyecto sin futuro, decidí convertirlo en el proyecto sin futuro mejor dirigido del Gobierno.

Quizá debería explicar lo que es el proyecto Popgun. Popgun es una pequeña agencia gubernamental montada para estudiar lo que los militares eufemísticamente llaman proyectos «de largo alcance». Lo que quieren decir es proyectos «estrafalarios». Asesinos psíquicos, sacerdotes de vudú, astrólogos, lectores de las hojas del té, gente que alegaba poder contactar con los ovnis. Nadie creía en realidad que ninguno de estos personajes diera resultado, pero, sólo por si acaso, eran investigados con gran atención. Perros que podían predecir el futuro, niños que podían doblar cucharas, jugadoras que podían influir en los dados. Siempre había nuevos personajes estrafalarios que investigar, con la misma rapidez con que los antiguos eran despedidos. Al fin y al cabo, con el presupuesto de defensa que asciende a cientos de miles de millones, unos cuantos millones para investigar a esos seres extraños se consideraba una ganga.

Los psicólogos, los que leían la mano y predecían el futuro, ninguno de ellos resultó merecer la investigación. Pero de vez en cuando, en extraños rincones de la nación, encontraba a algún talento auténtico. Yo les rogaba, sobornaba, coaccionaba y contrataba abiertamente para que fueran a trabajar conmigo a Alejandría, donde podríamos estudiarlos, entrenarlos para que utilizaran su talento, y quizás incluso imaginar para qué servían.

Cosa extraña, mientras yo informaba de los resultados negativos, se me encargaba un trabajo riguroso y métodos de prueba cuidadosamente controlados. Pero una vez que comenzaba a comunicar algo que valía la pena, se nos acusaba de investigación poco sólida e incluso de falsificación. El comité de investigación, aunque no llegó a sancionar nuestros resultados, sugirió por fin que nuestros descubrimientos «pudieran tener aplicaciones en el campo de la legítima defensa», y recomendó que me concedieran un alcance limitado para llevar a cabo las aplicaciones a corto plazo. Así que pedí —y recibí— un enlace de comunicaciones con el centro de evaluación de amenazas del mando de la Defensa Aérea Norteamericana (DAN). Voz e imágenes de vídeo de la principal pantalla de radar de la DAN, transportados en cables de fibra óptica a prueba de EMP.

Ahora esperábamos, escuchando lo que se oía a través de ese enlace.

«Los satélites de vigilancia informan de que se están abriendo las tapas de los silos.»

El presidente debe de estar en el teléfono rojo ahora, tratando de impedir la inminente catástrofe. Los misiles intercontinentales estaban siendo preparados en sus silos para un golpe de desquite, esperando la orden.

En todos los EE.UU. despegaban escuadrones de combate y las antiguas baterías de misiles antiaéreos se armaban para interceptar a los bombarderos que venían. Pero no podían derribar los misiles intercontinentales. La última defensa de los EE.UU. no sería ejecutada desde el puesto de mando ultra-equipado bajo alguna montaña de Colorado, sino aquí, en un feo e indescriptible edificio de Alejandría ignorado por el alto mando militar. Un ama de casa, una estudiante de universidad y un muchacho de once años.

El talento de Sarah, si podía hacerlo funcionar, iría mejor con los misiles en la fase de elevación, el de January durante la marcha en inercia, y el de Timmy en cualquier momento.

«Lanzamientos. Los satélites informan de lanzamientos desde el sector oriental. Los satélites informan de lanzamientos desde el sector sur. Los satélites informan de lanzamientos desde el sector norte.» Una pausa. «Lanzamientos desde submarinos en el mar polar. Lanzamientos desde el mar Báltico. Lanzamientos desde el mar Negro. Lanzamientos desde el norte del Pacífico. Total lanzamientos confirmado, 1.419. Probables, 214. Fracasos de elevación, 151.»

No un «ataque quirúrgico» como a veces se leía en los periódicos, el ataque en las bases militares y silos de misiles. Se trataba de un ataque a gran escala, no se dejaba nada en reserva. No sé por qué. Jamás he pretendido entender la política de los superpoderes.

—Está bien, Sarah, ahí viene. ¡A por él!

—Haré lo que pueda. Pero no prometo nada.

Cerró los ojos y se recostó. Yo miré la pantalla de televisión. Era demasiado pronto para ver nada, y decidí rezar. Soy ateo, pero quizás era el momento de convertirme.

Sarah abrió los ojos.

—¿Qué ha pasado?

Los dos miramos el monitor.

«BMEWS confirma 1.589 lanzamientos. Tres elevaciones han fallado en la segunda fase. 26 minutos para los primeros impactos.»

—Maldita sea —exclamó la mujer—. Hay días en que puedes y otros en que no. Parece que hoy no puedo.

Se recostó para intentarlo de nuevo. Bajo su aparente calma, vi que temblaba ligeramente.

«Confirmación de los radares PARC. Confirmaciones de PAVE-PAWS —los primeros puntos empezaban a aparecer en la pantalla—. Lanzamiento de la segunda onda. Lanzamientos desde el Atlántico Norte. Lanzamientos desde el mar del Norte. 820 lanzamientos confirmados. 19 probables, 22 fracasos».

La voz del enlace de comunicaciones era fría y profesional. ¿Cómo podía permanecer tal calmado?

Era hora de probar a January. Estaba muy relajada, respiraba profunda y regularmente.

—Estás muy calmada. Flotas, más alto, más alto. Estás por encima de las nubes. Puedes ver un cilindro de metal que avanza en el aire. Se está acercando a ti. Puedes imaginar el explosivo que contiene el cilindro. Puedes alargar la mano y tocarlo. Se pone caliente. Se pone muy, muy caliente. Hazlo explotar.

La pantalla estaba llena de pequeños puntos, como hormigas cruzando la pantalla. Hormigas malas, furiosas, que se acercaban a nosotros.

—Fuego en todos los propulsores. Dieciocho minutos para los primeros impactos.

—Puedes sentir el misil a tu lado. Alarga el brazo y tócalo, January. Toca el explosivo que hay dentro. ¡Puedes sentirlo! ¡Hazlo explotar!

Prendió fuego una papelera al otro lado de la habitación. En la pantalla de vídeo, no obstante, no desapareció ninguno de los puntitos. Era hora de probar a Timmy.

«Los satélites de vigilancia informan de que la primera ola de cabezas nucleares se ha separado del portador.»

Timmy tenía otro don: además de estar capacitado para ver a través del tiempo, también podía hacer desaparecer las cosas. Adónde iban a parar, nadie lo sabía. Nunca jamás regresaban.

—Timmy, ¿puedes oírme?

—Sí.

—Lejos, muy lejos por encima de nosotros hay muchísimos misiles surcando el cielo. Quiero que centres tu atención en ellos. Vienen hacia nosotros a cientos y cientos de kilómetros por hora. ¿Puedes imaginarlos?

—Sí.

—Hay muchísimos, Timmy. Por todas partes, se acercan a nosotros. Ahora, en cuanto yo cuente hasta tres, quiero que te concentres con todas tus fuerzas y los hagas desaparecer a todos. ¿Preparado? Uno... dos... ¡tres!

No se oyó nada, no pareció suceder nada. Los puntitos de la pantalla desaparecieron.

«Han desaparecido.— Por primera vez, la voz del enlace perdió su frialdad—. Han desaparecido. No puedo creerlo —empezó a reír—. Todo el ataque ruso ha desaparecido.»

Jason parecía asombrado. Sarah se levantó de un salto y me abrazó.

—¡Dan, lo hemos conseguido! ¡Nuestro Timmy lo ha hecho!

Yo la abracé. Ella reía, reía y lloraba al mismo tiempo.

No había terminado aún. Tuvimos que utilizar el talento de Timmy otras dos veces, en la segunda ola y de nuevo con los rezagados. Al cabo de una hora, oímos el anuncio de que los bombarderos regresaban a la base. Entonces supimos que había terminado.

Quizá podríamos haber contraatacado con nuestros propios misiles, o quizá deberíamos haber anunciado que teníamos un arma secreta y haberles pedido la rendición incondicional. Quizá podríamos haber hecho cualquier otra cosa. Pero estaba bastante claro que lo que no podíamos hacer era anunciar lo que realmente había sucedido. A menos que supiéramos que podríamos repetirlo.

De manera que el Gobierno de los Estados Unidos se limitó a hacer caso omiso del ataque. Fingió que nunca había sucedido. Creo que esto los acobardó más que cualquier otra cosa que hubiéramos podido hacer. Nunca supieron lo que había ocurrido. Tardaron mucho tiempo en intentar otro primer ataque.

Aquí también se mantuvo el secreto. Al fin y al cabo, todo había sucedido a las dos de la madrugada, y no se había producido alarma general. Naturalmente, corrieron muchos rumores de que algo había pasado aquella noche, pero ¿quién habría podido adivinar que se había lanzado un ataque a gran escala? ¿Y quién lo creería?

Hicimos todo lo posible para ver al presidente. En secreto, naturalmente. No me sorprendió, tampoco le había votado. Timmy estaba muy excitado.

Unos días más tarde, las cosas habían vuelto a lo que podría considerarse normalidad. Timmy se hallaba sentado en su escritorio, hojeando un libro: *El fin de los dinosaurios*.

—Señor Sanderson —dijo—, me pregunto qué ocurrió realmente con los dinosaurios.

Pensé en las envolturas de iridio de las cabezas nucleares, en nubes de hollín y ceniza surgiendo de las explosiones atómicas, creando un largo invierno nuclear. Pensé en los dos extraños talentos de Timmy, uno que tenía que ver con el tiempo, el otro totalmente diferente. El talento de hacer desaparecer las cosas. ¿Y dónde reaparecen?, me he preguntado a menudo. Pero creo que ahora lo sé.

Casi podía imaginar las cabezas nucleares, seis mil, cayendo como una lluvia en los bosques del mesozoico. Pobres dinosaurios, nunca tuvieron una oportunidad. Y, en sesenta y cinco millones de años, incluso los últimos indicios de radiactividad se habrían reducido a la nada.

Sí, creo que sé quién mató a los dinosaurios. Pero no lo dije.

—No lo sé, Timmy —dije—. Dudo de que alguien lo sepa jamás con seguridad.

Un dinosaurio en bicicleta

Tim Sullivan

*Pero ¿y si los dinosaurios no se hubieran extingui-
do? Tras millones de años de evolución, podrían haber
desarrollado una cultura como la de la historia que sigue. O puede que no...*

*La ficción de Tim Sullivan aparece con cierta regu-
laridad en la* Isaac Asimov's Science Fiction Magazine, *así como en* The Twilight Zone Magazine, Chrysa-
li *y* New Dimensions. *Escribe reseñas regularmente
para* The Washington Post Book World, U.S.A. To-
day, Short Form, *y aportó muchas de las reseñas de películas de terror para la reciente* Penquin Encyclopedia
of Horror and the Supernatural. *Sus libros más recientes son la novela* Destiny's End *y, como editor, la bien
recibida antología de terror* Tropical Chills. *Pronto
aparecerá una nueva novela,* The Parasite Wars. *Nacido en Bangor, Maine, Sullivan actualmente vive en Los
Ángeles.*

Harry Quince-Pierpont Fotheringay montó en la
enorme bicicleta y empezó a pedalear. Sus garras de tres

dedos encajaban cómodamente en los pedales, y de su hocico salió vapor por el frío de la mañana. Sus guantes de cabritilla no impedían que el frío metálico de los manillares le penetrara en las manos como zarpas. Tampoco ayudaban mucho el gabán, los pantalones de montar y la boina escocesa. Debería haber elegido un día más cálido para viajar en el tiempo.

Pero ahora no podía volverse atrás. Se oyeron algunos aplausos del público que rodeaba el cronocineticón, cuando la cadena atada a la enorme rueda delantera de la bicicleta empezó a hacer girar el pesado engranaje que Harry había ayudado a diseñar y construir, tan meticulosamente, durante los últimos siete años. Él sólo era ayudante de su erudito amigo sir Brathwaite Smedley-Groat, M.I.S, Ph. D. (Miembro del Imperio Saurio, doctor en filosofía), de quien era el invento del cronocineticón.

—Harry, ¿no puedes empezar con un poquito más de vigor? —gritó sir Brathwaite, hablando desde el exterior del perímetro del cronocineticón.

Estaba sentado en un taburete, la cola enrollada en su soporte de madera, observando los movimientos giratorios en el sentido de las agujas del reloj y cronometrando las revoluciones de la gran rueda principal con un cronómetro. Llevaba sombrero, hongo, gabán, polainas y una vistosa bufanda. Sacaba y metía su lengua bifurcada en un gesto nervioso.

—Pon un poco más de esfuerzo, ¿no puedes hacerlo? ¡Buen chico! ¡Eso es! ¡Empuja! ¡Pedalea más fuerte!

Era lo único que Harry podía hacer para reprimirse y no gritarle una respuesta furiosa. Mientras Harry gruñía y sudaba pedaleando, sir Brathwaite envió a su

314

criado en librea a comprarle una taza de té caliente para impedir que el frío le calara sus viejos huesos. Los vendedores, muchos de ellos pequeños pilluelos, vendían no sólo té, sino también castañas calientes, insectos rebozados fritos, vino caliente con especias, cerveza y otros diversos comestibles. Había casi mil almas reunidas en esa pradera de las afueras de la universidad para contemplar el viaje inaugural del cronocineticón. La presencia de estos caballerosaurios —las damas ataviadas con sombreros con plumas, faldas ahuecadas, pieles y bufandas; sus compañeros masculinos con blancos cuellos almidonados, sombreros de copa, frac, chaqué y paraguas— mirando todos ávidamente el cronocineticón a través de sus impertinentes, monóculos y quevedos, hacían que Harry permaneciera en silencio a pesar de la típica insensibilidad de sir Brathwaite. Este día propicio no se vería enturbiado por una muestra de malos modales por su parte. Al fin y al cabo, habría podido decirle a sir Brathwaite que encontrara a otro, pero él había querido ser el primer piloto del cronocineticón desde el momento en que había conocido los planes de su mentor de construir esa fantástica máquina. Parecía segura, en especial considerando los cálculos de sir Brathwaite que indicaban que el cronocineticón sólo podía permanecer en el pasado seis horas. La ley de «conversión del tiempo delante», como la llamaba algo pomposamente sir Brathwaite, se pondría en marcha inevitablemente después de ese plazo. De este modo sólo sería posible un corto paseo por el pasado prehistórico, y era una perspectiva bastante agradable, al menos en lo que se refería a Harry. Al fin y al cabo, era un estudioso de los antepasados remotos de los saurios, y quería ver por sí mismo, al menos una vez, aquellos antiguos titanes. Sir Brathwaite había mencionado algo acerca de la regresión e involución una o dos veces, pero le había asegurado a Harry que semejante posibilidad era muy remota.

—¡Más deprisa, Harry, más deprisa! —le urgía Sir Brathwaite.

Al ver que el criado había regresado, corriendo todo el camino para que el té no se enfriara, sir Brathwaite dejó un momento a Harry para tomar la taza.

—Buen chico —dijo con aire distraído al cansado criado, antes de volver al asunto que le ocupaba—. ¡De veras, Harry, viejo amigo, debo decirte que tendrás que hacerlo mejor!

Harry observó con envidia el humo que salía de la taza de té, aunque su ejercicio le estaba haciendo entrar en calor. La bicicleta había sido construida a un tamaño tres veces más grande que el normal —para dar más energía al cronocineticón— y los músculos de las patas se le tensaban al pedalear más fuerte y el corazón le latía con fuerza. Pronto estuvo transpirando en abundancia, pero no podía parar ni tan siquiera un momento para desabrocharse el gabán.

Harry pedaleó hasta que empezó a preguntarse si aquel armatoste de ruedas accionadas por cadenas y ruedas dentadas iba a hacer algo además de girar en torno a él. Los estudios científicos de sir Brathwaite habían indicado que se abría una línea del tiempo hacia el pasado desde aquel lugar. Lamentablemente, esta maravilla de la naturaleza sólo podía ser explotada mediante el uso de un complicado dispositivo como de relojería, semejante al que Harry impulsaba con sus patas en aquel momento. Eso es lo que indicaban los cálculos de sir Brathwaite... si eran correctos. No sería el primero de sus inventos o teoremas que fallaba estrepitosamente.

—Por Júpiter, creo que está sucediendo algo —dijo sir Brathwaite, despertando a Harry de su ensueño depresivo—. ¡Muy bien!

Sir Brathwaite tenía razón. Hubo otra salva de aplausos de la multitud, más entusiasta esta vez, y sir Brathwaite tuvo tiempo para gritar:

—¡Buen espectáculo!

Entonces, las damas con sus sombreros de ala ancha y con plumas se enturbiaron, igual que los caballeros con su sombrero de copa y chaqué. Los espectadores y sir Brathwaite, que agitaba su bastón muy excitado, ahora no eran más que figuras fantasmagóricas en el césped, meros espectros, que se desvanecían convirtiéndose en algo insustancial. Cuando desaparecieron, el Sol trazó de repente un arco y se puso detrás de las colinas al este de la ciudad.

El Sol volvió a salir, y se extinguió tras las colinas en cuestión de segundos. El pabellón lleno de banderas, que había sido construido para esta ocasión, pronto se desmontó. Harry pedaleó aún más deprisa, sobrecogido por el espectáculo, sin apenas creerlo. ¡Realmente estaba viajando a través del tiempo! La luz del sol relucía y era oscurecida por la noche, una y otra vez, hasta que el mundo parpadeó como una bombilla descompuesta. Pronto el parpadeo se hizo tan rápido como las alas de un colibrí: una débil luz a través de la cual podía ver transformarse el mundo.

Las agujas de la universidad desaparecieron. La

ciudad se redujo a un grupo de pequeños edificios, luego simples chabolas. Aparecieron cabañas con techo de paja, pero pronto desaparecieron también. Los árboles se multiplicaron, y crecían en selvas espesas alrededor del cronocineticón.

Los árboles desaparecieron, y de repente una llanura estéril que se precipitaba hacia él era un inmenso glaciar. Harry sacó la lengua con auténtico terror mientras el colosal muro de hielo se acercaba a él. Cerró los ojos y pedaleó con furia. De alguna manera, permaneció intacto cuando el glaciar le tragó. Se hallaba fuera del tiempo, pensó, invulnerable a los acontecimientos... siempre que siguiera en movimiento.

Pero no podía mantener este ritmo mucho más tiempo. Pedaleó durante lo que le parecieron horas, encerrado en hielo, y luego, bruscamente, el glaciar desapareció, retirándose hacia el horizonte del norte. Mientras observaba, las colinas a lo lejos cambiaron de forma, se hicieron más grandes, sus cimas se hicieron más puntiagudas.

Dos veces más llegaron y desaparecieron los glaciares, y cuando se hubieron retirado por última vez, Harry observó que la vegetación también había cambiado. Los árboles de hoja perenne y los abedules habían sido sustituidos por helechos y cícadas, vastas junglas que rodeaban cenagales en los que vislumbró los movimientos de formas gigantescas, de cuellos sinuosos como de serpiente levantando enormes cabezas.

¡Lo había conseguido!

Harry disminuyó la velocidad de pedaleo y después paró. No se había dado cuenta de que el cronocineticón estaba suspendido unos metros en el aire hasta que cayó con estrépito; fue lanzado sobre un grupo de flores silvestres. Jadeando, se incorporó e hizo inventario de lo que le rodeaba. No cabía duda de que había regresado al mesozoico. Más específicamente, al cretáceo. Las flores multicolores que perfumaban el aire no habían existido hasta entonces.

Contuvo el aliento e inhaló las dulces fragancias, hinchándosele la bolsa de debajo de la mandíbula. Harry se quitó la ropa de invierno, se puso un casco, pantalones cortos y camisa de safari tropical, que había escondido en una bolsa debajo de la bicicleta. Con un pequeño martillo para sacar muestras geológicas, un hacha, papel y lápiz y un reloj, bajó de la rueda principal en la base del cronocineticón al blando humus del mundo prehistórico.

Una enorme libélula le pasó zumbando junto a la cabeza. Aparte de eso, el lugar estaba completamente tranquilo... al menos de momento. Harry puso su reloj exactamente a las doce y miró el cronocineticón, que estaba semioculto en una variopinta maraña de flores silvestres, antes de avanzar. Sir Brathwaite había suspirado por tener el honor de ser el primero en ir al mesozoico —o eso decía—, pero no poseía la juventud de Harry ni su resistencia física; carecía de vigor para pedalear con suficiente fuerza durante tanto rato. No, lo lógico era que fuera Harry. Y allí estaba, setenta millones de años antes de su propio nacimiento, en un mundo primitivo que jamás había soñado ver, hasta que el brillante aunque errático sir Brathwaite encontró el secreto de los viajes en el tiempo. Harry esperaba que la teoría de sir Brathwaite acerca de la línea del tiempo que iba hacia el pasado y el futuro fuera correcta.

La humedad era agobiante. Harry caminaba despacio, hasta que llegó a un bosque de plantas perennes y extraños árboles. Con el hacha, hizo una señal en uno de éstos para indicar el camino.

En el momento en que terminaba de grabar la señal, oyó que algo se movía detrás de él.

Quizá, pensó, no era más que el cronocineticón. A veces la rueda principal crujía un poco. Pero no se había tratado de un simple crujido, por mucho que forzara su imaginación. Era más bien un sonido susurrante... La bolsa de la garganta se le hinchó por el miedo al recordar las enormes figuras que había vislumbrado antes en el pantano. Se volvió lentamente, para no molestar a... lo que fuera.

Una enorme cabeza con pico le miraba. Por su huesuda cresta supo que era un casmosauro. Nunca habría esperado que uno de sus antepasados fuera rosa, pero éste lo era, por sorprendente que parezca. Sus patas con plumas eran grandes como troncos de árbol. Afortunadamente, era vegetariano. El único peligro real estribaba en ser pisoteado por él.

Estaban a la misma altura, pues el casmosauro se hallaba sobre cuatro patas y el considerablemente más avanzado Harry se mantenía erecto sobre dos. La gigantesca criatura mostró poco interés por Harry, a pesar de sus posiciones relativas en la escala evolutiva. Pasó pesadamente por su lado y se puso a comer helechos en la sombra del bosque.

Aliviado, Harry se sacó el bloc del bolsillo y tomó algunas notas acerca del aspecto y los hábitos de la primitiva criatura. Cuando terminó de escribir, se metió en la oscura jungla, que olía muy bien. No era probable que encontrara ningún carnívoro grande allí dentro, o sea que se hallaría razonablemente a salvo. Si resultaba demasiado arriesgado, siempre podía correr hacia el cronocineticón y pedalear de regreso al futuro. No tenía intención de permanecer en el cretáceo más de una hora, y en cualquier caso, no tenía intención de dejar el aparato muy lejos del alcance de la vista. Si por alguna mala casualidad le ocurriera algo al cronocineticón, pensó con un pequeño escalofrío nervioso, se encontraría en un apuro terrible...

Rascándose un agujero de la oreja con la punta de la cola, Harry empezó a abrirse camino a través del espeso follaje. Le parecía oír voces de vez en cuando, mientras iba dejando un rastro con su hacha, pero no les hacía caso y consideraba que era que le zumbaban los oídos. Sin embargo, cuando se hicieron más fuertes, dejó de trabajar y escuchó con atención.

Eran unos sonidos ásperos, peculiares, ahogados por el bosque, aunque reales. Voces. Eran confusas, pero poseían el innegable ritmo del habla. Dos voces, una aguda y la otra baja. Harry se arrastró con sigilo para acercarse a los sonidos, apartó dos frondas de palmera... y allí estaban.

Permanecían erectos e iban vestidos con trajes plateados y ajustados. Tenían la cabeza peluda y la cara suave, salvo por una medialuna de pelo sobre el labio superior del más grande. El otro tenías las caderas y los pechos prominentes, lo que sugería que era un mamífero hembra de alguna clase. Eran parecidos a los simios, muy feos... ¡y sin embargo, al parecer, poseían un lenguaje hablado!

¡Simios que hablaban! Era un concepto demasiado

extraño y horrible para contemplarlo. ¿De dónde podían haber salido semejantes criaturas extrañas? Sin duda no eran habitantes del cretáceo. Mientras seguían conversando con sus voces farfullantes, Harry hizo una mueca ante la fealdad, áspera y gutural, de su manera de hablar; no emitieron ni un solo sonido sibilante civilizado. Quizá procedían de otro planeta... inteligencias vastas y frías, y nada comprensivas, que contemplaban esta tierra con ojos envidiosos, y trazaban sus planes lentamente y con seguridad contra ella...

Pero, por alguna razón, Harry lo dudaba. Aquellas criaturas parecían haber evolucionado en la tierra. Eran bípedas, al fin y al cabo, y la cabeza se hallaba en su sitio, con el número de ojos, nariz y orejas necesarios... aunque tenían una cobertura bastante desagradable, como una concha, que les cubría los agujeros de las orejas. ¿Una criatura de otro mundo se parecería tanto a un saurio? Harry se estremeció de asco. Tan parecidos... y, sin embargo, tan terriblemente distintos...

Harry sacó con cuidado el bloc, temblándole los dedos de excitación. Al apretar con el lápiz, la mina se rompió.

La cabeza de ambas criaturas se volvió de golpe hacia él. ¡Entonces Harry vio que tenían los ojos en la parte delantera de la cabeza!

Con la rapidez del rayo, los dos simios sacaron unos objetos metálicos que claramente eran armas, apuntándolas hacia las cícadas detrás de las cuales Harry se escondía. El grande rugió, ordenando a Harry, era evidente, que saliera. Asustado como estaba, y desarmado salvo por el martillo y el hacha, Harry no tuvo más remedio que hacer lo que le ordenaban. Si al menos sir Brathwaite no hubiera sido pacifista, así como vegetariano y espiritualista, Harry habría podido llevar un revólver. Con las plumas encrespadas, salió de su escondrijo.

Al parecer, las criaturas no esperaban a nadie como Harry. Sus ojos por un momento doblaron su tamaño, mostrando blanco alrededor del iris. Eran verdaderamente algo salvaje y aterrador.

—Por favor, no disparen —dijo Harry, quebrándosele la voz a causa del miedo.

Ellos le miraban fijamente con curiosidad. ¿No comprendían que les estaba hablando? Cuando vieran su ropa, accesorios y conducta caballerosa, seguro que bajarían sus armas y le darían la bienvenida como compañero civilizado. En cambio, cuando salió a la luz del claro, se pusieron a hablar como monos, agitando la mano libre y gritando en una muestra grosera —y sin duda nada digna— de sentimientos. Un feo espectáculo, pensó Harry, tratando de no mostrar desdén.

Cuando se calmaron un poco, la hembra le indicó a Harry con un gesto que se acercara. Él caminó despacio hacia ellos, con las manos abiertas delante de él.

La criatura más pequeña, cuya voz, aunque ronca, era al menos un poco más melodiosa que la de su compañero, soltó una larga retahíla de palabras sin sentido. El gran macho se encogió de hombros y ambos guardaron sus armas. Estaban al menos tan nerviosos como Harry, pero su conducta amistosa parecía una buena señal. Aunque eran repugnantes físicamente, era evidente que poseían una inteligencia rudimentaria, y era posible incluso que practicaran algunas crudas costumbres tribales que servirían como remoto acercamiento a los modales civilizados; era un comienzo, de todos modos, y él debería mostrarse cortés y tratar de no hacer caso de sus inevitables errores de conducta. Al fin y al cabo, ellos no podían evitar su estado degenerado, y al menos parecían realizar esfuerzos para ser complacientes.

Por señas le indicaron que los siguiera, y le llevaron a través del bosque a un lugar abierto junto a un precipicio. Allí, una cascada salpicaba de agua y formaba un arco iris. Un tiranosaurio bebía de la corriente bajo la cascada. Cosa curiosa, los dos simios no trataron de evitar al monstruo, cuyas mandíbulas se hundían repetidamente en el agua. Cuando se acercaron, Harry observó que el gran carnosaurio en realidad no tragaba agua. Parecía que posara, con la cola recta hacia atrás, un cuerpo como un barril paralelo al suelo. Sólo la cabeza subía y bajaba mecánicamente, con ojos inexpresivos... Tocaba el agua con el hocico, pero no bebía.

En lo que se refería a Harry, se estaba acercando demasiado a su gigantesco antepasado. La bestia todavía no los había visto, y Harry tenía intención de que siguiera así. Se detuvo y se negó a avanzar.

Sus grotescamente feos compañeros emitían sonidos guturales, echando la cabeza hacia atrás y mostrando su blanca dentadura. Harry no podía decidir si experimentaban algún tipo de ataque o si expresaban alegría. Quizá tenían intención de comérselo o —¡aún peor!— sacrificarlo al tiranosauro en algún extraño rito pagano. Ahora se mantenían sobre sus pequeñas patas delanteras, en la sombra misma del monstruo.

—Esto podría ser extremadamente peligroso, ¿lo sabéis? —dijo Harry inquieto—. No me gusta parecer cobarde y todo eso, pero las cosas realmente podrían ponerse feas si esa bestia se percatara de vuestra presencia —por alguna razón sentía la obligación de intentar salvar a aquellas irreflexivas criaturas. Degenerados o no, eran, al fin y al cabo, seres más o menos inteligentes—. Por favor... os tragará a los dos si no os apartáis ahora mismo.

Por supuesto, los estúpidos simios no entendían una palabra de lo que él decía. Haciéndole caso omiso, el simio macho alargó el brazo y agarró un mechón de pelo de la panza del gigante.

Harry se encomendó a su dios, y esperó a que la gran pata bajara y los aplastara. No ocurrió nada. En lugar de ver a los simios aplastados o engullidos, vio con asombro que se abría una trampilla en el estómago del tiranosaurio.

¡Era una máquina! ¡Un falso dinosaurio mecánico! ¡Debía de ser —tenía que ser— el equivalente del cronocineticón de aquellas criaturas! No poseía la elegancia del cronocineticón, desde luego, pero tenía que ser algún tipo de primitiva máquina del tiempo. Pero ¿de qué período podían proceder aquellas criaturas indeseables?

La hembra simia sacó una pequeña escalera del interior del monstruo. Con sus torpes dedos, hizo señas a Harry para que entrara con ella y su compañero. Harry les siguió.

Dentro del tiranosaurio había un pequeño compartimento. En este espacio atestado, el desagradable olor de los simios inteligentes, que antes ya había perturbado el olfato de Harry, se hizo casi insoportable, pero Harry procuró no hacerle caso por el bien de la investigación científica. Dos sillas estaban frente a una consola con luces de colores en su panel curvado. Fotografías de criaturas de aspecto similar a estos dos compañeros decoraban las paredes. Sobre la consola colgaban unos zapatos en miniatura recubiertos de bronce , junto con dos cubos blancos con puntos negros. Harry tomó nota de estos objetos, que parecían no servir para ningún fin técnico. ¿Eran fetiches de alguna clase? ¿Magia? ¿Podía ser que estas bestias tan avanzadas tecnológicamente fueran al mismo tiempo tan primitivas culturalmente? Quizá la Era de la Ilustración todavía no había llegado al remoto lugar en la línea del tiempo que ellos habitaban. Al fin y al cabo, no eran más que simios; sería un error esperar demasiado de ellos.

De repente, el pequeño se golpeó en el pecho y dijo algo que sonó como:

—¡Hu-mano!

¡Qué lista aquella pequeña criatura! Era evidente que intentaba comunicarse con él, empezando, cosa lógica, diciéndole su nombre, pero, antes de que él pudiera responder, la máquina del tiempo entera fue balanceada con una terrible fuerza. Harry cayó al suelo despatarrado. Hu-mano y su compañero con el labio peludo cayeron sobre él formándose un lío de brazos y piernas. A pesar de su terror, Harry hizo una mueca al notar el contacto. ¡Por Godofredo, cuánto apestaban!

La máquina del tiempo fue golpeada por segunda vez, aún más salvajemente. Una de las paredes se combó. Una sirena empezó a aullar. Los dos desventurados simios farfullaban aterrorizados.

Harry se abalanzó sobre la trampilla, mientras la máquina se tambaleaba como un barco en una tempestad en el mar. Consiguió salir por la abertura justo cuando toda la armazón del tiranosaurio se ladeaba y se volcaba con estrépito.

Harry rodó por la hierba, oyendo el fuerte ruido de metal aplastado. Finalmente se paró en un hoyo, y se arrastró detrás de una roca para contemplar el desastre que tenía lugar ante sus ojos.

Un enorme *Tyrannosaurus rex* de color púrpura con puntitos se frotaba contra las patas traseras subidas del falso dinosaurio, al parecer tratando de aparearse con él. El monstruo no parecía en lo más mínimo intimidado por la terrible estridencia de la sirena, quizás incluso la encontraba erótica, si sus propios lujuriosos gemidos en contrapunto servían de indicación. Realizaba un movimiento hacia delante particularmente vigoroso con su pelvis, agitando la cola con entusiasmo, y de repente toda la máquina del tiempo se derrumbó bajo el peso de la bestia, silenciándose la sirena para siempre. El tiranosaurio perdió el equilibrio y cayó al suelo sobre la armazón, y luego se levantó de nuevo. Parecía confuso por el hundimiento de su compañero, y quizá por el brusco silenciamiento de la seductora sirena. Rascándose la cabeza con una delicada pata delantera, miró a su alrededor, perplejo. No vio al simio hembra, que había saltado de la estructura destrozada y rápidamente se había arrastrado hasta un grupo de helechos. Se encogió bajo las frondas hasta que quedó completamente fuera de la vista, mientras el tiranosaurio rebuscaba entre los restos con las garras. De repente, siseó de triunfo cuando levantó al simio macho con el labio peludo. El simio macho gritó cuando los colmillos como dagas se cerraron sobre él, y siguió gritando mientras el tiranosaurio lentamente, casi contemplativamente, lo masticaba. Al final el tiranosaurio se lo tragó, se relamió y emitió un pequeño y delicado eructo.

Mientras el tiranosaurio seguía rebuscando entre los escombros para encontrar más golosinas, Harry se arrastró un poco más detrás de la roca. Antepasado o no, aquel enorme carnívoro también se lo comería si tenía ocasión. ¿Encontraría y devoraría también al simio hembra? A pesar de su aspecto asqueroso, esperaba que no. Aunque era poco atractiva, le había conmovido un poco el que la pobre criatura le hubiera dicho su nombre.

Por fin, cuando el tiranosaurio ya no pudo encontrar más carne en las ruinas, pateó con desdén lo que quedaba de la máquina del tiempo y se marchó, crujiendo el acero bajo sus enormes garras.

Harry se puso de pie, asustado pero ileso. Se acercó al grupo de helechos donde se escondía Hu-mano.

—Puedes salir —dijo, olvidando que ella no podía entenderle—. Ya no hay peligro.

El tono de su voz pareció tranquilizarla un poco. Salió arrastrándose, roto y sucio el uniforme que antes estaba impecable. Sus ojos mostraban más blanco que nunca, y, algo nauseabundo, un fluido claro y salado, salió de ellos formando pálidos rastros en la suciedad de sus mejillas. No obstante, parecía no haber sufrido daños. Se levantó de un salto y se tambaleó un poco, hablando a causa de la conmoción y el horror. Era una exhibición de emoción particularmente desagradable, pero Harry supuso que tendría que aguantarlo hasta que Hu-mano se calmara.

—Vamos, vamos —dijo él tenso, tratando de consolar a la hembra de simio—. El tiranosaurio se ha ido. No tengas miedo.

328

Al fin Hu-mano se secó los ojos, quizá resignada al hecho de que su compañero y la máquina del tiempo ya no existían. Contempló con aire triste los restos del falso dinosaurio mientras Harry sacaba su reloj del bolsillo para comprobar la hora. Hacía casi dos horas que se hallaba en el cretáceo. Después de este desastre, quizá no debería tentar más al destino y regresar enseguida a la civilización... aunque, ¿qué demonios podía hacer un Hu-mano?

Simplemente, tendría que llevarla con él cuando regresara a su propio tiempo. Era la única cosa decente que podía hacer. Por fea que ella fuera, poseía una débil inteligencia y no podía dejarla allí, para que se la comieran los dinosaurios carnívoros. Por supuesto, de ninguna manera encajaría en una sociedad civilizada salvo como monstruo, como curiosidad. Quizá sir Brathwaite podría ayudarla a regresar a su propio tiempo. Y aunque no pudiera, seguro que la vida en el siglo diecinueve, aunque como curiosidad científica, era preferible a ser desgarrada por una bestia salvaje. Al menos podría vivir su vida normal, quizás en un parque zoológico...

Harry hizo señas a Hu-mano de que le siguiera, y echó a andar para regresar al cronocineticón. Se abrieron paso con cautela a través del bosque, al acecho de los carnívoros. Pronto llegaron al borde oscuro del bosque, y al cabo de unos minutos, Harry encontró un árbol señalado. Siguieron el rastro que él había ido dejando en la jungla. Media hora más tarde salieron de nuevo a la cegadora luz del sol, y unos minutos después Harry vio el cronocineticón. Desde donde se hallaban, no parecía deteriorado. La bolsa de la garganta se le hinchó de alivio.

Mientras se acercaban al agregado de ruedas y engranajes, las expresiones de Hu-mano fueron cambiando. Al principio miró el cronocineticón con los ojos entrecerrados, luego los abrió mostrando el blanco, y por fin emitió el mismo sonido gutural que ella y su compañero habían producido antes, mostrando sus dientes. El sonido fue tan desagradable como lo había sido la primera vez.

Hu-mano trepó a la enorme bicicleta con la ayuda de una escalerilla unida a la rueda central. Volvió a emitir el horrible ruido gutural, convenciendo a Harry de que en realidad expresaba placer. ¿Comprendía que él había llegado de un futuro, al menos? Hu-mano debía de haber venido de otro distinto, un futuro en que los simios habían evolucionado... por extraño que pareciera.

Ella le miró boquiabierta cuando empezó a gesticular, tratando de explicarle sus intenciones con signos, aunque parecía inútil. Quizá si hablaba en voz alta y despacio...

Un rugido estremecedor le cortó en seco. Los dos se volvieron al mismo tiempo y vieron a un terópodo que avanzaba dando saltos hacia ellos. No era tan grande como el tiranosaurio, pero parecía igual de fiero y hambriento. Era de un color verde brillante con rayas magenta. Harry reconoció que era un daspletosauro.

—¡Por Godofredo, viene hacia nosotros! —gritó.

Y así era. En pocos instante estaría sobre ellos. Jamás podrían distanciarse lo suficiente a pie. Pero Harry no se permitió sucumbir al pánico. Saltó al cronocineticón, soltó la cadena de la rueda más pequeña, y sacó a la aterrorizada Hu-mano del sillín y la colocó en el manillar. Harry se puso de pie sobre los pedales. Oyó jadear a Hu-mano cuando pasaron por encima de la rueda central del cronocineticón, saltando al suelo más de un metro. El impacto fue doloroso, y la bicicleta rebotó violentamente, pero Harry logró mantenerla en pie. Mientras bajaban por inercia a trompicones por el borde de una larga pendiente, el daspletosauro llegó al punto donde ellos estaban un instante antes.

Harry apuntó la rueda delantera colina abajo, y pronto ganaron velocidad mientras él pedaleaba con todas sus fuerzas. Un furioso siseo desde atrás le convenció de que el daspletosauro no abandonaría tras un solo intento. Esperaba que la bestia no destruyera el cronocineticón con su furia.

El terreno era accidentado, y Harry perdió el control de la bicicleta por un momento. Hu-mano dio una sacudida hacia delante, pero logró mantenerse agarrada. El rugido furioso del daspletosauro resonó muy cerca de ellos. Harry pedaleó aún más fuerte, esforzándose al límite.

Hu-mano miró por encima del hombro y gritó algo.

—¿Qué? —preguntó Harry a gritos.

Ella gritó por segunda vez alguna jerga incomprensible, y entonces debió de recordar que Harry no podía entender lo que intentaba decirle. Gesticuló violentamente hacia la izquierda mientras una sombra les cubría.

Harry dirigió el manillar hacia aquella dirección, estando a punto de hacer caer a Hu-mano. El daspletosauro cayó con estrépito en el preciso lugar donde habrían estado de haber seguido avanzando hacia delante. El impacto del enorme cuerpo al golpear el suelo levantó la bicicleta en el aire.

Harry mantuvo recta la rueda, de pie sobre los pedales mientras volaban. Bajaron con dureza y rebotaron. La bicicleta volvió a aterrizar, tambaleándose peligrosamente... y yendo en zigzag. ¡Aquella maldita máquina estaba fuera de control!

La rueda delantera chocó contra un tronco muerto. Harry y Hu-mano salieron disparados por encima del manillar, aterrizando en las turbias aguas de un pantano.

—¡Hu-mano! ¡Ayúdame! ¡No sé nadar! —gritó Harry, en cuanto pudo salir a la superficie de la lodosa agua. ¡Ahogarse en el cretáceo, eras antes de su propio nacimiento! ¡Qué horror!

Los blancos dientes de Hu-mano asomaron entre el barro aterronado que cubría su rostro. Harry vio que se levantaba y el barro le llegaba a la cintura. Él también se levantó, dándose cuenta con retraso de que había poco peligro de ahogarse. Turbado, se dirigió hacia la orilla, pero Hu-mano tiró de su brazo arrastrándole más adentro en el cenagal.

El daspletosauro llegó a la orilla del pantano, agitando su cola en señal de frustración. Rugía y siseaba, pateando con sus garras, pero no penetró en el pantano.

—¡Tenemos que volver al cronocineticón! —gritó Harry—. ¡Es nuestra única esperanza!

Hu-mano meneó la cabeza con énfasis y le agarró aún más fuerte la pata delantera, penetrando más en el maloliente pantano. Los rugidos y siseos del daspletosauro se desvanecían mientas medio caminaban y medio nadaban hasta la otra orilla. Hu-mano trató de salir, pero resbaló en el barro y cayó en la asquerosa agua. Utilizando sus garras, Harry consiguió llegar a tierra firme. Se agarró a una rama de magnolio, recibiendo con agrado su dulce olor después de la fetidez del pantano, y, tras un momento de vacilación, extendió su cola en el agua para sacar a Hu-mano. Terriblemente poco digno, desde luego, pero no podía hacer otra cosa. Sin hacer caso del parloteo de ella, Harry hizo inventario de sí mismo y descubrió que había perdido su hacha, su martillo y el papel y el lápiz. Sólo le quedaba el reloj, pues lo llevaba atado mediante una faltriquera de plata al bolsillo del reloj.

Hu-mano seguía farfullando y gesticulando vigorosamente, señalando con frecuencia hacia el norte. Su parloteo no significaba nada, por supuesto, pero, mientras ella hablaba, Harry tuvo la repentina idea de que podían intentar una ruta diferente para regresar al cronocineticón, una ruta que no fuera cruzada por tantos carnosaurios... o eso esperaba él. Su reloj todavía funcionaba, y en cuanto hubo frotado la suciedad del cristal, vio que eran las tres y doce minutos. Tenían tiempo suficiente para dar la vuelta al pantano en lugar de vadearlo. El cronocineticón estaba directamente al noroeste de donde se hallaban. Si iban hacia el norte hasta que quedaran fuera del alcance de la vista del daspletosauro, y luego giraban al oeste, llegarían al cabo de unas dos horas, calculó Harry. Señaló hacia el norte e iniciaron su marcha forzada de regreso al cronocineticón.

De vez en cuando, mientras caminaban, Hu-mano se rascaba la cabeza. Harry temía que tuviera piojos, o, peor, algún parásito desconocido, prehistórico. Si esa plaga se le metiera bajo las plumas... Estoicamente intentó quitarse esa idea de la cabeza, como ya había intentado, valientemente, no hacer caso del terrible olor de Hu-mano, que por entonces se había convertido en una fetidez de infames proporciones...

El hilo de pensamientos de Harry fue interrumpido cuando una criatura grande como Hu-mano o él mismo apareció bruscamente. Harry y Hu-mano se escondieron tras un árbol de sasafrás y observaron, esperando Harry que no se tratara de un carnosaurio pequeño. ¡Por Júpiter, no lo era! Y cuando Harry vio lo que era, apenas podía creer en su suerte.

Permanecía, como un pájaro, sobre dos robustas patas, y su largo cuello soportaba una cabeza pequeñísima. Era un ornitomimo, no cabía duda. La teoría que prevalecía en su tiempo era que se trataba de un antepasado primitivo de los modernos saurios... aunque existía la teoría estrafalaria de que ese honor pertenecía al diminuto microvenator, una criatura que había sobrevivido sólo gracias a su tamaño insignificante y a su timidez. Harry suscribía la tesis convencional, y la aparición del ornitomimo reforzó su parcialidad. En el transcurso de los eones, el cuello se habría acortado y hecho más grueso para soportar la cabeza más grande, pero su primitivo antepasado era, no obstante, magnífico. Las plumas azul cobalto y blancas contrastaban notablemente con un hocico escarlata. Era omnívoro incluso en esta forma temprana, pero, aunque poseía un pulgar oponible, su garra todavía no era prensil. Era más grande que Harry, e indudablemente mucho más fuerte. Si se percataba de su presencia, podrían tener problemas. El ornitomimo desapareció detrás de unos rododendros, y Harry suspiró aliviado.

Aunque su antepasado era primitivo, el corazón de

Harry se hinchó de orgullo. Comparado con el apestoso primate que se hallaba a su lado, el ornitomimo era la criatura más grandiosa, más majestuosa de toda la naturaleza.

Pronto el pantano quedó detrás de ellos, y giraron al oeste hasta que la alta hierba se los tragó. Al menos no se los veía con tanta facilidad como en la llanura cuando el daspletosauro los había atacado, pensó Harry. La hierba era más alta que ellos. El único inconveniente era que le hacía estornudar. Y, lo que era más inquietante, comprobó su reloj y vio que casi habían transcurrido cinco horas desde que hubo llegado al cretáceo. Su travesía les estaba llevando más tiempo del que él había previsto... y no estaba absolutamente seguro de que se dirigieran en la dirección correcta.

A lo lejos se produjo un relámpago de aspecto extraño, pero, curiosamente, el sol aún brillaba con fuerza sobre Harry y Hu-mano. Una sombra pasó amenazadora sobre sus cabezas. Harry levantó la vista y vio a un pteranodon volando en círculos; su cabeza con cresta señalaba una nube de forma rara al ladearse. Tristemente, Harry recordó que había perdido su hacha en el pantano. Habría sido un arma eficaz contra el pteranodon, cuya envergadura de alas no podía ser de más de seis metros. Luchar con él con las simples manos era otro asunto, por supuesto. El pico de treinta centímetros de largo podía destrozarlos.

Lo que Harry había creído que era una nube, de pronto empezó a desenfocarse. Se oyó una ligera detonación, y el contorno de la nube se delineó claramente. ¡Algo que parecía una pequeña casa apareció bruscamente en mitad del aire!

El pteranodon emitió un grito y se alejó. La extraña casa permaneció un segundo en el aire, y luego bajó a tierra con gran estruendo. Había unos cuantos objetos extraños en la ladera de una cercana colina, observó Harry, con la hierba aplastada debajo de ellos, pero la pequeña casa estaba mucho más cerca que cualquiera de esos otros.

—¡Vaya! —exclamó Harry—. ¡Deben de ser otros viajeros en el tiempo!

Corrió hacia los restos de la casa, Hu-mano detrás de él, justo a tiempo de ver salir al primero de sus habitantes. Eran bípedos, cubiertos de piel gris y con vistosas faldas escocesas. De su hocico salía un larga y rosada lengua. Dando muestras de emoción, se ayudaron unos a otros a salir de lo que quedaba de su máquina del tiempo; eran toda una jauría.

—¡Santo cielo, canes inteligentes! —exclamó Harry maravillado—. ¿Qué veremos a continuación?

A modo de respuesta, un artefacto como una jaula apareció en el aire y cayó a tierra. Dentro había una complicada serie de ruedas y un número de roedores bípedos aturdidos, con gafas que reflejaban como espejos.

—¡Ratas! ¡Ratas sabias! —exclamó Harry—. ¡Por Júpiter, es increíble!

Mientras observaban, la puerta de la jaula se abrió y quizá salió de ella una docena de ratas-hombre, agitando su rabo desnudo detrás de ellos. Pasaron corriendo al lado de los atónitos canes y empezaron a ascender la colina.

Harry se acercó a los perros con intención de prestarles amistosa ayuda, pero el que estaba más cerca se volvió y le gruñó, mostrándole los colmillos. Harry y Hu-mano se mantuvieron a distancia mientras los canes sacaban al último de los suyos de entre los escombros, lamiéndose unos a otros y dando agudos ladridos de alegría.

Pero ¿qué harían los perros ahora que el peligro había pasado? Harry y Hu-mano empezaron a retirarse justo cuando la jauría se giraba hacia ellos y armaba un gran estruendo ladrando. En aquel momento, otro objeto borroso cayó entre Harry y la jauría de perros. Un aparato dorado, como una esfinge, aterrizó con elegancia.

De la esfinge emergió un felino bípedo que llevaba una boina negra. Siseó a los perros, poniéndoles los pelos de punta. Los perros gruñeron al gato, defendiendo su terreno mientras el felino daba vueltas alrededor de ellos.

—¡Cielo santo! —exclamó Harry—. ¡Otra raza viajando en el tiempo!

Pero ¿cómo podría comunicarse con cualquiera de ellos si todos insistían en pelear unos con otros?

Apareció otra máquina del tiempo. Ésta era una construcción informe, más bien destartalada. De ella salieron dos mamíferos enmascarados, de poblada cola, que, según especuló Harry, podrían descender del *Procyon lotor*, o mapache. No llevaban más ropa que corbata de estilo inglés.

—¡Extraordinario! —exclamó Harry—. Esto debe de ser un nexo, un lugar donde se juntan todas las líneas del tiempo. Nosotros hemos llegado a la periferia, Humano.

Luego observaron la aparición de otras criaturas inteligentes que viajaban en el tiempo: caballos, cetá-

ceos, cerdos, serpientes, gacelas, buitres, conejos, comadrejas, glotones, gerbos y un oso con zapatillas de
andar por casa y sombrero hongo. Estas criaturas
emergieron de docenas de máquinas del tiempo de
todo tamaño y forma, que salían del extraño resplandor que había, lo cual debería de ser el corazón mismo
del Nexo del Tiempo. A medida que Harry y Hu-
mano se acercaron a ello, vieron que el Nexo era una
oscura abertura en un cielo azul y claro, a través de la
cual las máquinas del tiempo caían constantemente. Se
abrieron paso a través de la multitud de tiemponautas y
subieron a la cima de la colina. Desde aquel punto de
observación ventajoso vieron miles de máquinas del
tiempo, en diversos estados de uso, que ensuciaban el
paisaje del valle que se extendía más allá. Pululando
por allí había miles, quizá más de diez mil criaturas que
emitían toda clase de sonidos, en todo lo que la vista
podía abarcar.

Mientras contemplaban todo el espectáculo, un
globo verde mar rebotó en la cima de la colina y rodó
hacia ellos. Harry examinó el globo, asombrado al ver
peces atisbando desde sus acuosas profundidades a través de ojos como botones. ¡Peces inteligentes! A Harry
le daba vueltas la cabeza.

Entonces, del caos del pie de la colina emergió una
criatura repulsiva. ¡Santo cielo, era una... cucaracha de
metro ochenta de altura! El insecto tiemponauta se
tambaleó sobre sus patas traseras y asomó su reluciente
cabeza marrón entre dos patas delanteras. Una segunda
cucaracha salió después, y luego docenas más de cosas
asquerosas.

—¡Bueno, ya está bien! —gritó Harry, venciendo

338

por fin el disgusto al asombro—. ¡Esto es demasiado! ¡Abominable! ¡Odioso! ¡Condenable!

Estas criaturas eran tan ofensivas y detestables que, su lado, Hu-mano era decididamente normal —incluso atractiva— en comparación. Incluso la propia Humano parecía consternada por la aparición de este último lote de viajeros del tiempo, pues se había vuelto pálida y oscilaba levemente sobre sus pies. Y, en realidad, ¿por qué no? ¡Cucarachas inteligentes! ¡Increíble! Incluso podía esperarse que a un simio le repugnaran.

Las cucarachas se reunieron, oscilando vigorosamente sus antenas. ¿Atacarían? Sus caparazones parecían sólidos como el acero, y sin duda sus mandíbulas podían desgarrar la carne de los saurios como si fuera papel. Se acercaron, y Hu-mano se puso a chillar de un modo horrible.

Justo cuando Harry estaba seguro de que se hallaba a punto de morir, otra máquina del tiempo entró en escena, con un artilugio como un acordeón en su base para amortiguar la caída. Ésta parecía un trineo, con un enorme disco grabado giratorio en la parte posterior. Relucía el latón bien pulido, y el asiento del viajero en el tiempo estaba tapizado en elegante terciopelo rojo.

El propio viajero en el tiempo iba ataviado con chaleco, corbata y esmoquin. Llevaba una pipa entre los dientes, lo que acentuaba la firmeza de su mandíbula. Su porte era tan civilizado, tan, tan... saurio, que era difícil creer que se tratara de la misma raza que Humano... ¡y sin embargo era en verdad un simio!

El recién llegado miró a su alrededor, y sus ojos se dilataron mostrando la parte blanca, de una manera familiar, cuando vio a Hu-mano y las cucarachas gigantescas. Sus ojos volvieron a su tamaño normal con un destello acerado. Percibiendo al parecer la amenaza para una hembra de su especie, dejó la pipa en un panel de latón ante él, saltó de su máquina del tiempo y lanzó un puñetazo a la cucaracha más cercana.

La pobre criatura aterrizó de espaldas, agitando las patas con furia. Antes de que el furioso simio pudiera volver a golpear, dos de las otras cucarachas colocaron bien a su compañera, y entonces todos aquellos horribles insectos se alejaron corriendo, buscando refugio en la multitud de la que acababan de escapar. El abusón simio escupió en las palmas de sus manos y se volvió hacia Harry. Tenía la mandíbula apretada y sus ojos grises relucían como hojas de espada.

Acobardado, Harry encomendó su alma al cielo mientras el voluminoso simio levantaba un fuerte puño para golpearle...

La bolsa de la garganta de Harry se hinchó de miedo. ¿Qué tenía que hacer? Agarró la muñeca de Hu-mano y la empujó hacia el simio macho.

—¡Toma por compañera a esta criatura llena de pulgas! —gritó—. Está bastante incivilizada, pero es inteligente, para ser un simio. Quizá tú, viejo amigo, podrías enseñarle modales, ¿eh? ¡Adelante, hombre! ¡Tómala!

El simio macho vaciló mientras Hu-mano se aferraba a él. Ella parloteó en su lenguaje por un momento y luego despidieron a Harry con un gesto desdeñoso de la mano. Los dos mostraron sus dientes y emitieron sus sonidos guturales. Finalmente, Hu-mano y el macho, que en verdad se había convertido en su nuevo compañero, subieron a su máquina del tiempo. El macho en-

340

cendió la pipa, dio unas chupadas contemplativo por unos momentos, y luego empujó una palanca adornada con joyas. La rueda de metal rechinó y zumbó cuando empezó a girar. La máquina del tiempo del simio y sus ocupantes se hizo borrosa.

—¡Adiós, muchacha! —gritó Harry a Hu-mano, muy aliviado—. Realmente es mucho mejor así. No habrías encajado en la sociedad de donde yo procedo. Serás mucho más feliz entre los de tu especie.

Su oreja interior reaccionó incómodamente al efecto del desplazamiento del tiempo mientras los dos simios desaparecían. Se quedó de pie contemplando el lugar donde había visto por última vez a Hu-mano, dándose cuenta, cosa extraña, de que casi la echaba de menos... hasta que un artilugio lleno de langostas inteligentes casi le hizo caer. Sería mejor que se apartara de ese torrente de máquinas del tiempo y regresara al cronocineticón a toda prisa. Consultó su reloj y vio que sólo quedaban treinta y tres minutos para que la ley de la «conversión del tiempo hacia adelante» tuviera efecto. ¿Podría regresar a tiempo? Aunque llegara hasta donde se encontraba la bicicleta, todavía tendría que unirla al cronocineticón. Y aunque el cronocineticón no hubiera sufrido ningún daño, era poco probable que la bicicleta estuviera bien. Había muchas probabilidades de que estuviera condenado a pasar el resto de su vida en el cretáceo.

Harry echó a correr. Las curiosas pero cobardes cucarachas le siguieron un rato, pero, cuando se acercaron a los perros-hombre que ladraban, se asustaron y volvieron a alejarse. Harry echó una última mirada a la increíble miríada de máquinas del tiempo y tiemponautas, y luego siguió su camino. ¡Sólo quedaban veinticuatro minutos!

Harry supuso que debía viajar hacia el oeste para encontrar el cronocineticón, si sus cálculos acerca de la ubicación del Nexo del Tiempo eran correctos. Subió corriendo una colina y bajó otra, silbando, sintiendo cómo los preciosos minutos se escurrían, buscando desesperadamente alguna señal de la bicicleta o el cronocineticón.

Sólo le quedaban catorce minutos cuando el paisaje empezó a resultarle algo familiar. Si, allí estaba el bosque en el que había encontrado a Hu-mano y a su compañero, y al sur del bosque se hallaba el pantano donde se había visto obligado a abandonar la estropeada bicicleta. Harry sacó a toda prisa la bolsa de su reloj y comprobó la hora. ¡Las seis menos nueve minutos!

Se lanzó frenético a través de la llanura, aguzando la vista para encontrar la bicicleta. Si no la encontraba muy pronto se vería condenado a una corta y asquerosa vida en el mesozoico. Los segundos transcurrían como los latidos de su pulso. Ahora le quedaban menos de cinco minutos...

¡Allí estaba! La reluciente y negra bicicleta era fácilmente visible en la hierba amarilla. Harry echó a correr hacia ella, con la cola levantada detrás de él. Se hallaba a no más de quince metros de ella cuando un espeluznante aullido partió el aire. Harry miró hacia atrás y vio una manada de deinonicusos de brillantes plumas que se acercaban a él, chillando de un modo horrible. A Harry el corazón le dio un vuelco; estaba aterrorizado.

El líder se hallaba lo bastante cerca de Harry para

clavarle las terribles garras en las patas traseras. Aunque los deinonicusos no eran más grandes que él, eran extremadamente fieros, ¡y había muchísimos!

Jamás podría escapar de ellos. Su única oportunidad era la bicicleta. Dudaba de que aún estuviera utilizable, pero corría hacia ella tan deprisa como podía.

Mientras corría, consultó el reloj. ¡Quedaban menos de dos minutos!

Se desesperó cuando, al acercarse a la bicicleta, vio que los neumáticos estaban tan estropeados que no podrían circular. Los deinonicusos se estaban acercando a él. Sus rugidos le llenaban los agujeros de las orejas cuando llegó a la bicicleta.

En aquel momento, sucedió algo asombroso. De repente, la bicicleta se enderezó en el aire. Rebotó, cayendo a tierra y elevándose, y con cada rebote el metal retorcido se enderezaba.

La bicicleta rebotó una última vez y quedó completamente restaurada, y empezó a pedalear hacia atrás. Harry corrió hacia ella, la manada salvaje aullando detrás de él.

¡La ley de la «conversión del tiempo hacia delante» tenía efecto!

Harry corrió atropelladamente por la llanura, persiguiendo la bicicleta, hasta que vio el cronocineticón; éste descansaba en el macizo de flores silvestres exactamente como lo había dejado. El corazón se le llenó de esperanza cuando vio que se hallaba intacto.

Un dinosaurio del tamaño de un pollo, un microvenator, que había estado comiendo mariposas, parpadeó al ver la bicicleta sin conductor que pedaleaba hacia él. Emitió un chillido y se alejó corriendo hacia lo que sin duda le pareció el lugar más seguro a la vista: el cronocineticón.

En un santiamén, la bicicleta saltó sobre la rueda principal. Ocupó su lugar y su cadena pasó sobre la rueda más pequeña del cronocineticón. ¡El enorme mecanismo ya zumbaba, a punto de partir hacia el siglo diecinueve! ¡Harry miró por encima del hombro y vio unas mandíbulas babeantes a punto de cerrarse sobre su cola! Se hizo a un lado cuando los colmillos del deinonicuso se cerraban, y captó un soplo de fétido aliento. El carnosaurio se tambaleó, detenido su movimiento hacia delante el tiempo necesario para que Harry se distanciara los últimos pasos que le quedaban hasta la máquina del tiempo. ¡Era ahora o nunca!

Harry dio un salto hacia la bicicleta, escapando apenas de tres pares de mandíbulas. Aterrizó en la escalerilla y trepó desesperado hacia el asiento. Mientras unas mandíbulas hambrientas chasqueaban a su alrededor, el microvenator del tamaño de un pollo saltó sobre él. La escalerilla, que no había sido ideada para llevar peso, bajo la tremenda fuerza de la rueda principal giratoria, empezó a torcerse y a caer hacia atrás, hacia la manada de deinonicusos. Harry sentía su cálido aliento en la cola y espalda cuando saltó. Los deinonicusos hicieron chirriar sus afilados dientes mientras Harry trepaba hacia el asiento. En un momento las bestias salvajes habían desaparecido.

La luz vacilaba y se oscurecía a medida que el sol pasaba por encima repetidamente. Harry pedaleaba hacia atrás. Por fortuna, había menos resistencia moviéndose hacia delante en el tiempo que hacia atrás. Los glaciares se abalanzaron sobre él, retrocedieron, se precipitaron... Las montañas se hicieron menos escarpadas y vislumbró rudimentarias cabañas neolíticas a lo lejos. Las cabañas se convirtieron primero en una aldea, luego en una pequeña ciudad y por fin en una gran ciudad.

Harry se acercaba a su querido siglo diecinueve. Ahora el sol pasaba de este a oeste un poco más despacio. Aparecieron las agujas de la universidad. Las garras de Harry apretaban con fuerza el manillar. ¡Casi estaba en casa! Asomó el pabellón lleno de banderas. Luego vio a la multitud, que se movía cómicamente deprisa... ¡y allí estaba sir Brathwaite!

El brillante científico se hallaba sentado en su taburete, bebiendo té, tal como estaba cuando Harry le vió por última vez. Con un enorme ruido metálico, el cronocineticón se detuvo de un modo brusco. El impulso lanzó a Harry a la multitud, perdiendo con ello el casco.

Cuando el aterrorizado Harry aterrizó, amortiguada su caída por los cuerpos de varios caballerosaurios, todo el mundo se quedó boquiabierto, o casi todo el mundo. Sir Brathwaite no había visto cómo Harry era arrojado a la multitud. Tenía el hocico metido en la taza de té cuando apareció el cronocineticón, y se lo había perdido todo. Ahora percibió que la engorrosa máquina del tiempo había regresado, y más que regresado: estaba parcialmente empotrada en el suelo, resultado de la actividad geológica a través de los eones. Así como la tierra era baja en el cretáceo, era proporcionalmente elevada en el siglo diecinueve. Esto era lo que había detenido el movimiento de la máquina y lanzado a Harry hacia delante.

Sir Brathwaite agitó su bastón ante el cronocineticón. Sobre el asiento se hallaba el casco de Harry.

—¡Pobre y valiente Harry! —dijo el científico de plumas grises—. ¡Lo único que queda de él es su casco!

Reverentemente, sir Brathwaite levantó el borde del casco con su bastón. Debajo, posado sobre el asiento, se agazapaba el diminuto dinosaurio que había saltado al cronocineticón por miedo a la manada de deinonicusos.

—¡Oh, qué tragedia! —exclamó sir Brathwaite, mientras el casco caía sobre la rueda principal y rodaba hasta detenerse—. El pobre diablo ha regresado a un estado prehistórico... y ni siquiera a un ornitomimo —la bolsa de la garganta de sir Brathwaite se distendió de tristeza—. Harry, amigo, ¿me conoces? ¡Mi pobre, querido y valiente muchacho!

La criatura le miró y parpadeó.

—Este valiente muchacho ha realizado el sacrificio último por la ciencia y el imperio... ¡pero al menos ha demostrado mi teoría de que el moderno saurio desciende del astuto microvenator!

—¿Su teoría, sir Brathwaite? —Harry levantó despacio su dolorido cuerpo y se puso en pie—. No recuerdo que suscribiera esa teoría, y mucho menos que la inventara.

Sir Brathwaite miró con desaliento a Harry, que se acercaba a él cojeando. Por un momento, pareció enojado por la inoportuna aparición de Harry, pero rápidamente recuperó la compostura.

—Gracias a Dios que estás vivo —dijo sir Brathwaite con afectación, adelantándose para estrechar la mano de Harry—. Sabía que sobrevivirías, amigo. Lo único que se necesita son agallas, ¡y tú siempre las has tenido!

Mientras Harry todavía parpadeaba atónito ante la desvergüenza de sir Brathwaite, éste se volvió a la multitud.

—¡Tres hurras por Harry Quince-Pierpont Fotheringay! —gritó—. ¡Hip, hip!

—¡Hurra!

—¡Hip, hip!

—¡Hurra!

—¡Hip, hip!

—¡Hurra!

Harry trató de hablar, pero el murmullo de la multitud ahogaba su voz ronca. A pesar de su momentáneo enfado con sir Brathwaite, se sentía profundamente emocionado.

Por fin el estruendo cesó, y sir Brathwaite pidió atención a los presentes una vez más.

—Muchacho, has regresado del cretáceo con esta criatura como prueba de tu maravilloso viaje a través del tiempo. Sin duda pronto se te otorgará el título de caballero. Pero, ahora, cuéntanos cómo era. ¿Puedes describirnos las imponentes vistas del mundo prehistórico?

La felicidad de Harry ante el recibimiento como héroe rápidamente se desvaneció al pensar en los simios inteligentes que había encontrado en el pasado, por no decir los perros, las ballenas y las cucarachas inteligentes. Miró a su alrededor, a la multitud de caballerosaurios que le rodeaba —las grandes damas le miraban a través de sus impertinentes, los caballeros se inclinaban hacia delante con avidez, descansando sobre bastones y paraguas recogidos— y notó que la bolsa de la garganta se le hinchaba de emoción. Aquí estaba la flor y nata de la civilización del siglo diecinueve, y él era el pináculo y el resumen de toda la historia previa. Qué serenos eran, qué tranquilos, qué refinados sin esfuerzo; incontestados gobernantes de un imperio sobre el cual el sol jamás se ponía, dueños de todo lo que contemplaban, los elegidos de Dios, hechos a su imagen, a quien Él había entregado el dominio de todas las bestias de la Tierra... ¿Cómo podía contarles la verdad? ¿Cómo podía decirles que no estaban solos, que no eran los únicos? ¿Cómo podía destrozar su complacencia hablándoles de todas las demás criaturas que sin duda creían que, ellas también, eran los Dueños de la Creación...? ¡Criaturas repugnantes e insalubres! Se estremeció de horror y asco sólo de pensar en ellas. ¿Cómo podía decir a estos cultivados caballerosaurios que al parecer sólo existía una mínima probabilidad —el capricho del Universo— de que hubieran alcanzado la cima ellos y no los gerbos, o las comadrejas, o los mapaches, o los simios?

—No, sir Brathwaite —dijo, apretando la mandíbula—. No, porque hay cosas que los saurios no tendrían que saber...

AGRADECIMIENTOS

AGRADECIMIENTOS por los permisos para poder publicar el siguiente material:

A Gun for Dinosaur, L. Sprague de Camp. Copyright © Galaxy Publishing Corporation, 1956. Primera edición por *Galaxy Science Fiction*, 1956. Publicado con permiso del autor.

Poor Little Warrior, Brian W. Aldiss. Copyright © Fantasy House, Inc., 1958. Publicado con permiso del autor.

Green Brother, Howard Waldrop. Copyright © Flight Unlimited, Inc., 1982. Primera edición por *Shayol 5*, 1982. Publicado con permiso del autor.

Hatching Season, Harry Turtledove. Copyright © Davis Publications, Inc., 1985. Primera edición por *Analog*, 1985. Publicado con permiso del autor.

Getting Away, Steven Utley. Copyright © UPD Publishing Corporation, 1976. Primera edición por *Galaxy Science Fiction*, 1976. Publicado con permiso del autor.

The Runners, Bob Buckley. Copyright © Davis Publications, Inc., 1978. Primera edición por *Analog*, 1978. Publicado con permiso del autor.

Esta obra, publicada por
EDICIONES GRIJALBO, S.A.,
se terminó de imprimir en los talleres de
Indugraf, S.C.C.L., de Barcelona,
el día 13 de abril
de 1992